色欲　暴食　贪婪　懒惰　愤怒

想要寻找光明　必须审视黑暗

Bullets, Bombs and Fast Talk
Twenty-five Years of FBI War Stories

七 | 宗 | 罪

魔 鬼 的 侧 影

【美】詹姆斯·博汀(James Botting)○著
张佳琛○译

中华工商联合出版社

图书在版编目(CIP)数据

七宗罪：魔鬼的侧影 /（美）詹姆斯·博汀著；张佳琛译 . -- 2版. -- 北京：中华工商联合出版社，2019.2

书名原文：bullets,bombs and fast talk

ISBN 978-7-5158-2472-7

Ⅰ.①七… Ⅱ.①詹…②张… Ⅲ.①回忆录 – 美国 – 现代 Ⅳ.①I712.55

中国版本图书馆CIP数据核字（2019）第 020320 号

BULLETS, BOMBS, AND FAST TALK: Twenty-five Years of FBI War Stories by James Botting
Copyright © 2008 Potomac Book, Inc.
Published by arrangement with THE UNIVERSITY OF NEBRASKA PRESS
Simplified Chinese translation copyright © 2019 by China Industry & Commerce Associated Press Co., Ltd.
ALL RIGHTS RESERVED

北京市版权局著作权合同登记号：图字01-2012-6390号

七宗罪：魔鬼的侧影
BULLETS, BOMBS & FAST TALK: Twenty-five Years of FBI War Stories

作　　者：	[美] 詹姆斯·博汀（James Botting）
译　　者：	张佳琛
出 品 人：	李　梁
责任编辑：	李　瑛　李红霞
装帧设计：	周　源
排版设计：	水日方设计
责任审读：	李　征
责任印制：	迈致红
出版发行：	中华工商联合出版社有限责任公司
印　　刷：	北京毅峰迅捷印刷有限公司
版　　次：	2019 年 10 月第 3 版
印　　次：	2025 年 7 月第 8 次印刷
开　　本：	16 开
字　　数：	200 千字
印　　张：	15.75
书　　号：	ISBN 978-7-5158-2472-7
定　　价：	38.00 元

服务热线：010-58301130-0（前台）
销售热线：010-58302977（网店部）
　　　　　010-58302166（门店部）
　　　　　010-58302837（馆配部、新媒体部）
　　　　　010-58302813（团购部）
地址邮编：北京市西城区西环广场 A 座
　　　　　19-20 层，100044
http://www.chgslcbs.cn
投稿热线：010-58302907（总编室）
投稿邮箱：1621239583@qq.com

工商联版图书
版权所有　侵权必究

凡本社图书出现印装质量问题，请与印务部联系。
联系电话：010-58302915

目录

致谢　　I
作者按　　III
序言　　V

第 1 章　该死的北方佬　　001
第 2 章　新非洲共和国组织　　007
第 3 章　伤膝河行动　　013
第 4 章　"共生解放军组织"　　022
第 5 章　劫机犯　　037
第 6 章　枪战之年　　050
第 7 章　罗伯特·马修斯和"白人力量组织"　　070
第 8 章　危机事件谈判小组　　082
第 9 章　帕洛斯弗迪斯绑架案　　088
第 10 章　古巴人监狱暴动　　108

CONTENTS

第 11 章	哈维·李·格林以及三边委员会	134
第 12 章	罗德尼·金和洛杉矶骚乱	142
第 13 章	红宝石山脊事件	150
第 14 章	韦科	174
第 15 章	库卡·蒙加的面包师	199
第 16 章	洛杉矶国际机场酒店的跳楼者	207
第 17 章	南门绑架案和华雷斯·卡特尔	215
第 18 章	迷幻的浴室	230

结语　　　　　　　　　　　　　　　　　　　　238

致 谢
ACKNOWLEGMENTS

感谢我妻子罗宾坚定的鼓励、支持与理解,若没有她的存在,我不可能完成这本书。这些年来,罗宾一如既往地支持我,是我身边的亲密伴侣,与我共同经历过诸多挑战。这本书一开始是想留给我的孩子们:杰森、艾琳和克里斯汀,向他们解释他们的爸爸大半夜既不道歉也不说话就离开家里,到底是去干什么了。我希望他们能够原谅我错过了那些学校演出,以及棒球、足球和橄榄球比赛。希望他们有一天能够明白,我比他们想象中的更爱他们。

感谢FBI的那些同事,特别是我的前任搭档和导师乔·阿尔斯通。他看到我身上有可培育的价值,安排我向FBI最佳探员学习,我这才有机会体验了一回担任特别探员的挑战、兴奋和满足之情,对此我非常感激。

我要特别感谢本书的编辑凯文·卡迪希、唐·麦克林以及詹妮弗·沃尔德洛普的帮助。他们以极大的耐心鼓舞我,并对我进行了全程指导。

为了了解不同事件的详细细节,我向不少FBI特工求助,甚至引用了他们的评论和建议。他们是尼克·布恩、雷吉斯·博伊尔、拉尔夫·迪方佐、比尔·艾尔维尔、斯科特·汉利、罗恩·艾登、凯文·凯利、弗雷德·兰斯里、理查德·诺伊斯、简·威尔汉姆、吉姆·威尔金斯和马克·威尔逊。

感谢卡尔·波尔特、斯图尔特·亚伯拉罕和我的哥哥丹尼斯·博汀。是你们发现了我向别人讲故事的潜力,没有你们的乐观与鼓励,这本书永远不可能出版。

最后,本书要献给所有人质谈判专家,你们致力于人类冲突的非暴力解决方式,许多冲突都需要你们的介入。你们已经拯救了成千上万个生命,请继续加油。

本书的部分收入将捐献给前FBI特工社区基金会,分发给那些因执勤而牺牲的特工的家庭和孩子。

作者按
AUTHOR'S NOTE

　　本书的许多事实、日期和直接对话都出自官方报道、私人笔记、备忘录、我的回忆，以及相关人员的转述。我总是尽可能准确地重现案发现场，因为我希望本书的描述能够做到客观公正。

　　本书所表达的意见、言论和评论都属于作者的个人观点，不代表美国联邦调查局，也不代表编辑、代理人、出版社、FBI特工以及书中所提到的其他人的观点。

序 言
PROLOGUE

我和FBI同事肯恩·兰宁站在位于恩格尔伍德市弗洛伦斯大道的艾尔市场外面,观看了一场真人版的《热天午后》①。当然,艾尔·帕西诺跟这次抢劫案毫不相关,而是一群本地冒失鬼抢劫了位于南洛杉矶郊区的一个商场,他们被困在里面,而此时警察接到电话,立刻赶了过来。劫匪试图开车从前门逃走,看到警车开了过来,他们便踩了刹车,重回商场,抓了几个雇员做人质。

这是昨晚11点发生的事情,现在已经是上午8点半了,警察们彻夜守在现场,十分疲倦,低血糖的毛病开始发作,牙齿也开始打颤。面对我和兰宁这两张新面孔,警察们的眼神中充满了无助和期待。我们是来向他们提供联邦政府援助的。当地人总是以为联邦政府的工作人员有很多资源,事实上,我们的经费常常跟他们一样紧张,甚至在大部分情况下只能为他们提供精神援助。

我们赶到后不久,其中一个劫匪便一只手拿着一瓶波波夫酒,

---

① 《热天午后》(Dog Day Afternooe),根据一宗真实的银行抢劫案改编的电影,由艾尔·帕西诺主演。

另一只手拿着一把镀铬的半自动手枪，满怀信心地走到商场前门入口处，接着便大肆嘲弄那些在现场组成包围圈的警察们。我和肯恩屏住呼吸，观察着他的行为。狙击手正趴在商场对面的屋顶上，现在一定已经瞄准了目标。

劫匪表演了几分钟迈克尔·杰克逊式的太空步，突然拿起手中的酒瓶，指着一个离他最近的警察，挥了一个圈子，然后转身，大摇大摆地走回商场。我和肯恩都猜不出这帮家伙脑子里在想什么。

我们带了一些传声器到现场来，并让特警们把这些传声器塞进屋顶上的通风管道中。在之前的一个小时里，我们一直坐在指挥所里听劫匪们的对话，我俩都被他们的话逗乐了。两个劫匪为如何"离开这该死的鬼地方，回到车上去"吵得不可开交，感觉就像是在听四年级的学生制定躲避球规则。如果他们没有劫持人质，情况一定更有意思。我们听着他们的对话，开始担心他们会变得焦躁起来，然后做一些蠢事——比如开枪杀死人质。

传声器一直工作得很好，但是有一个劫匪打开了头顶的风扇，切断了传声器的线路。我们能猜到当他们看到麦克风掉到地板上时的反应。另外，我们还担心在没有拿到搜查证的情况下，法官可能会把麦克风视为非法拦截信息的证据——在一些自由派法官扭曲的大脑里，就连劫匪也应享有部分隐私。没人会因为这个起诉我们，对吗？好吧，那可不一定。但是对于执法人员来说，一下子变得被动的感觉真不好受。

商场里有个小小的炸鸡店，我们一直把它作为临时指挥所。前面的入口围满了警察，密密麻麻的。谈判专家在炸鸡店旁边的厨房里搭起了营地。场面混乱不堪，好像大家都要得幽闭恐惧症了。

序 言

　　一个高高瘦瘦、留着长长的非洲式卷发的黑人，会时不时地分析劫匪们可能的想法以及他们下一步的打算。这时每个人都会停下自己手里的活儿，听着他的分析。谈判专家是缉毒警察里的高级成员之一，肥肥胖胖的，肩上挎着手枪套，身上穿着一件"火鸡"图案的T恤，这时他也会把劫匪们放到一旁，闭上自己的嘴认真听着。就连特警组长也会走过来听他的分析。

　　那名黑人分析了两三次后，我问一名警官这个人是谁，警官笑道："他是炸鸡店的老板。"

　　天哪，执法部门的世界简直太疯狂了，他们居然会停下工作，倾听一个炸鸡店老板的话！然后我突然灵光乍现，对于这些劫匪的想法，炸鸡店老板可能知道得比我们多得多。

　　转机好像就在突然之间出现了。十二个小时之后，劫匪们仿佛突然醒悟了，这两个家伙终于答应投降。但唯一的条件是，"火鸡T恤"要在商场前门接应他们，不许有特警出现。谈判专家毫不犹豫地同意了他们的条件，并卸下自己的枪套，把武器交给另一名警官。他套上一件防弹背心，直接向商场前门走去。

　　他们终于出来了，首先出现在我们视野中的是两手空空的"波波夫先生"，他双手举得高高的，在人行道上停下来，趴下身，就像死金枪鱼一样。事情终于完结了，所有人都在相互握手和击掌，排着队祝贺巧舌如簧的谈判专家大获成功，就连炸鸡店老板也一边握着火鸡先生的手，一边附和说，"哟，伙计，你做得真不错。"

　　人们拥在警戒线后面的街上，为警察的胜利以及和平结局欢呼呐喊。

这一刻，我仿佛着了魔，我发现了自己的职业梦想——人质谈判专家。

　　此后，我加入了美国有史以来最好的部门，但是如果不是这个晚上，以后的一切就都不会发生。

# 第 1 章
该死的北方佬

1971年8月的某一天,密西西比州,天气依然潮湿,让人痛苦不堪,蚊子早早地聒噪起来。

上午时分,人们还没来得及停车,汗水就沿着后背流下来。那时我刚加入FBI,成为一名新特工,签到了美国西北部牛津市的居民办事处。我和另一名同事肯恩坐在郡警署办公室的厨房里,讨论这一天的工作计划。在这个郡,人们会在警署门口停下来打招呼,跟警官谈谈自己打算做什么。即使我们是FBI特工,也得遵守密西西比的行为方式——每个人都想搞好跟郡警的关系。

有人给我们端来了早餐,但是我一口都吃不下,只想着厨师会把什么鬼东西放到早餐里。这里有股烧焦的培根味,让我毫无味口。密西西比所有的警官办公室闻起来都像烧焦的培根。

厨师是个大块头的黑人,脖子后面有肉痕,他又给我们端来第二杯咖啡。肯恩个子矮小,浑身肌肉,身宽几乎与身高相同。当他跟人握手的时候,会一直盯着你的眼睛,手很用力,好像要把人的眼睛挤出血来,如果别人放松了手上的力道,他就会笑起来。

一名警官向我们走来,"哎,肯恩,我们抓了一个囚犯,想让你帮忙审问。"

肯恩认真地看着警官,"哦,是吗?"

"是的,他说自己是一个四处旅行的传教士,但是我们觉得他在撒谎,因为他的车厢里有一堆黄色书刊。"

我们都大笑起来。

"你们什么时候注意到他的?"

"大概一周之前,"警官说道,"他把车停在吉特尼森林后面的停车场并醉倒在那里。"吉特尼森林是当地一家连锁杂货店,大部分客人都是黑人。"那么,像他这么个怪人,去那里到底是想搞什么鬼?"

这事发生在一周之前,而直到现在他居然还没有被审讯或者定罪,甚至没被送去法院。我在密西西比学到的第一课就此开始了。

"你们为什么抓他?"

警官微微一笑,犹豫了一下。几秒钟后,他哼了一声:"JDLR。"

肯恩和他都笑了,肯恩看着我说:"你知道这是什么意思吗?"

我搜肠刮肚,回忆自己在FBI学院接受过的法律培训,却根本想不起"JDLR"是什么意思。我摇摇头,尽力不要露出一副蠢相。

他们又笑了起来。

"肯恩,又是一个该死的北方佬,"警官说道,他一边看着我,一边大摇其头。"至少他不像你上次带过来的那个纽约男孩。"他对我咧着嘴,一副自得其乐的样子。他应该抽了很多年的香烟,牙齿都被弄坏了,一说话似乎都能喷出火来。

"JDLR,"他咯咯笑着,小小的蓝色眼睛里布满了血丝。他看看肯恩,又看看我。我猜他大概比蛇还要狡猾。

"好吧，什么是JDLR？"

他又犹豫了，看着肯恩，然后又转向我，冷不丁地解开了谜团。

"基督徒都不对劲。"

我们都笑了，尽管我仍然无法相信，这个犯人被关在郡监狱里一个星期，就是因为他看起来不对劲。

警官又和我们聊了几分钟，试图让肯恩相信，这个犯人很可能涉嫌跨州运输色情书刊，这就成了一桩跨州案件，FBI就有权参与。但是肯恩很谨慎，不愿意参与到地方司法案件中，特别是这种有问题的逮捕、审问和搜查。他很有礼貌、但是态度坚决地拒绝了警官的邀请，警官最终屈服了。

"好吧，不管怎么样，我们打算以扰乱治安行为或者其他什么罪名起诉他。伦纳德，把法官叫进来，"他对厨师说道，"我们要一脚把他踢出这个郡。"

伦纳德走到办公室门前的走廊里，叫了一个胖胖的老人。这个老人穿着一身挂肩工作装，正睡在一张摇椅上，摇椅上方是一个摇摇欲坠的"治安官办公室"标志。大块头黑人轻轻叫醒了这名老人，声音十分温柔。老人睁开眼睛，视线慢慢定格，然后正了正自己的帽子，从摇椅上滑下来。他的行动很吃力，但是不让伦纳德帮他。他站直身子，慢慢转过来，颤颤巍巍地走进办公室。

伦纳德开始布置法庭。他把门厅里的一张大桌子转过来，在后面放了一把直背椅，椅子上还有一个枕头。然后把一面密西西比州的州旗插到一边，另一边插上美国的星条旗。为了炫耀自己经验丰富，他又从桌子里边拿出一个小木槌来，在自己的裤子上擦了擦。准备工作结束后，他把法官引导到座位上。我和肯恩把厨房的椅子转了过来,并在"法院"前排坐下。

此后,治安官让审判员对囚犯、案件及调查进行详细描述,这个过程持续了大约一分钟。审判员点点头,有系统有步骤地揉了揉自己的两只眼睛,重新调整了自己的眼镜位置,开始了一番庄严的陈述。

"带嫌疑人进来。"

几分钟后,伦纳德带来了一名头发凌乱不堪的白人男子,大概45岁左右,长期酗酒,瘦骨嶙峋,穿着绿色的西尔斯工作裤,胡子拉渣,看上去至少有五六天没刮了,鞋子上连鞋带都没有。他的手从前面被铐住,走路时一直拖着脚,好像只有这样才不会摔跤。这是一个典型的酒鬼形象:早上8点才从酒吧出门,喝生啤酒,身上套两件T恤,一星期有三个晚上都睡在汽车后座上。在人们的印象中,他这种人从15岁以后,可能每周就会被抓进警察局两三次,犯罪好像是他与生俱来的基因。他的人生似乎很荒废,而且就要消耗殆尽,就好像一个被人扔在高度公路上的旧床垫一样。

伦纳德把他送到审判官面前,然后站到犯人身后。审判官说话了,"好吧,孩子,我了解你站在这里很不安。治安官告诉我,你到处叫卖黄色书刊,玷污了本郡的儿童,污染了他们的心灵。你们这种人败坏了美国。现在,我们都很厌倦了,监狱里面尽是你们这种人。"

这家伙站在那里,来回踱着步。

"所以,孩子,我们打算给你提供一个交易。你可以现在就认罪,承认自己的行为妨害了本地治安。法庭会接受你的认罪,你很可能会被判处在本郡监狱拘留五天,现在你已经服完刑了,当然,我们会出示你已经服完刑的证明。你将被要求离开本郡境内，并且立即离开！"审判官在说"立即离开"这几个字的时候，声音听起来很有趣也很理直气壮。

"我个人认为这个交易对你来说是非常宽宏大量的。当然，如果你对这个交易不感兴趣，也可以申诉自己没有犯罪。如果是这样，你将重回牢房，等待巡回法官重新审理此案。不过我要提醒你，他大概每隔一个月或者两个月才会过来一趟，他上周来过一次，因此还得再过一阵子才会再过来。"

我发现法官给房间带来了一股香味，这股味道让我的眼睛隐隐作痛，我甚至觉得这味道很快就要粘染到我的衣服上了。

"你打算怎么办，孩子？"审判官等着犯人的回答，声音听起来有些不耐烦。

这个时候，警官插话了："审判官，我相信这个笨蛋真的很愚蠢，他根本不知道你和他说的交易多么划算。你脑子有问题吗，孩子？"他向犯人走去，我想他肯定是想去敲醒犯人的脑袋。

犯人终于开口了，"我同意这个提议。"

"你承认自己的罪行了，是吗，孩子？"警官问道，好像是要再次确认一下犯人的想法。

"是的。"他咕哝道，这是我整个职业生涯中听到的最短的认罪招供。

"哪"的一声，法官用锤子敲了一下桌面。

"扰乱治安罪。法庭接受被告的认罪。五天拘留，服刑期满。你现在必须离开本郡，限马上离开！"伦纳德保管着犯人的棕色文件袋，里面有14美元，这笔钱将用来支付"法庭费用"。

警官对我和肯恩微笑着,好像他刚刚破获了一起世纪大案。

伦纳德护送犯人离开警察局。我想,他将头都不回一下地离开这个地方,根本不会再去想是谁拿走了他的那些黄色书刊。

我简直不敢相信刚刚看到的景象。这就是密西西比的正义,这就是所谓的阴阳魔界。那是1971年,我刚被派到密西西比工作一年。我是在密歇根出生的,在密西西比人眼中,我就是一个该死的北方佬。

"孩子,你什么都不懂,你就是个该死的北方佬。"我在这一年里听到这句话不下百遍。这句话很少是用来让我难堪的,而是跟我解释,为什么我没法搞明白密西西比州对种族问题的理解。种族问题深入到密西西比的所有事务中,从政治机构到房产歧视,从选举舞弊到契约佣工,从学校隔离制度到黑人、白人饮水机,再到"三K党"。

我在回洛杉矶之前,还得在这里再待上一年,对密西西比的回忆将永远扎根在我的脑海中。

第2章
新非洲共和国组织

20世纪60年代末70年代初,反战运动风起云涌,黑人民权运动此起彼伏,因此这一时期可以说是美国历史上的狂乱时期。密西西比州也有自己的黑人激进分子,那就是新非洲共和国组织(RNA)。1968年,马尔科姆·艾克斯[①]曾经的亲信在底特律成立了该组织,并呼吁成立一个独立的包括佐治亚州、亚拉巴马州、密西西比州、阿肯色州及路易斯安那州在内的黑人国家。新非洲共和国组织倡议合作化经济和社区自给自足,不过它的宣言还要求美国政府割让五个州,同时赔款4000亿美元给非洲裔美国人,以补偿他们所遭受的不公正的奴隶制度以及种族隔离制度。

不幸的是,对于新非洲共和国组织来说,大部分美国南方居民都对让渡自己的州给激进非洲裔美国人这个想法不感兴趣。在时任领袖伊麦里·奥巴戴尔的指挥下,新非洲共和国组织搬到了密西西比州杰克逊市刘易斯街的一处房产中,门口还安排了警卫,每天扛着一把短枪在前门走廊上巡逻。虽然这种行为并不违背法律,但肯

---

① 马尔科姆·艾克斯,20世纪中期美国北部黑人领袖,主张通过暴力革命的方式获取黑人权利,与马丁·路德·金并称20世纪中期著名的黑人领导人——译者注。

定搞得邻居们和警察局人心惶惶。警局巡逻车开过他们的房子时，那些警卫甚至会拿枪指着警察。

新非洲共和国组织搬过来几个月后，杰克逊市的FBI特工接到消息，有个底特律的杀人犯逃到了他们的房子里。警察已经从曾在那里居住过的线人处了解到，该组织已经在房子周围修建了沙坑和枪眼。假如我们以抓捕逃犯为名进行搜查，就会让警员们置身险境。尽管当时执法部门中的特警组已经有了雏形，但不管是FBI还是杰克逊市警局，当时都没有一个有组织的特警组——也没有人质谈判专家。于是，杰克逊市警局和埃尔默·林德伯格管理下的FBI特工们设计了一个简单的计划，他们打算利用一台装甲车和一群勇敢的警官执行这次任务。他们把车开到房子门口，然后直接用扩音器把里面的人喊出来。

那是1971年的夏天，在这之后，纽约的阁楼监狱发生暴动，其危机处理十分失败，警方对于这起事件所作的反应让所有人感到羞耻，警方的无能也迫使执法部门开始寻找新的办案途径。就在差不多同一时期，哈维·斯伯格和弗兰克·博尔茨也正在寻找人质事件的新解决途径。纽约警察局已经搞砸了不少案子，他们深知，相比从前门冲进去开枪射击，必须找到一个更好的解决问题的方式。斯伯格拥有心理学博士学位，博尔茨则十分擅长抓捕罪犯，近些年来，他们俩一直在研究新的谈判方法。FBI学院认为这是个好事情，于是也参与其中，人质谈判模式由此出现在执法行动中。20世纪60年代的美国充斥着种族暴动、反战运动，暗杀公众人物行动和街头暴力，因此美国公民对警方采取非暴力手段办案表现出前所未有的兴趣。

不幸的是，新非洲共和国组织事件发生的时候，密西西比州杰克逊市还没出现早期的人质谈判。警察们为追捕谋杀案嫌疑犯，带着搜查令赶到该组织藏匿的房子前，并与房内的居民发生交火，在一片枪林弹雨中，仅仅几分钟的时间，杰克逊市警察卢·斯金纳就牺牲了，另一名警察也受了伤，FBI特工比尔·斯金格则大腿中弹。又过了几分钟，枪声逐渐停止，房内居民向警局投降，没再出现更多伤亡。

然而，这次事件的结果却出人意料，嫌疑犯并不在现场，他之后在底特律被抓获。那时我和科尔比·莫斯特工刚完成纳齐市的任务，正在返回杰克逊市的路上，在收音机中听说了这次警方的突袭行动。我们一路开着警笛，马不停蹄地赶回杰克逊市，但是我们还没赶到现场，行动就已经结束。空气中仍弥漫着硝烟的味道，那是一个可怕的情景，警察和特工受了伤，大量嫌疑犯被拘留，无数目击者见证了这一切。这是不当执法造成的后果，我们后来就这个问题讨论了很多天，很明显，执法部门必须要重新审视其应对高危险人质情况的处理措施。

作为杰克逊市"首席办公室特工"，我被交给了许多特工教官，他们跟我分享自己的经验，教我怎样成功完成任务，告诉我如何让自己置之事外。"疯狗"让·杰克逊，哈尔·莱奇福德、警官萨姆·詹宁斯、塞西尔·摩西都是很优秀的特工，他们在1964年成立了杰克逊市FBI分局。当时，有三名民权工作者在纳什巴县被杀害，该案成为新成立的杰克逊FBI分局接收的第一起民权调查。在此之前，密西西比州的FBI特工都是来自孟菲斯和新奥尔良分局。

詹姆斯·钱尼、安德鲁·古德曼和迈克尔·施沃纳三人驱车向南,来到密西西比州纳什巴县境内参加黑人选民的登记运动。在20世纪60年代早期,只有5%的适龄黑人选民被登记在案、有权投票。多年来,黑人一直努力成为登记选民,但受到极大阻挠,因为白人种族主义者在全国范围内松散地实行了一个阴谋,他们通过荒谬的读写能力测试来限制登记。在有色人种进步协会、学生非暴力合作委员会等几大组织的联合努力下,组织起一车又一车的北方大学生来南方登记黑人选民。那是1964年的夏天,因此他们把这次行动叫做"自由之夏"。

就是在那里,钱尼、古德曼和施沃纳被诬陷超速,遭到警方拘留。根据之后的庭审证词,警察将他们三个人关押了几个小时,随后就打算将他们释放,纳什巴县警官劳伦斯·雷尼将此事通知给几个本地的三K党员。那天晚上,这几个民权运动者刚一从监狱停车场开车出来,三K党人立即跟上了他们,并迫使他们把车停下来。至于接下来发生的事情,就要看你愿意相信哪个三K党人的证词了。44天后,有人在一个堤坝附近几米深的红色泥土下发现了他们伤痕累累、被子弹洞穿的尸体。

命案发生后,胡佛当众宣称要对三K党发动战争。特工们每天工作24小时,每周工作六天半,只剩半天用来在周日上午跟家人一起去教堂做礼拜。电影《密西西比在燃烧》真实地描绘了当时的暴乱,那时连密西西比的黑人教堂都被人放火烧掉了,FBI特工跟三K党人陷入了僵局。据说,当时杰克逊市特工办公室关于三名民权工作者失踪案的调查一度陷入停滞,于是一群特工绑架了一名三K党人,把他带到森林的沼泽地里,给他看了一个箱子,箱子里装了三万美元。特工们还拿一把短枪指着三K党人的脑袋,要他自己做个选择。这个家伙充分展现出一名三K党人应有的智慧,他选择了金钱,告诉特工们去哪里找尸体。接下来的故事就淹没在密西西比的历史中,特工长官罗伊·摩尔因破获该案,受到胡佛的公开嘉奖,但事实上功劳属于那些走在街头的基层特工,他们与三K党人面对面地对抗,逐渐从这些残忍的种族主义者手中夺回了密西西比州。

FBI调查持续了很长时间,而且强度十分大,终于在1967年,联邦大陪审团以侵犯钱尼、古德曼和施沃纳三人民权的罪名,起诉了18名三K党人,但其中只有7名三K党人被判刑。当地警方拒绝指控这桩谋杀案的所有嫌疑犯。2005年6月,距离谋杀案已经过了41年的时间,地区检察官终于以谋杀罪名指控嫌犯埃德加·雷·基伦,这表明密西西比州的民权运动取得了历史性的进步。基伦是当地的"三K党"成员,还是浸信会的牧师,就是他策划了当年那起伏击。该案件在费城进行了连续四天的审判,那时基伦已经是80岁的老人了,不得不坐在轮椅上。法官判给他60年有期徒刑,而这个法官在小的时候,还曾到基伦布道的教堂里参加过礼拜。

事实上,三K党从未真正远去,我从杰克逊市调到牛津市后,连续接手了一打三K党的案子。我要定期查看他们的下落,写下被调查者的报告,例如三K党头目计划在周六晚上绑架一个黑人,并把他吊死。我听到这些事情的时候是在1971年,那时我简直无法相信自己的耳朵。

三K党人常常是独来独往的,因为他们普遍不善长交际、缺乏教养、性格极端、脾气暴躁,所以很少有人受得了他们。他们常常住在树林深处的某个地方,或者公路尽头,这样别人就没法打扰他们。他们住处的院子前面都摆着一辆破车、一个坏的洗衣机,以及一只独眼狗跑出来迎接陌生人，撕咬公务车的轮胎——那是一台1967年的甲壳虫，安装有伸缩天线，但是没有空调。我待在牛津市的那一年里，这台蓝色的旧车似乎从没降温过。在I-55公路上，我会把车窗全部打开，将时速开到110英里，这时整台车子就会发出哀号，简直就像发情的种马，然后对密西西比高速公路安全巡警挥手示意。密西西比的警察喜欢像理查德·佩蒂那样开车在州际高速上驰骋，这成了最受欢迎的游戏。我想这是因为高速路提供了很多车道，让大家觉得刺激。

每当我审讯一个三K党人时，总会听到他们用各种言词侮辱胡佛总统、最高法官、民权以及黑人。我的审讯任务完成得不够多，但是起码提醒了他们FBI的存在。令人遗憾的是，密西西比所有关于三K党的新闻报道中，都说三K党并不代表全部的历史。有许多傲慢的密西西比人不断为那些激进主义者的行为向我们道歉，但在新闻中却是另一回事了。

我在杰克逊市待了几个月，在牛津市待了一年。此后，我受够了落后的密西西比，调到洛杉矶分局。为庆祝自己的解脱，我和妻子罗宾卖掉了那台旧甲壳虫，买了一台新福特（车里安装了空调）。我们开着新车在牛津市中心广场转了最后一圈，遇到一辆冒着黑烟的小货车。我们把车停下来，看到小货车后窗的行李架上挂着一把短枪，一只黑狗笔直地站在后座上，后挡板上写着一行字，"《圣经》说什么，我就信什么，就是这样。"读完后我俩彼此会心一笑。

好莱坞的生活肯定会比这里好。

第3章
伤膝河行动

1973年2月某日,对于洛杉矶来说,是一个不寻常的上午,天空还下起了雨。我跟特工同事们躲在房间里讨论这一天的计划,互相打着嘴仗,这时电话响了起来。印第安人组织了两百人规模的队伍占领了南达科他州伤膝河村,劫持了一打居民作人质。这个村庄位于松岭苏族印地安人保护区,美国印第安运动的成员是这次事件的组织者。

FBI总部号召志愿者支持FBI特工,这些从拉皮特城赶来的特工已经向村庄进发。伤膝河村只有几间屋子和一个白人家庭开的杂货店。我曾在部队服役三年时间,期间还去过越南,本应当学会不管出于什么理由都应该抵制志愿者,但是对于任务的兴奋感淹没了我的这种想法。在一个小时的时间内,我收拾好行李,准备又一次旅程,这个国家只要有麻烦滋生,我们就会赶赴那里。这些无止境的危机被称作官方"特案",全国各地的特工都会飞来飞去,处理这种案件。这些年来,这种特案的成本越来越大,因为它们要求使用越来越多的人力,最终我们不得不向国会提出要求,为这种案件设立专门的资金。

当时，罗宾正怀着我们的第一个孩子，我跟她道了歉，请求她的原谅，然后就动身去伤膝河了。直到后来，我才意识到这将是一次历史性的行动。

伤膝河有着一段伤感的历史。1890年，美国政府在此屠杀了大约三百名苏族人。1968年，拉塞尔·米恩斯和丹尼斯·班克斯组建了美国印第安运动组织，现在已经发展成了一个政治军事和民权组织。1969年年末，美国印第安运动组织曾短暂占领旧金山附近的恶魔岛，以一个旧条约的名义宣称对该岛行使主权，引起舆论的轩然大波。

1973年，他们占领伤膝河，一开始是为了指控印第安事务局的腐败行为。他们宣称，华盛顿印第安事务局的拨款从没用到它们应该去或者需要去的地方。本次事件持续了71天，期间2人被杀，12人受伤，1000多人被捕。1973年的伤膝河事件使得美国印第安运动组织成为FBI关注的重心，并将其视为一个非常危险的国内恐怖组织。

从此之后，青松岭地区就成了美国印第安运动组织与FBI之间潜在的火药桶。1975年夏天这里又发生了一起枪战，当时两名FBI特工——杰克·科勒和罗恩·威廉姆斯在印第安人居留地寻找一个杀人嫌疑犯，却遭遇到几个印第安人的伏击。印第安人抓住他俩之后，拿枪指着他们的脑袋，结束了他们的生命。列奥那德·佩尔提尔是这起事件的主角，也是反政府分子的同情者，他到底有没有罪，一直以来都是众说纷纭。他最终被以谋杀罪起诉，并被判处终身监禁。

我到了拉皮特城机场后，便和其他特工一起，被两名地方警官带到了温泉镇。我惊讶地看着联邦特工和郡警佩戴着M-16冲锋枪或手枪走来走去，这个情景就好像政府已经占领了这座镇子。警方火力齐集，让温泉镇看起来就像1968年的西贡——可却没有人注意到这一点。我们和一个纽约特工麦克一起吃了顿饭，喝了几瓶啤酒。麦克刚到镇上没几天，经常开车往返机场，并且已经和酒店的调酒师同居了——他似乎很匆忙地就把事情解决了。我希望他能给大家梳理一下小镇当前的情况，但是我们的期待落空了，他喝得醉醺醺的，骂骂咧咧地说要把这帮人赶出纽约的屋子。我们认为他是一个典型的纽约客，后来发现事实的确如此。在FBI纽约分局，他就以疯子街霸的名号著称。而直到很多年之后，FBI才开始对申请特工的人员进行心理测试。

第二天一大早，我们驱车赶往伤膝河村，这个村子位于一大片草地中，周围已经设置了几个路障。FBI和联邦警察已经成立专案组，正往路障处配备人手，将其编号为路障1、路障2等等，组成了一个包围圈。村子里的印第安人和其同情者在村子旁边挖了沙坑，我们带着冲锋枪和手枪，和对方面面相觑。有时我们也会开火，但大部分时候都是盯着对方，喊一些脏话。与此同时，我们还要想办法取暖。这里的天气瞬息万变，每5分钟就会发生变化，忽而下雨，忽而下雪，忽而放晴，温度却一直在-1度到4度之间。

最初，我们认为已经切断了印第安人的补给以及其与同情者之间的联系，但是巡逻人员几乎每晚都能看到有人把食品和弹药带进村子。这次的任务十分危险，因为我们永远都不知道对峙会不会演变成枪战。大多数时候，我们都会把"偷渡者"赶回去，但如果他们携带了枪支或者弹药，我们就会逮捕他们。这些巡逻人员的行动是独立的，很少有人监管，大部分时候也被FBI指挥者所忽视。当时的FBI指挥者缺乏经验，对于眼前这个巨大的危机感到不知所措。

　　胡佛主政FBI时期的枪手经过大盗迪林杰①事件后早已退役，自此FBI应对危机的能力便日益退化。FBI总部无法从容应对危机、接管危险案件或者进行调查，直到20世纪90年代早期，FBI总部才开始为FBI指挥人员提供专门的危机管理训练。而在那之前，在事件的发生地，一切事务都由主管特工负责——无论主管特工的能力大小以及经验多少。在伤膝河村和路障附近，特工行动缺乏监管，FBI也没有为此事件专门制定政策、程序或者干预规则，这些因素在后来的爱达荷州红宝石山脊行动中发挥了重大作用。我们在基本干预规则的指导下行动，这些规则与FBI有关如何使用致命性武力的指导原则相一致。按照FBI指导原则，只有出现死亡威胁或者严重身体伤害时，才能使用致命性武力。

　　位于华盛顿的司法部派来了政府谈判官，他坚持每天和村子里的印第安人进行对话，同时也和村外的印第安人支持者谈判，这些支持者宣称他们已经控制了村内的美国印第安运动组织人员。我们这些守在路障边的人没有得到任何谈判通报，所以根本不知道事情的进展情况，只能每天定期在路障边巡逻，执行自己的任务。当时现场没有真正的谈判指挥所，也缺乏有经验的FBI谈判专家。这个状况经过多年实践才有所改观。拉皮特城的指挥所组成包括明尼阿波利斯市警察、几个FBI管理者和一些FBI特工，这些人是手持M-16冲锋枪飞抵这个城市的，我在越南的那一年每天都跟M-16作伴，但是很多FBI特工根本没碰过它。此外，伤膝河的FBI特警组组织混

---

① 约翰·赫伯特·迪林杰（John Herbert Dillinger），20世纪30年代活跃于美国中西部的银行劫犯，一度被FBI列为头号通缉犯，后被FBI探员击毙——译者注。

乱——这帮人管理无方，自告奋勇地来镇压第二次苏族叛乱。这简直是一次经典的美国牛仔与印第安人之间的对决。

每天我们驾车前往松岭印地安人保护区，我对那些充满忧郁气息的部落感到大吃一惊：奥格拉拉、曼德森、松岭、波丘派恩。尽管黑山的景色美丽如画，这里的人们却悲观压抑、死气沉沉，仿佛走到了死胡同。房子又小又旧，院子前面停放着熄火的汽车，房子外面还有一堆木材，被用来当成柴火。天气十分寒冷，小孩子却还兜着尿布在外面跑来跑去。印第安人开着摇摇晃晃的小货车，用鱼鳍给车子去绣。我以前曾听说印第安人酗酒成性，但从未亲眼见到过。我很快就意识到，如果所有的美国土著都像苏族一样，他们就没有理由不喝酒。苏族人受教育的机会很有限，他们所掌握的工作技能也少得可怜。很少有人能找到工作，部落唯一的工业是一家规模很小的鹿皮鞋厂。在这种情况下，走出部落成了一件比登天还难的事，鲜有人可以逃离这个地方。即使是年轻人，他们的脸上也印刻着绝望两个字。他们周围没有成功的榜样，也没有人试图逃脱。很显然，美国政府厌恶这些部落，并且早已忘记这些印第安人的生存状况。

我们每天执行任务时，都会经过一个"小心野牛"的指示牌，从车窗里向它射击就成了上班路上热身的机会。等到我离开伤膝河时，这个指示牌已经被打成了稀巴烂。整个地方都是死气沉沉的，法律在这里不起作用，人们什么事情都不在乎。每一天都是无休止的令人毛骨悚然的灰色黎明，阴暗潮湿会自动爬进人们的口袋，不肯离去。

半个多月后的一个晚上，我和同事到路障1处巡逻，这里时常发生枪击事件。印第安人受够了无休止的谈判，他们破坏了路障1和停在那里的装甲运输车。南达科他州警卫队慷慨地向我们提供人员保护——一辆装甲车，但是我敢肯定他们永远不会再犯这种错误了。

无聊的时候，我们会练习驾驶装甲车，在开阔的草原上驰骋。这里聚居着数以千计的土拨鼠，这时它们都会坐起身子，盯着我们，然后又突然钻进洞里，跟我们玩起了捉迷藏。这个游戏对我们和它们来说都乐此不疲。虽然在南达科他州我们几乎会开枪射击任何东西，但却从不骚扰这些小家伙，当然也不打野牛。野牛这种野兽身形巨大，样子看起来像是史前动物，它们像牛羊一样在路边吃草，那副情景永远都是那么讨喜。它们本有权力愤怒，由于历史的影响，它们正逐渐走向灭亡。可实际上，它们却对身边发生的变化漠不关心，一点都不抱怨自己在这个世界的处境。我们不会想要去夺走这些仅存的动物的生命。我们猜测在南达科他州，一个白人要是射击了一只野牛，可能会受到绞刑。

无须学历或者驾照，也无须经过太多训练，即可驾驶装甲车。装甲车有一个加速器，还有两个手柄控制轮胎。要想转弯的话，往后拉一下手柄就可以让一个轮胎停下；同时往后拉两个手柄是刹车；猛踩油门是加速。我们会以35迈的速度向对方冲去，在最后一秒钟才把车子调转方向。装甲车没有翻车的可能，所以我们都成了无所畏惧的勇者。但是若作为乘客坐在车子里面，那又是另外一回事了。装甲车由全金属打造，内部狭窄幽闭，人们不戴头盔的话，坐进去会很危险。当然，我们谁都没有头盔。为了增加危险程度，我们还经常把舱门放下，戴着一个7厘米厚的眼镜开车，这样我们的视力很有限，几乎看不到外面的情况。我们对这个游戏乐此不疲，南达科他州警卫队也没有把车收走,他们本应该收走的。我们就像一群孩子,把装甲车当成是一个哥哥送的圣诞节礼物。

玩了几小时后,我和简·威廉、查克·坎普决定开车靠近村庄,侦查一下敌情。我们把装甲车隐藏在离印第安沙坑45米开外的地方,停在一个峡谷旁边。我们爬向一处能看见沙坑内印第安人的地方,烟雾从沙坑中飘散出来,我们甚至能听到他们在大声说话。他们听起来像是在争吵,不幸的是,还没过几分钟,他们就发现了我们,并马上拔出枪套里的枪。于是,一场枪战开始了——就像微波炉爆米花一样,先是零星的枪响,然后开始增多,最后就铺天盖地地袭来。

子弹先从我们头顶上飞过,然后越来越靠近,直接射穿我们周围的地面。我们紧趴在草地上开枪回击,我好像又重回越南的战场中。然后路障旁的特工和警察也加入了枪战。几分钟后,我们意识到对讲机落在装甲车里,因此没办法请求援助。我们每人只带了三到四本杂志在身边。很显然,想要毫发无损地回到装甲车里,简直就是个奢望。

我们蹲下身子,等了半个钟头。我决定留着最后的子弹以备逃亡。对方的射击好不容易慢了一点,我们几个人互相使了个眼色,同时跳起来,像兔子一样走着之字形往装甲车跑去。子弹从我们头顶呼啸而过,落到地面上。我十分害怕,感觉自己好像是在齐腰深的水面行进。奇迹发生了,所有人都毫发无伤。我们筋疲力尽地倒在装甲车边,一边喘着粗气一边对彼此露出笑容。我们什么话都没说,但是我相信这件事让我们又一次相信了上帝的存在。

过了几分钟,我们跳进装甲车,匆匆赶回路障处。大家还活着，这让我们欣喜若狂。当然，我们也为自己的愚蠢感到惭愧。此后，我们了解到，一个名叫巴迪·拉蒙特的印第安人在那次枪战中被杀害。印第安人在数小时后要求华盛顿给他们安排车辆把尸体运出去。最终，尸体被放在小拖车的车厢里运走，我们三个人沉默地注视着它，尸体上面没覆盖东西，拉蒙特的脑袋肿得像个大南瓜。这是件叫人悲伤的事情，我们和印第安人之间再也不像从前的牛仔和印第安人那样，彼此互不伤害了。

让人惊讶的是，高层并未对这次枪击事件进行任何调查，这很可能是由于在整个行动中，FBI缺乏组织和有效管理人员。如果这件事发生在几年以后，FBI将对涉嫌枪击的特工进行行政调查，所有的开枪人员都要经过仔细审问，他们打出去的每一发子弹都要负上应有的责任。后来的红宝石山脊事件和韦科事件都要求在事件结束后上交报告，就是很好的例子。

当年5月，政府向印第安人承诺要调查美国印第安人运动组织所指出的印第安事务局的腐败行为，同时承诺就印第安条约举行听证会，印第安人最终停止了占领行动。这次行动让FBI认识到有必要发展特殊武器与战术小组项目（SWAT），在伤膝河事件发生之际，这一项目刚刚在位于弗吉尼亚州匡蒂科的FBI学院启动。

这次事件持续了71天才结束，参与到其中的人都一致同意，FBI需要寻找一个更好的方式来应对此类重大事件。特警队缺乏组织，同时FBI也缺少合格的管理人员，这两个方面给FBI造成了严重的问题。在接下来的几年里，这两方面都对美国发生的重大事件造成了不利影响。伤膝河事件刚刚结束，FBI学院便成立了一个地区性的特警项目。1982年，他们成立了人质解救小组，其成员都是经过严格训练的精英。1985年，危机事件谈判小组成立，由能力超群的谈判专家组成。但是，FBI直到20世纪90年代初，才强调对管理人员进行有关重大事件危机管理的培训。FBI和所有大型组织一样，都经历了非常缓慢的发展和演变过程。

很多年以后，我和查克·坎普在林肯市内布拉斯加大学足球队的更衣室见过一面，但我再没见过简·威廉。他离开了俄克拉何马州的伍德沃德，调到了伊利诺伊州的罗克福德。又过了一些年，我听说他在进公寓时，被一个银行抢劫犯用枪击中了脸部，虽然这种袭击几乎致命，但他最后竟奇迹般痊愈了，并重新回到工作岗位。

我上一次看到拉塞尔·米恩斯是在一部电影里，他已经离开南达科他州，与丹尼尔·刘易斯合作出演了一部电影《最后的莫希干人》，他在片中扮演一名印第安人。他可以说是我们中的幸运儿，好莱坞拯救了他，让他摆脱了在印第安部落自生自灭的命运。

第4章
"共生解放军组织"

1999年春天,晌午时分,我正坐在位于圣莫妮卡的米高梅影城的办公室里。1995年我从FBI退休后,在米高梅影城找到一份工作,担任公司的安全主管。我喝着从星巴克买来的咖啡,一页页地翻看好莱坞报道,我还能看到漂亮的女演员从我的窗外走过,她们匆匆赶往前期制作室,参加最新的《007》电影的试镜。这时,人力资源部的副总裁史蒂夫·肖打来了一个电话,打断了我的思绪。

"吉姆,我们认为艾米丽·哈瑞斯就在米高梅影城工作。"

"艾米丽·哈瑞斯?你是在开玩笑吧。"

我有30年没听过艾米丽·哈瑞斯这个名字了。她是"共生解放军组织"的逃犯,1974年,她曾与丈夫比尔伙同其他人,于洛杉矶绑架了派翠西亚·赫斯特。FBI下属的每个分局都对此案进行了一番深入调查,最终在旧金山某处将她抓获,而逮捕她的地方离派翠西亚·赫斯特被绑架的地方不过数米远。为了寻找艾米丽和比尔,我曾在旧金山待了一年半的时间。

对于史蒂夫·肖的话,我有些半信半疑。"史蒂夫,你到底在说什么?"我记得《洛杉矶时报》最近发表了一篇文章,专门介绍"共生解放军组织"从前的成员,文章题目就是《他们现在在哪里》。该文章描述了"共生解放军组织"的大部分成员,其中就包括艾米丽。文章说她现在在洛杉矶某处从事电脑程序员的工作。文章还刊登了几张"共生解放军组织"前成员的照片,但艾米丽的照片不在其中。

"她在这里工作过两年,是一名IT承包商。"史蒂夫说道。IT部门有个员工根据报纸上的文章,弄清了其中的因果联系。据说,她是个很优秀的程序员,很擅长跟踪电影版权。她做事也总是经过深思熟虑,几乎万无一失。

这简直让人难以置信,她居然就生活在我的眼皮子底下。案子已经过去了28年,现在人们已经不把它当回事了,可我居然发现她就在我楼上——米高梅影业2450号建筑的二楼。我很愿意跟她一起坐下来,然后问她一堆当年审讯时她没有回答的问题。有一件事是史蒂夫不知道的,1975年,加州萨克拉门托的郊区卡迈克尔曾发生过一起银行抢劫案,艾米丽就是该案件的嫌犯,她被怀疑开枪射死一人。当天,一个名叫莫娜·李·奥萨尔的42岁的妇女在银行取存款时,被人用一把手枪杀死。据称,艾米丽是这把短枪的持有者。尽管艾米丽由于绑架案已在监狱里蹲了7年,但她并未受到谋杀奥萨尔的指控。

现在是1999年,有趣的是,数月之前,FBI逮捕了一名"共生解放军组织"的前成员凯西·苏丽娅,她是一名长期逃犯,曾试图炸毁洛杉矶警局的数台巡逻车。苏丽娅已结婚成家,化名为莎拉·简·奥尔森,在明尼苏达州过着无拘无束的生活——她成了一个真正的足球妈妈①，嫁给了一位医生，在当地的戏院做演员。我知道，一旦苏丽娅被捕，对艾米丽来说事情就大了，因为苏丽娅肯定会考虑跟警方做个交易。艾米丽一定会为此寝食难安，警察随时都会敲开她的门，就奥萨尔的事情找上她。而她此刻居然就在这里，就在米高梅！

1973年，"共生解放军组织"在伯克利成立，一些激进的反战白人大学生和唐纳德一起聚集到一个让人困惑不已的协会中。唐纳德是非洲裔美国人，也是一名在逃犯，他们公开宣称自己将进行一场"反对美国的战争"，但是他们所有人都不知道这句话到底意味着什么。唐纳德依照著名奴隶解放领导辛辛克的名字给组织命名，并自封为陆军元帅。"共生解放军"的口号是"法西斯走狗们的灭亡将保佑人民大众"，我认为这纯属无稽之谈。他们用"共生"这两个字来表示所有人都可以生活在和谐之中，这句话说得通，但他们随即走出社会，到处滥杀无辜，这种行径就根本没有道理了。"共生解放军组织"的标志是一只七头眼镜蛇，代表统一、自决权、集体工作和责任、合作经济、目的、信仰和创造力。很显然，相比大学时光，他们在这个新俱乐部花费的时间要多得多。

1973年12月，"共生解放军"谋杀了奥克兰学校督学马库斯·福斯特，这是他们第一次公开的所谓"暴力反对美国的战争"。1974年2月4日，"共生解放军"犯下第二起罪行，传媒帝国女继承人帕蒂·赫斯特②在位于伯克利的公寓中被"共生解放军"

---

① 足球妈妈（soccer mom），指家住郊区、已婚、家中有学龄儿童的中产阶级女性——译者注。
② 帕蒂·赫斯特即前文派翠西亚·赫斯特的简称——译者注。

绑架，绑匪还残忍地暴打了她的男朋友。几天后，"共生解放军"提出了赎金要求：帕蒂·赫斯特的父母（赫斯特出版帝国的所有者）必须在洛杉矶施舍价值200万美元的食物给穷人。赫斯特用了几天的时间，建立了几个食物施舍点，完成了绑匪的要求，这是我见过的最明智的赎金要求，绑匪不用冒着被抓捕的危险去取赎金。在赫斯特绑架案中，绑匪只要走到街角，欣赏赫斯特在旧金山几个地方向无家可归者施舍食物，就可以知道自己的要求是不是实现了。此后，"共生解放军组织"便销声匿迹，和帕蒂一起从人间蒸发了。

帕蒂被绑架时，我正在处理几起大型欺诈案。FBI洛杉矶分局里装满了调查线索，他们也把我拉到调查绑架案的办案组中。于是我留在了这里，度过了十个年头，这是我职业生涯中最热血沸腾的一段时期。

有关绑匪的描述很粗线条，在描述中，绑匪有男有女，全副武装。最开始，FBI还在寻找被绑架的帕蒂·赫斯特。但两个月之后，"共生解放军"抢劫了旧金山海波尼亚银行——这次抢劫案中出现了帕蒂的身影，她戴着黑色四角帽，扛着一把来复枪，浑身散发着革命者的味道。当时我们禁不住想，帕蒂被绑架也许是故意的，就是为了给她创造条件，加入这个国内游击组织——这样，她小小富家女的人生就又多了一份刺激。

然而，我们却不知道，他们绑架帕蒂后，把她锁在密室里长达数周。她曾遭到数次性侵犯，不断受到组织成员的威胁。他们只给她提供少量的食物和水，还强迫她参加抢劫银行的行动。在审讯中，她宣称自己所带的枪里面没有子弹。此外，还有一种说法，帕蒂的行为是斯德哥尔摩综合征造成的,即人质和其劫持者之间产生了感情。

1973年,瑞典斯德哥尔摩爆发一起为期四天的人质事件,这次事件诞生了斯德哥尔摩综合征这一概念。在案件中,几个人质和银行抢劫犯一起待在银行保险库里,其中有个人质征候表现最为强烈。她保护劫匪,指出警方狙击者的位置,拒绝跟警方合作。她批评警方的不当反应,在跟瑞典首相通电话时还对他进行了口头侮辱。案子结束后,她去监狱看望过一名劫匪,并最终嫁给了他。大家都不理解她的这种行为,但是警方的精神病专家却爱死了这种故事。

通常来讲,在一起人质事件中,人质本身被囚禁,在心理上受到冲击,所有的行为都要经过劫持者的允许。这样,人质就如同变成了一个孩子,由于潜在的受伤或者死亡威胁,人质完全失去自我控制的能力。随着时间的流逝,人质劫持者只要稍微表现出一点善意,人质都会对他产生强烈的好感。随着这些情绪的积累,人质开始认同劫持者,并对其产生爱情。同时,人质劫持者也能产生这种感情,他感觉到自己与人质联系紧密,对人质产生出保护欲。人质及其劫持者双方都不信任并且厌恶警方——以及谈判专家。斯德哥尔摩综合征可产生在三十分钟的时间之内,年轻女性最有可能出现这种症状,但是孩子们对于这种症状似乎是免疫的,这很可能是因为父母与孩子之间的联系已经定格在他们头脑中,还没有开发出自我独立意识。人质谈判专家必须特别注意这种控制下所产生的屈从关系,这种关系不同程度地存在于各个人质事件中。

总之,事情已经升级到更严重的地步,"共生解放军"变成了一群高度武装的激进组织。

那时,大家为了找到唐纳德和帕蒂,每天12小时轮班,访遍了洛杉矶的黑人皮条客和白人妓女。我的搭档是一个守旧的专门负责银行抢劫案的特工,名叫帕尔,他总是穿着短袖衬衫,肌肉发达,看起来就像电影《纽约重案组》中的安迪·西波维茨。他从不穿外套,所以每个人都能看到他身上佩戴的点357左轮手枪和手铐,他对此也蛮不在乎。帕尔的前额正中间还有一个很大的垂直静脉,看起来就像皮肤下面有一条大蚯蚓,他一发怒,蚯蚓就似乎要爬出皮肤。他经常发怒,所以这种情景很常见。当他看着别人的时候,别人会感觉到自己好像被激光打中。我第一次见到帕尔是在几个月前,当时中南区发生了一起银行抢劫案。我们赶到银行,让目击者描述嫌犯的样子,他们说是"一个黑人男子",帕尔咕哝道"又是男人"。我俩一起巡视洛杉矶中南区,寻找可能的嫌犯。帕尔胆子很大,他大步踏入台球房和舞池,那里面全是黑人男子,对警察有很大敌意。他对这帮人视若无物,也没有人敢来惹我们。"一群孬种,"他这么称呼他们。等到我们结束任务,我感觉自己的肾上腺素都快被掏空了,帕尔一个劲儿地嘲笑我。此后他离开FBI,抛弃了自己的家庭,跟一个女线人私奔了。我最后一次得知有关他的消息,是听说他已经回到美国东部开十八轮大货车去了。

FBI全力以赴追捕"共生解放军",除此之外,"共生解放军"也成了媒体的关注焦点。记者不断追问FBI为什么找不到他们,每个头版头条都是这类消息,我们的压力无比巨大。

海伯尼亚银行抢劫案之后,我们锁定了"共生解放军"的主要成员,搞清楚了自己要找的人。很明显,唐纳德是该组织的领导人，也是我们的头号通缉犯。我们还了解到，他们肯定还有一个支持网络，其支持者很可能来自反越战组织中的新左派人士，可能还包括一些激进学生。我们还断定他们聚集在一起，这个团体很显眼，里面有黑人，有唐纳德，还有几个年轻的白人妇女，但让大家惊讶的是，居然没有人发现这伙人的踪迹。

后来，帕蒂和艾米丽在位于南洛杉矶的一家梅尔运动用品商店短暂停留，买了一些生活必备品，一切就此改变。

梅尔是一家典型的体育用品店，店址位于英格伍德中央的克伦肖。这里的居民都大同小异——都是黑人和西班牙人，这个镇子很不安生。在这里，人们晚上不能随便出门，除非他想招惹麻烦。

托马斯兄弟的《洛杉矶逛街指南》第51页说的就是这里，我们作为FBI特工，经常要抓捕嫌犯，我们常常取笑自己，好像我们在洛杉矶待得最多的地方就是这里了。

1974年5月16日下午，帕蒂绑架案已经过去三个月了，比尔、艾米丽·哈瑞斯和帕蒂在梅尔店门口停下来，因为比尔想买一些衣服。帕蒂坐在街对面的大众货车里。比尔买了一双袜子后走出商店，一个警觉的店员注意到他们，并认出了比尔，接着就发生了一场搏斗，然后艾米丽也加入其中，每个人都手脚并用，场面就像一场三年级生的比赛。比尔从腰间拿出一把小小的左轮手枪，但雇员用手铐铐住了他其中一只手腕，夺下了他的武器。帕蒂本来一直在街对面停车场的货车里打着盹，然后抬起头看了一眼，发现情况不对。她立即拿起一把步枪，朝着商店前门上面的标志开枪射了几发子弹。

雇员跑回店里，打电话报警，比尔和艾米丽冲到街对面，跳进货车，跟帕蒂会合。他们开着车，想从这里逃走，有一名男雇员跳进自己的车里，跟上了他们的货车。比尔等人最后扔了货车，抢劫了另一辆汽车。当时，比尔跳到车上，对胆颤心惊的司机说："我们是'共生解放军'，我们要征用你的车。"根据之后警察的审讯，梅尔体育用品店的雇员和那位车子被抢走的司机都表示，用来复枪射击的那个女人就是帕蒂·赫斯特。其他目击证人也肯定地说，另两个人就是比尔和艾米丽·哈瑞斯。英格伍德警察局立即将此事通知给FBI。

那天晚上，他们三个人把车停在一家汽车影院，艾米丽用一把钢锯锯开了比尔的手铐，然后他们商量下一步的行动。多年以后，帕蒂（毫不吃惊地）向调查者承认，当时他们在那家汽车影院都顾不上看电影。

与此同时，FBI暴跳如雷。在一个小时之内，洛杉矶所有的FBI特工和警察都收到消息，"共生解放军"就在镇子里。大家现在都不用怀疑帕蒂到底是站在哪一边了。成百上千的警察和特工一窝蜂地涌进英格伍德，寻找帕蒂·赫斯特等人抢劫的车子，英格伍德一下子成了全美最安全的镇子，每个人都希望能亲自找到他们。

而我们并不知道，海伯波尼亚银行抢劫案后，"共生解放军"觉得旧金山地区的情况炒得太火热了，因此决定开车去洛杉矶。唐纳德对他们说，他在南加利福尼亚有几个朋友，可以在事态平息前收留他们一段时间。他们在逃亡的路上一共使用了两辆白色货车。他们到了洛杉矶后开始分头行动，并且约定了会合的时间和地点。唐纳德和其他人去找安全的居所，帕蒂他们则去买些日用品。帕蒂等人在梅尔商店出漏子后，就没办法再跟其他人联系了。他们觉得警察可能随时都会赶到英格伍德，于是开车一路向南，最终在阿纳海姆市迪斯尼乐园附近一家不起眼的汽车旅馆停下来，在那里躲了几天，消失在人们的视野之外。

而在这个时候，唐纳德和其他成员的运气也坏到家了。他们找不到接应人，最后在中南区54号大街克里斯汀·约翰逊的房子中安顿下来。但是由于他们经常跟邻居打照面，最终有几个邻居发现了他们。一个学生年纪的白人姑娘在洛杉矶中南区的晚上出没，这无异于一道显眼的霓虹灯。他们大部分晚上都在约翰逊家里不出来，但他们的末日即将到来。巡逻车和FBI特工都已经涌入这里，搜查工作在夜晚变得更为深入。

我们搜查了那辆被遗弃的货车，发现一张停车票，上面写了一个位于第84大街的地址。一大批特警队员和FBI特工在一小时之内赶到了那里，结果发现他们在几个小时之前就已经逃跑了。微波炉里的食物还是热的，警方的巡逻车不断巡视着该区域，FBI特工开始走访邻居，寻找逃犯的其他信息。我们就像猎犬一样，对逃犯的蛛丝马迹穷追不舍。

下午三四点的时候，洛杉矶警察局牛顿街分局接到克里斯汀·约翰逊母亲的电话。她向警方说了一个奇怪的现象，一个黑人带着几个白人姑娘搬进了她女儿位于54街1466号的房子里，他们身上都带着枪。是的，这伙人都带着枪，而且很明显，他们看起来不像是好邻居。

几分钟后，洛杉矶警察局的便衣警察搜查了该社区，在康普顿市西边、54大街以北的几个街区之外的一条小巷里，他们发现了两辆可疑的货车。他们报告了这一发现，几乎所有的洛杉矶警察和

FBI特工都闻风而动。我们待在当地警方征用的一个院子里，看着特警队赶过来。他们的车一辆接着一辆，特警们每两个人一组，无一例外都是自大的肌肉男，壮得跟举重运动员似的。他们听到这个消息时都两眼放光，充满期待。当时，FBI特警队只有8个成员，洛杉矶警察局好像派了百来号人。大家的兴奋之情都溢于言表，每个人都相信这将是一场恶战。虽然监察人员报告说，自从他们进入房间后，里面基本没什么动静。他们推断，要么是唐纳德和其同伙已经逃跑，要么是他们找错了地方。我们晃来晃去，看着特警们换服装，子弹上膛，大家都非常期待这场终极对决。特警组走出院子，部署队伍，我们其他人慢慢地跟在他们身后，在房子角落找好位置，监视着四周。

我身上仍然穿戴着标准的FBI制服和领带，和搭档走到54大街，尽管当时已经是下午5点半了，并且我们已经36个小时没有合眼，但我们从未这么清醒过。那是一间小小的平房，位于54街的南边，从康普顿市方向来算的话就是第三间。由于警察已经驻扎在这一片，整条街道的闲杂人等都被清除，所以看起来就像是一部即将落幕的老牌牛仔电影。大约过了一个小时，一名洛杉矶警察局特警队官员像约翰·韦恩[①]一样走到街道中央，面对着房子，用扩音器喊话，要求屋里的逃犯投降：

东54大街1466号的居民，

这里是洛杉矶警察局，

[①] 约翰·韦恩（John Wayne），好莱坞明星，以硬汉形象闻名——译者注。

举起手出来投降吧！

不要反抗，我们不会伤害你们。

过了一分钟，前门开了，一个年轻的黑人男子慢慢走出屋子，他高高地举着双手，走到特警队的包围中来，大家赶紧把他安排到附近等待的救护车里。警方又一次喊话，然后一个年长的黑人男子也走了出来，特警们也把他制服了。我们还不知道这两个人是谁，但可以确定唐纳德还没出来。我们肯定找错地方了。

最后，洛杉矶警局又做了几次警告，然后发射了两次催泪瓦斯弹。我们一直等在原地，开始怀疑屋子里是不是已经人去楼空了。

几秒钟之后，屋里的人开始灭火，同时开枪往街上扫射。特警队员本来部署在房子周围的各个角落，见此情景立即还击，使这里变成了一个战场。我也拿出自己那把点357口径手枪，这是我在密西西比当特工时给自己买的新礼物。出于自我保护的心理，我把枪对准了房子的方向，然后蹲在屋子一角的铁丝网后面，观察着枪战的情况。又过了几秒钟，我趴在地上，身边还有一个新闻摄影师，他蹲在我的肩膀旁边拍摄现场视频。我简直不敢相信自己的眼睛，他这么做要么是太勇敢，要么是太愚蠢。几百发子弹铺天盖地地朝我们射过来，我好像又回到了越南的战场上。我蹲在某些掩盖物后面，将武器高举过头顶，对着看不见的敌人开枪射击。我时不时还得抬头看看，防止敌人已经瞄准了我。

枪声偶尔会沉寂下去，然后又开始响起。大约过了一个小时，又有几个FBI特警队员赶过来支援洛杉矶警察局。几分钟之后，洛杉矶警局要求再来一点喷雾，FBI小组跳进烟雾中，朝屋子发射了一打

40毫米的催泪弹，然后又退了回来。

大约又过了一个半小时，枪声终于停止了，每个人都满怀期待地看着对面。突然，一个年轻的黑人妇女从屋子前门跑出来。很明显，她已经被枪声给吓傻了，后来我们确认了她就是克里斯汀·约翰逊。特警队员让她走到房子一边，然后把她监禁起来。几分钟后，枪战又一次打响。奇怪的是，我们发现双方都存在着一种没办法休战的默契。

房子后面开始冒出烟雾，可能是催泪弹攻击已经引起一场火灾。我们断定，这些烟雾肯定能把他们逼出屋子。

枪战已经持续了几个小时，洛杉矶警局开始担心弹药即将耗尽，特警队的家伙吵着要重新补给，东南区和77街分局派来了一些增援的警察。枪战仍在继续，双方都没有明显伤亡。（事实上有一次，两个"共生解放军"的女人走到后门向警方开枪，最后自己身亡，但是我们这些站在屋子北端的人对此毫不知情。）我突然想到，自己在FBI已经待了三年时间，而这是我碰到的第三起火拼案件。第一次是杰克逊市的三K党，第二次是伤膝河村的美国印第安运动组织，现在则是"共生解放军组织"。我是不是天生霉运，容易碰到这种事情？我还有十七年才能退休呢！

房子里零星地射出子弹。有些枪声听起来像是重型机枪，每当这种枪声响起，我们所有人都会把身子蹲得更低。附近的房屋由于交火，都留下了坑坑洼洼的痕迹，整条街看上去就像是黎巴嫩战后的贝鲁特市中心，到处都闻得到火药的味道。屋子里的火光慢慢消退，火势蔓延到了屋子的支架。我们都专心地看着，期待有人从屋内跑出来。

接着，火势慢慢削弱，屋内逃犯的武器因发热而走火。我们继续等待，看有没有人冲出来。

还是没人出来。

我们等了很久，很显然，屋内的人不可能还活着了。消防部门派来了一辆消防车，开始收拾残局。一名消防员站在卡车上，将喷嘴对准房屋残骸，就好像一个猎鹿人拿脚踩着自己猎物的脑袋。他不自觉地露出了一丝笑容，那名新闻摄影师躲在人群里，抓拍到了他的笑容。我们惊讶地站在原地，在现场见证了这一历史性的时刻。

帕蒂·赫斯特也是屋内烧焦的残骸中的一员吗？三天以后，我们通过对比牙医记录找到了答案。我们最终确定，屋内的牺牲者包括安吉拉·阿特伍德、唐纳德·德菲尔兹、卡米拉·霍尔、南希·佩里、威利·沃尔夫、帕特丽夏·索尔蒂。帕蒂去哪里了？十八个月以后，我们才找到她。

当时我和乔·阿尔斯通搭档，他在局里属于那种能力超群、经验丰富的探员，而且还是世界级的羽毛球冠军，50年代他曾是《体育画报》的封面人物。他的羽毛球技术可不是在后院吃烧烤喝了四杯啤酒后的产物。打球时他的速度可以达到每小时200英里，球可以飞到离对手3米开外的地方。他在洛杉矶警局处理所有的绑架案件，最擅长协调绑架案调查和赎金支付。他充满激情，享受着这种炼狱般的生活。所有事情都有其价值，任何事物都有利有弊。他在每一天的工作中都表现得像个开心果，总是笑容满面，他在工作时表现出的激情对大家来说都很有感染力。他的鞋子后跟总是吱吱作响，听起来就像踢踏舞表演。乔掌握了大量调查线索，每一天还会出现新的线索。乔掌控着这次绑架案的调查方向，警方一确认和发现主要罪犯，他就会制定战略，准备将其抓获。

帕蒂和其同伙在接下来的一年半时间里，走遍了美国的大江南北。最后，1975年9月18日，旧金山的FBI特工在戴利城莫尔斯街的一个小房子里逮捕了帕蒂和温蒂。不久后，FBI又在几米开外的地方抓捕了正在慢跑的比尔和艾米丽。就算是激进派，也得保持体型。

这次奇怪的冒险在距离它18个月前的发生地仅30多公里的地方结束了。至此，剩下的"共生解放军"成员，包括帕蒂在内，都纷纷被捕、受到指控，随后锒铛入狱。尽管著名律师李·贝利为帕蒂做了辩护，但她还是被判了7年监禁。但是，即便是在所有人都已刑满释放后，1975年的奥萨尔谋杀案依然还在审理中。

1999年6月，警方在明尼苏达逮捕了苏丽娅，事情也随之有了突破性进展。萨克拉门托FBI分局就奥萨尔谋杀案审讯了苏丽娅的弟弟史蒂芬，他获得了无罪开释。警方对于审讯艾米丽一事感到希望不大，但是奥萨尔的孙子乔恩和另外两名洛杉矶检察官确信此事可行。他们开始向萨克拉门托的同行施加外界压力，而《洛杉矶时报》就这两个不同的FBI分局之间有关原告的争论进行了详细报道。苏丽娅被逮捕后，检察官开始指认从前的"共生解放军"成员，并重新审问他们，检察官还设立了一个原则，那就是"大家来做个交易吧"。想要交易完美实现，这可是首要原则。

事情开始出现转机。从前的"共生解放军"成员现在已经年近50，且都已成家立业，他们不愿意为自己30年前的错误而在监狱里抱憾余生。艾米丽也发现事态不对，交代她的室友如果自己被警方抓住，要怎么处理她的事情。随后，警方果然进行了抓捕行动，艾米丽被逮捕,并被指控对奥萨尔犯下一级谋杀。她在洛杉矶监狱服刑,之后被转狱到萨克拉门托。

我在米高梅影城听到她在这里的消息后,第一个想法就是要替当局保管她的个人物品。假如公司有同事肆无忌惮地在易趣网上拍卖这些东西,那会让当局颜面扫地。我还考虑在她的电脑里也许能查到"共生解放军组织"的最后一名在逃分子詹姆斯的下落(数月后,他在南非自首)。萨克拉门托的FBI分局在逮捕她的第二天给我打了电话,称他们将搜查她的个人物品,但是此后警方音信全无。过了几个月,艾米丽就成了又一个遥远的回忆。

2003年2月15日,萨克拉门托法院开庭审理了艾米丽和其他几个"共生解放军组织"成员,他们对二级杀人罪行供认不讳。在艾米丽被审讯期间,《洛杉矶时报》报道称,艾米丽表现得十分懊悔,她说:"我的后半生都在深深的悲伤中度过。"此后,法官判处她7年有期徒刑,其他成员的刑期都要比她短,毕竟是她扣动扳机杀死了奥萨尔。其他人还引用了她的话,据说她在杀死奥萨尔后说道:"没什么大不了的,她不过是个混蛋资本家,她的丈夫是个医生。"时隔整整29年,"共生解放军组织"终于不复存在。

至于帕蒂,她本因银行抢劫案而服刑。1979年1月,时任美国总统卡特为其减刑,之后的美国总统比尔·克林顿在职的最后一天豁免了帕蒂。她后来嫁给了自己的保安,重新搬回到东部,还写了一本书专门讲述"共生解放军组织"。她成了一个家庭主妇,当了妈妈,偶尔还客串演员。

第5章
劫机犯

1981年3月5日上午,美国大陆航空公司从洛杉矶飞往凤凰城的第52号航班即将起飞,乘务长芭芭拉·索伦森站在门口检查清单,以确保让头等舱的乘客感觉舒适。一架波音727飞机还在跑道的终点处,乘客们纷纷带着随身行李准备登机。飞机后方的坡道被放下来,好让乘务人员上机。这时,一个戴着滑雪面罩的高个子男人上了飞机,一只手拿着黑色运动包,另一只手里抓着一把枪,芭芭拉知道麻烦来了。

劫机者宣称:"现在我要劫持你们的飞机,我包里有一颗炸弹,我需要五百万美金。把门关上,让飞机飞走,离开登机口。"

他用半自动手枪对着芭芭拉,背靠着舱壁。芭芭拉的情绪十分激动,她搞不懂这个人怎么能在戴着口罩、手持枪械的情况下走进机场。接着她所受的训练发挥了作用,她开始采取行动。她把脑袋伸进驾驶舱,向飞行员做手势,表示有个带着手枪和炸弹的家伙上了飞机。飞行员吃了一惊,但他是个聪明人,立即把舱门关上,从驾驶舱的窗户处爬出来,顺着紧急电缆爬下,剩下芭芭拉一个人以一副不可置信的样子站在原地。

尽管这是飞行员逃生的标准步骤——一架飞机若没有飞行员就哪儿也去不了——但是芭芭拉很愤怒,觉得自己被飞行员抛弃了。在新合同谈判期间,飞行员和空乘人员一直争执不休。后来,芭芭拉把飞行员"为自己的性命逃之夭夭"的行为称之为正常,她心里清楚,劫机者对此也不会有多惊讶。芭芭拉没告诉劫匪飞行员已经跑了,而是走到一等舱后面,关掉窗帘,悄悄地示意一个二等舱的空乘人员。这名空乘人员立即走到机尾,用机载电话给洛杉矶国际机场打了电话。

"第52号大陆航班被持枪歹徒劫持。这不是测试也不是演习,请做出正确反应。"她挂掉墙上的电话,转身面对乘客。她还没意识到,接下来的几个小时里,这些人的生活将发生重大的改变。

联邦航空局接到了第一个电话,接着是FBI,随后,国务院、特情局以及美国所有机场都接到通知,这起劫机事件迅速演变成一次重大危机。

几分钟后,洛杉矶警局机场分局的一名警官赶了过来,他身穿制服,出现在波音727后面。他警觉地观察了飞机内部的情况,然后让乘客从机尾台阶撤离。由于飞机本身的设计,人们很难从机头位置看到飞机尾部的情况,因此警方直接从飞机后方采取行动,从这个角度,劫匪根本看不到特警队员赶过来。而且芭芭拉还把一等舱和过道的窗帘拉了下来,由于芭芭拉的快速反应,洛杉矶警方在几分钟之内就已让飞机上的大部分乘客撤离了现场。最后,现场只剩下8名头等舱乘客、芭芭拉自己以及其他乘务人员。

此时,距离匪徒登机已经过去了15分钟,我们接到FBI洛杉矶分局的电话。对于全美的劫机事件,FBI享有完全的控制权。尽管当飞机上天时，联邦航空局扮演主要决策者的角色，但当飞机停留在地面时，FBI便掌控了局势的发展。

在人质事件中，劫机能产生最多的悬念，也能激发出最多的回应。劫机的后果最不确定，人质数量众多，公众对机上乘客的身份也最为好奇（比如VIP贵宾或者名人）。劫机者也许神经错乱，或者是动机扭曲的恐怖分子，这些都增加了事件的不可预知性。大家都担心飞机可能会烧成巨大的火球，或者以其他方式造成威胁。所有的因素叠加起来，就使得劫机成了诸多政府部门所面临的巨大危机，而媒体也对这类事情抱着前所未有的兴趣。FBI、航空局、航空公司、地方空中交通管制员、其他在飞或者待命的飞机、地方警局和媒体，这些都一窝蜂地做出回应。特情局甚至还可能叫醒总统，通知他这一事件。对执法部门来说，劫机就意味着爆发了一起紧急事件。

我们赶到现场时，飞机还在原地，尾部的斜梯还没收起。大部分赶到现场的特工先让乘客撤离，当时这些人还在候机大厅的大门处等待。作为现场的首席FBI谈判官，我跑下楼梯，来到停机坪。艾德·贝斯特跟在我身边，他是FBI洛杉矶分局的特别行动署署长。贝斯特穿着一件黑色套装，打着领带，领带上还有一枚别针，就像1940年的装扮。他看起来很完美，我禁不住想是不是所有的特别行动署署长都打领带、别别针。我们走上机后的斜梯，与洛杉矶警局的警官碰面，此时他们已经撤离了二等舱的乘客。

贝斯特向现场的警察表明身份，并对他们的努力表示感谢，然后说道："从现在起，这件事就交给FBI吧。"贝斯特又在玩"FBI是老大"的把戏，这个警察刚刚救了一帮乘客的生命，而他虽有些困惑，但还是视贝斯特为长官，听从命令走开了。我禁不住去想，他将这架劫机案件交给FBI后，职业生涯会不会发生什么变化。

我们爬上楼梯，芭芭拉见到我们，向我们报告了劫匪的最新情况。她表现得出奇冷静。"绑匪现在待在一等舱，和8名乘客、1名乘务员在一起。他身上肯定有把枪，还说自己包里有炸弹，此外还有个看起来像导火索的东西。他想要五百万美金，并且坚持让飞机离开跑道，还一直用枪威胁乘客。这个人说话带点口音。衣服是黑色的，脸上戴着面罩。"说完这一堆话后，她深深地吸了口气。

贝斯特走下台阶，命令附近的机场人员把飞机拖到R-74跑道，这样劫匪的劫持位置就被远远地隔绝在机场最西边。但这需要把飞机后面的斜梯拉上去，关上舱门，拖轮才可以把飞机从大门处拖走。我强烈反对移走飞机，作为一名特警和谈判专家，我了解保持飞机尾部入口畅通的重要性。所有特警队员都面临一个最大的挑战，那就是寻找一个入口，让自己能快速进入作战区域。而在这个案子中，入口的门是开着的，就差写一个请进的标识牌了。假如舱门关闭，就很难再打开入口通道。我委婉地对贝斯特表达了这个想法。既然这个家伙有炸弹，为什么我们不直接把门附近的人员撤离，防止出现伤亡呢？

但贝斯特坚持这么做。"飞机必须转移。"好像这是一个很简单的策略，可以控制形势，并且让洛杉矶警局置之事外。

几分钟后，有人送来了拖轮。我们走下台阶，看着舱门关闭，机尾斜梯从飞机里面被拉进去。芭芭拉关门的时候，还从小窗户处往外望着，表情看上去就像一个孩子被大人扔在了孤儿院。拖轮缓缓地把飞机从大门处拖走。我没认出拖轮上的那两个人，但是我猜其中有个人身上穿的黄色套装比他自己身体大上两倍，脚上还穿着尖头皮鞋，他应该是个特工，跑到拖轮上是为了看清楚劫匪的样子。

我和贝斯特、史蒂夫·达克坐在机场安全车上，一直尾随着飞机，车子停在了机场西边。我们互相看着对方，现在该干什么呢？我们该怎么跟劫犯谈话？飞行员们已经从驾驶室逃出来了，舱门也都被关闭。即使我们带了联邦航空局的无线电，驾驶室里也没人跟我们沟通。

我们走下车看着飞机，一时间大家都很沉默。史蒂夫很生气，因为贝斯特滥用职权，让我们现在一筹莫展。史蒂夫是典型的FBI特工：聪明、有洞察力，他本可以一路升职，却宁愿待在原职，做些有意义的事。他个子矮小，身材结实，头发斑白，总是一副人群中的智者形象。他肩膀上还戴着一个枪套，就像一个正在接受电视采访的纽约谋杀案侦探。

几分钟后，我拿出一个笔记本，在一张纸上写下几个大写字母："打开后门，我们聊聊。"

我走到飞机一侧，举起手中的纸，让一等舱的乘客看到。他们好奇地看着我，接着点点头，好像明白了我的意思。我走到飞机后门，等了几分钟。突然，飞机后门的斜梯被放下来，一个乘务人员走下台阶。

"他还在头等舱，"她喘着气说，"歹徒一只手上拿着枪，另一只手上有个炸弹导火索样的东西。他没有伤害人质，不过很吓人。他脸上有面具，话也不多。"

她的身体不由自主地发抖，嘴角不断抽搐。她是个"破坏

041

者",我们不能再冒险让她回去。虽然她很担心芭芭拉,但当我们让她赶快离开时,她露出了一副如释重负的表情。

贝斯特走上台阶。我看着他,猜测他到底有没有带枪。假如他揣着枪,他的造型可就没这么好看了。这个男人很可能都不知道自己的手枪放在哪里。然后——我突然一个激灵——我自己的枪还放在手提箱里,落在候机厅门口的车里,有色眼镜也在里面。我希望没忘记锁车。特警队还没到,也没法提供火力支援,这一刻我感到自己脆弱无助。我跟着贝斯特上了斜梯,希望他没发现我。两个FBI特工走进了一架被歹徒劫持的飞机,歹徒身上有枪有炸弹,而特工身上什么武器都没有……

芭芭拉带着一丝紧张的笑容,在台阶口等着我们。现在飞机上只剩下她、8个头等舱乘客以及歹徒,乘客们肯定做梦都在想逃出升天。首先,我们告诉芭芭拉,让她告之劫匪飞行员已经逃跑,飞机无法起飞。我们最好的打算就是劫匪能自动投降。芭芭拉毫不畏惧地走到飞机前部,跟劫机者说了几分钟话。

我和贝斯特、达克留在飞机尾部。在芭芭拉的帮助下,我们努力了几个小时,运用诸多谈判技巧,终于逐渐减少了人质数量。我们告诉芭芭拉怎么做才能让劫匪释放样子最虚弱的乘客:劫匪无法控制生病的人质,而且人质生病也给劫匪带来道德难题;如果他释放人质,还能给自己创造守信的形象。这个办法很有效,没过多久,生病的人质就被释放了。几分钟之内,机上的每一个人都经历了一种心悸的感觉——这种感受会传染。大家都非常想要小便,这对所有人来说都是一个大问题。出于某些无法解释的原因,劫匪允许一名人质去飞机后面使用洗手间,我们立即把她送出飞机。之后芭芭拉走过来，跟我们传达了劫匪的不满。

"他生气了，说那个人质答应了要回来的。"

"告诉劫匪，人质不愿意回去，那是人质自己的选择。"芭芭拉按照我的意思，乖乖地把这话传达给了劫机者。

后来，另一名人质也进了飞机后面的洗手间，可她坚持要回去，宣称自己答应了劫匪。当劫匪焦急地等待赎金的时候，她一直在向劫匪展示如何做折纸。我们只能强行把她拉下斜梯，弄出飞机，但是她担心劫匪会伤害其他人质。几小时后，劫匪同意让几名人质一起离开，我们控制住了形势，告诉他一个劫匪只需要留一名人质就能阻止警察接近他。这样他就有足够的余地，也不至于担心有人质逃跑或者试图攻击他。劫匪接受了我们这个建议，事情的进展越发顺利。

这时，贝斯特把两位特警狙击手杰瑞·莫滕森和唐·芬德利带进飞机，跟他们讨论如何狙击歹徒。达克不敢相信自己听到的话，他脸上的表情看起来就像是刚刚在墨西哥鱼肉卷里发现了一些墨西哥胡椒。我们都反对贝斯特的做法，提醒他现在谈判工作进展得很顺利。让特警队员靠近劫匪的做法可能会把劫匪逼向绝境，这样会对谈判造成不利的影响。

"不，"贝斯特说，"他会出来的。我们必须这么做。我们不知道这家伙打算干什么。"我一直在想，劫匪宣称自己身上带了炸弹，而我们现在就站在刚刚加满上千加仑喷气燃料的飞机上。

整件事下来，芭芭拉所表现出的能力和勇气都让我们大吃一惊。她不时把我们扔在飞机后方，自己去找劫匪，试图说服其投降，并一直鼓励他释放其他人质。劫匪脸上戴着面具，另一只手拿着疑似炸弹引线的东西，一直靠着头等舱舱门坐着。整整十个小时，他都没有移动，不吃不喝，甚至没用过一次洗手间。他很少说话，而且只跟芭芭拉说话。

　　贝斯特不断上上下下，检查谈判和战术设置情况。作为本次事件的负责人，他真的需要一个临时指挥所，但却坚持自己必须待在"案发现场"。狙击手已经在过道两侧就位完毕，只要劫匪站起身或者走出头等舱就能击中他。我和达克稍稍感到有些安心，我们总算能相对自由地在飞机尾部走动了。傍晚时，我们惊讶地看到媒体的大篷车现身在跑道上，看来他们准备做个实况报道。直到此时，我们这才突然意识到，所有人都在看我们的表现。这一刻真让人兴奋。

　　过了几个小时，我们看着布林克开着装甲卡车停在飞机跑道的一角，显然，他运来了500万美金。这个傻子是不是真的以为劫匪会带着成袋的20美元钞票飞走？我们取笑凯文·凯利，他负责赎金事宜，并一直在指导布林克的人做事。我们可以肯定，赎金不会真的被交给劫匪，但是，我们确实准备等到了一定的时候，可以给绑匪看看车子或者这笔钱。凯利很诚实，富有道德感，他那种正经的样子就连当地主教也相形见绌。

　　早前，芭芭拉已拉开窗帘，这样我们就可以看到机载厨房，偶尔还能瞥见绑匪的腿。狙击手本可以给他来一枪，但绑匪身上的炸弹随时可能爆炸，因此我们不得不谨小慎微。

　　午后十分，芭芭拉有几次把地面电话拿给劫匪，但他不愿意使用电话。我们对此也并不奇怪。通常，劫匪很害怕和谈判专家聊天会暴露自己的身份。很多时候，事件还没解决前，只要一有机会，媒体就会公布谈判的录音磁带。劫匪的口音很可能会被熟人认出来,所以他们拒绝通话是有道理的。有时,劫匪会让某个人质为自己说话。只有当歹徒身份被曝光,无路可逃时,或者他们疲倦到无法坚持时,才会从人质手中抢过电话。

我和达克一天都没有进食,于是在飞机尾部的厨房里弄了点营养冰芯片吃。肾上腺素压过了身体的饥饿。

飞机上只剩下最后一名人质,我们和芭芭拉一起讨论救援计划。她同意自己挡在劫匪面前,分散他的注意力,这样人质就有机会逃跑。问题在于我们怎样能当着劫匪的面让人质了解这一计划。而且我们也想到,人质已经对劫匪产生了认同感,跟帕蒂案件一样,斯德哥尔摩综合征发挥了作用。

芭芭拉毫不犹豫地同意了这个救援计划,她完全不在乎自己可能成为最后一名人质的事实。

"你知道这么做意味着什么,对吗?"我问。

她看着我的眼睛,露出紧张的笑容,点点头。我们不由自主地来了一个简短的拥抱。她走回过道,我们继续等待。终于,她成功地让最后一位乘客走出过道,来到飞机尾部。10个小时过去了。现在飞机里只剩最后一名人质。

我们鼓励芭芭拉与劫匪建立关系,这是种自我保护的方法。我们建议她跟歹徒谈谈自己的家庭,然后再问问劫匪的情况,还可以给劫匪看看自己孩子的照片,通常大家很难去故意伤害一个熟人。芭芭拉做得很好,过了一小时,我们甚至觉得芭芭拉已经制服了劫匪。她躺在一条头等舱的皮椅上,看起来很舒服,甚至还给劫匪展示了自己的美腿。在这期间,我跟达克轮流用地面电话跟芭芭拉通话，而其他人则在尾部斜梯处跟老板简要汇报情况。很明显，芭芭拉已经不再害怕绑匪。我们想她永远都不会出来了，因此我们得制定一个分离计划。

芭芭拉已经厌倦了现场和劫匪，她一直担心丈夫知道绑架案后会是什么反应。她丈夫有病在身，因此她很担心他的健康。我们告诉芭芭拉，这一切麻烦都是她面前的劫匪造成的，这都是他的错。芭芭拉立即有了反应，开始大骂劫匪，希望他趁早滚回家。半小时后，芭芭拉又干劲十足了，开始对着劫匪尖叫。

我利用地面电话告诉芭芭拉一个逃跑计划。我让她趁着劫匪放下枪的时候，顺着走廊跑掉，劫匪会时不时地把枪放下。芭芭拉一直在喝一瓶百事可乐，我建议让她给劫匪也拿一瓶——把可乐放到他拿枪的那只手里。劫匪一直是一只手拿枪，另一只手拿炸弹导火索。当歹徒放下枪拿饮料时，芭芭拉就可以跑了。芭芭拉花了几分钟鼓起勇气，这几分钟在我们看来有几小时那么长。我在电话里一直催促她，但她就是没办法行动。她有点歇斯底里了。

现在是很关键的时刻，任何一点小差错都可能影响全局。我努力挥手，示意贝斯特离开斜梯。大家都处在蓄势待发的状态。一点疏忽就可能让所有努力功亏一篑。狙击手全神贯注，期待着能把劫匪一枪送上西天。终于，芭芭拉递给劫匪一瓶饮料，劫匪把枪放在地板上，伸手接过饮料。

她沿着走道向我们跑过来，不过倒霉的是，她没跑两三步，就踩到窗帘，摔倒在地板上。狙击手们立即站起身，拿枪瞄准劫匪——芭芭拉依然歇斯底里地往飞机尾部爬去。我和达克不由分说把她拽下台阶，狙击手们跟劫匪面对面对峙着，又慢慢退回到飞机尾部。

飞机外面的狙击手们摆出了防守姿势，我跟达克跳进一辆停在飞机后方的FBI专用车。有人把地面电话递给我，我给劫匪打了过去。这一次他别无选择，只好接了我的电话。他立即诅咒我，说我们抢走了他最后一名人质。他跟芭芭拉之间建立起来的信任都被破坏光了。该死的FBI!

我什么都没说，只是耐心地听着。过了几分钟他冷静下来，话语中开始充满一种绝望的自杀倾向。我开始进行自杀干预，跟他追溯过去48小时发生的事情：为什么你要干这件事？到底是什么让你觉得非这么做不可？我们总是会失去某些东西——妻子、家庭、健康、工作、名声。一般来说自杀行为都有个导火索——一种压倒一切的绝望感。这种绝望感不会自动消失，我什么都做不了，除非能找到问题的源头。活着是为了什么？为了妻子？为了孩子？孩子是活下去的一个强大理由，孩子们需要父亲。如果你死了，谁来照顾你的狗呢？总会有理由让人们活下去的，只是我们必须花点时间把这个理由找出来。想自杀的人可能一直在纠结，到底是去跳楼，还是开枪自杀（这种想法会一直摇摆不定），在找到源头之前，他是不会摆脱这种想法的。所以，我至少得先让劫匪放下枪，再来跟他谈谈。

劫匪有些担心住在丹佛的两个孩子。他似乎更加为自己的绑架失败而感到难为情，却没有后悔自己所做的事情。一个小时后，他似乎接受了自己的失败，决定投降。11点多一点，劫匪维克多·约翰走下斜梯，拿掉自己的面具，趴在停机坪上。事情就此结束，此时距离劫机开始已经超过14个小时。

维克多生于立陶宛，在洛杉矶南湾区一家飞机公司工作，职位很高。他原本过着幸福的生活，经常在码头打网球，以及跟女士们办聚会。问题是，他的简历做假了。事情败露后，他丢了工作，但他需要钱来保持自己原有的生活品质。劫机前的几个月，他去科罗拉多参加一次滑雪旅行，让他吃惊的是，当时他将一把大刀放在滑雪靴里，居然通过了机场的磁力检测器。因此，当他打算劫机时，又把一只9毫米口径的手枪放在了滑雪靴里，安全地通过了磁力检测器。检察官（因为跟他谈话而分神了）没注意到靴子里的枪，于是他成功地带着一只上膛的手枪进入机场，他说自己后来还因为事情如此轻而易举而发笑。他的炸弹导火索其实是一个电视机遥控器。他到了候机大厅后非常兴奋，兴奋到自己都无法决定是先在四周走一圈还是直接劫机。他兴奋得过了头，决定直接登机，后面的事情就水到渠成了。

维克多被指控涉嫌空中劫机，他请了一名公共律师，这名律师有一些审讯经历，让他否认罪行。假如他认罪的话，会被判10到15年有期徒刑，但是他没有。审讯他的是一群经验老到的陪审团，他们最终证实了我的证词。过程其实很简单，他的律师问我们怎么知道维克多就是劫匪。我证明说，当时所有的乘客都离开了飞机，而我一直在跟劫匪交涉，维克多下飞机后，我和劫匪的谈话也中断了。警方搜查了飞机，一无所获。因此，FBI推断维克多就是劫匪。就连法官都能推断出这一点。当然，还有那天晚上，他把所有事情都向我们和盘托出。他被指控犯下空中劫机，被判终身监禁。那时我以为自己以后再也看不到维克多了。

十年后，他来到FBI洛杉矶分局的接待室，要求跟我谈话。当接待员给我打电话的时候，我简直不敢相信自己的耳朵。我让接待员把来访者的名字拼出来。那时，我们的大厅里没有安装检测器，也没办法判断他是不是带了武器，我更不知道他是不是回来报复我们的。我喊上自己的老搭档凯文·凯利，两个人一起警觉地走进了接待室。

但是，维克多像老朋友一样欢迎了我们。他说自己是来感谢我们当年没有在飞机上开枪打死他。他已经和孩子们恢复了联系，他想回立陶宛为FBI工作。接下来的时间，他跟我们讲了几个监狱故事（他说自己是个劫机犯，被其他犯人看成个大人物），我们答应要把他的贡献向中情局报告。维克多就此成为历史。

值得一提的是，联邦航空局和一个民间组织此后都奖励了芭芭拉的勇敢。她当之无愧——在死亡面前，她所表现出来的勇气与智慧无与伦比。尽管有人传说我和芭芭拉一起溜着狗走在去联邦航空局的路上，但事实上我只在法庭上见过她一次，以后再没碰面。我常常会想，这个勇敢的女人还会不会再走上飞机。她当然不需要了，她已经做得够多了。

第 6 章
枪战之年

1984年是个糟糕的年份。这一年我开始感到害怕,大家都有枪,我担忧自己随时都可能被一个疯子撂倒。

自1977年以来,我就一直在调查各种绑架、勒索和逃亡案,也见识了各种坏蛋。FBI的重犯项目用于协助地方警察搜寻逃离地方管辖权的通缉犯,一旦地方对重犯下达了逮捕令,并有确凿证据证明重犯已经从该州逃脱(警察不能因为自己找不到犯人,就说犯人已经不在本州),FBI就会介入,下达联邦逮捕令。当FBI锁定嫌犯或将其逮捕后,会撤掉联邦逮捕令,将重犯交还给地方警局。FBI的唯一目的就是协助地方警察。20世纪80年代早期,在威廉·韦伯斯特[①]的领导下,FBI开始优化自己的调查,其中也包括重犯项目。FBI不再寻找偷车犯、造假犯、窃贼,而是把重心放在暴力罪犯上——比如杀人犯、强奸犯和抢劫犯。暴力罪犯身上都有枪,我的运气也由此变得越来越差。

那一年我碰到的第一个犯人,是一名逃出西雅图的杀人嫌疑

---

① 威廉·韦伯斯特(William H.Webster),美国律师、法学家,唯一一位担任过联邦调查局局长和中央情报局局长的传奇人物——译者注。

犯，他是一个黑人毒贩，名叫安东，在一次交易失败后杀死了自己的同伙。当时，他用一把廉价的9毫米口径半自动手枪打死对方，把尸体装进垃圾袋，抛尸在一个偏僻的公路上，随即往尸体上洒了一罐气油，点火把所有东西都烧了。他可真是个蠢蛋！五分钟后，有人开车路过现场，看到起火了，就报了警。十分钟后，警察发现了袋子里的尸体。警察只花了几天的工夫就摸清了事情的来龙去脉，并且还发现安东已经逃出该州。于是警察请FBI给予协助。一天后，安东这个三流毒贩就成了联邦重犯，FBI将其形容为危险人物。安东联系过的所有人，包括他的朋友和亲人等，住过的所有地方，效劳过的每一个老板（如果有的话），这些都成了调查线索，源源不断地被送往FBI办公室。忽然之间，所有人都在寻找安东。

几个月后，有人发现了一条电话线索，我和搭档拉尔夫·迪方佐开车前往洛杉矶中南区调查。FBI西雅图分局调查了安东女朋友的电话记录，找到了一个洛杉矶的地址。那是位于瓦特区僻静角落的一个整洁的小平房，那里正是1968年种族暴动的现场，我们永远都记得自己在这一区域工作的情景。这里的人不喜欢FBI在他们的窝里转悠，有几百个帮派人物一直在给FBI找麻烦。我们那时非常警惕，只有带着一队警察或者特工才肯在那里行动。

拉尔夫派了一名黑人线人，他在一辆冰淇淋卡车里工作，到那个地址去了不少次，但什么都没有发现——没发现安东，没发现华盛顿牌照的车，也没发现任何蛛丝马迹。按照正常惯例，我们应该先给几个邻居看看安东的特写照片，但是拉尔夫认为这里没什么好查的，他只想摆脱这个案子。现在回想起来，就算邻居不能帮多大忙或者不够诚实，我们也应当让他们看看照片的。但是一旦我们拿出照片，就得去敲门。如果我们一小时或者一天后又跑回来，就可能引起嫌犯的疑心。我们没有这么做，只是把车开到屋后狭窄的过道里，但是除了垃圾、废车、年轻黑帮人士钟爱的斗牛犬，我们什么有价值的东西都没有发现。我们把车停在稍远的地方，然后往前门走去。

我们敲了几下门，一个30岁左右的矮个子黑人把门打开，但他不是我们要找的人，嫌犯有1.83米高呢。我们侧着身子进了屋，然后很快地说了几句话，矮个子黑人一直往后退，他说自己叫杰基，几分钟之内，便交代自己其实是安东的姐夫。但是，他已经有很多年没见过安东了，也不知道他正在被警方通缉。天哪，谋杀？他一听到这个词，语气变得有点假，我们不禁笑了起来。他的表现有些神经质，当人们看到有FBI的人在自己房子附近转悠，都会变成这样。天知道他屋子里是不是藏着很多毒品或者赃物。又过了一会儿，我问他屋子里是不是就他一个人。很久以前我从一个老前辈那里学到了一条经验：如果犯人说自己是一个人，这时你听到厕所马桶的冲水声或者关闭电视机的声音，那这人就是个撒谎的混蛋。杰基说他是一个人，确实就是一个人。

拉尔夫开始对杰基施加压力，而我走进餐厅，接着向后面的卧室走去。如果当时我回一下头，就能看到杰基的眼睛都快从脸上掉下来了。但是我没有回头，我越往屋子里面走，就变得越紧张，于是我拿出那把点357左轮手枪，这家伙可是我的好帮手。卧室看起来就像是一个羊圈，或者是被一帮吉普赛人抢劫了。到处都是垃圾，抽屉里面的衣服被人胡乱拉了出来。我停下脚步，听听可疑的声响。有时我会觉得犯人可能就躲在自己面前，比如柜子里的衣服后面，我悄悄地往前面走,然后猛地弯下身子,想看看床底下有什么,但是这时浴室的门慢慢打开了,两个大大的棕色眼睛正盯着我。该死的!

"FBI!"我在完全的震惊中了喊了一声,拔出手枪。

他把门开得更大了,我正打算扣动扳机,却发现他慢慢举起双手。他的手掌很大,沾满了白色粉沫。我不敢想象这家伙居然没有开枪,他的手一定是僵住了。我有权开枪射击这个家伙,这样所有人都会来跟我握手,夸赞我是个英雄。该死的混蛋,他搞这么鬼鬼祟祟的动作,活该被我打翻在地。我的大脑肯定发出了"没枪就没威胁"的指示,因此不让手扣动扳机,但是我应该想到他身上有枪。拉尔夫和我进屋抓他的时候,他正忙着在卫生间往自己身上注射毒品。

"拉尔夫,我抓到他了!"我喊道,"快过来。"我把枪放平,把枪口对准对方两眼中间。他一动不动地坐在马桶上,我站在他面前。这就是安东!他的脑袋很大很亮,低垂着,就好像一个南瓜被放在了膝盖上。他的双手还是高举着,表示投降。

"别开枪,哥们,我身上没有武器,"他请求道。

几秒钟后,拉尔夫冲进房间,看到安东时,发出既惊讶又愤怒的尖叫声,然后把枪塞进安东的耳朵。"混账东西,混账东西!"他一边骂骂咧咧,一边把安东拽出浴室。他对着安东的胃来了几下,又打了几次安东的腹部,接着把他铐起来。

突然,杰基出现了,他开始冲我们吼叫,让我们不要再打他。"小心点,哥们,他肩膀中枪了!"他喊道。

拉尔夫转过身,对杰基说道:"你也要倒霉了,你这个撒谎的混蛋!"他一边吼,一边把杰基甩到床那头,把他也拷了起来。安东躺在地板上呻吟着,手臂流出了一点血,嘴角一侧流出了发黄的泡沫。

我站到后面,微微颤抖,看着眼前的一切。安东的呻吟声,杰基的抱怨声,拉尔夫的吼叫声……我有种感觉,好像自己是在电影院前排看一部低成本电影。

我们领着被铐住的安东和杰基出发前往洛杉矶警局总部,他俩坐在汽车后座上,我开着车,杰基坐在副驾驶座位上,他侧着身子,拿枪对着那俩家伙,威胁要一枪把他们崩了——他们这一路上肯定很不好受。几天前,安东在抢劫一家韩国杂货店时中了一枪,店主用自己的点22口径手枪打了几发子弹,安东冲出门时,二头肌中了一颗子弹。他害怕被抓,没有去看医生,现在伤口已经严重感染了。拉尔夫一直在取笑安东的伤,说他是一个多么愚蠢的混蛋。安东则开始呻吟,好像癫痫发作了一样,眼睛也在抽搐。然后安东开始在拉尔夫面前为杰基求情。

"求你了兄弟,他什么都没做,放他走吧。求你了,杰基什么都没掺和。好吧,这事就让我担着。"

这种话我们早已听腻了。安东一会儿呻吟,一会儿又给杰基说情。杰基也一直请求我们把他放了。拉尔夫则一直努力让他俩闭嘴。

突然,拉尔夫将身体弯到后座上去,说道:"好吧,混蛋。你想让我放了杰基。可以的,我们就这么干。"

他解开杰基的安全带,打开自己一则的后门。

上帝,我转过头看着,车子以75迈的速度往东行驶在圣莫妮卡高速公路上,车上还有一对戴着手铐的兄弟,而我的搭档要把其中一个人扔到公路上。

"拉尔夫，关上该死的车门！"我吼道，我一只手挂在方向盘上，使劲拽着拉尔夫，他已经爬到后座把车门拉得更大了。"拉尔夫，把车门关上！"

我相信他真会把杰基推出去。拉尔夫当时已经暴怒了，两只眼鼓得就像要吃鸡骨头的牛蛙。杰基把头抵在安东的膝盖上，用一只脚顶着车把手，拼命想留在车里，他们两个人都是一副惊慌失措的样子。杰基一直躲着拉尔夫，拉尔夫却努力用一只手把杰基推出去，另一只手还拿着枪。整个过程大概持续了几分钟，但我却感觉好像过了一辈子。直到我们经过了佛蒙特州拉布雷亚出口，拉尔夫才总算住手。我把车开到港口北部的转弯处，一阵风刮过，车门"砰"的一声关上了。在杰基和安东的尖叫声中，拉尔夫将身子转回到座位中，然后神经质地笑了起来。

过了一会儿，我们将车开进派克中心警局总部，然后停下车。整整一路上，杰基和安东都喘着气。我们把他们带到三层的逃犯办公室，直到此时，他俩才慢慢地恢复正常的呼吸。杰基的罪名是藏匿在逃犯——可能为此在监狱待上36个小时，再遭到一顿打——我们还让他最后跟安东待了1个小时。安东没有交代他是怎么杀死同伴的，虽然我们迅速搜查了杰基的房子，但没找到他在西雅图杀人时用的那把枪。他只是一直对我们翻着眼珠，咕哝着说："这么做不对，兄弟，这么做不对。"警察把他带到医院治疗手臂的伤时，他还一直咕哝着。

拉尔夫一直否认自己那天想把杰基推出车外，但是我不相信他的说辞。他那天上午肯定是疯了，就跟我那天想杀了安东一样。

5月，我们开车去德尔玛进行毒品搜查。哥伦比亚毒品大亨一直在橘郡生产可卡因，因此吸引了所有人的注意——包括警察、药品执法局和FBI在内。警方已经确认了几个嫌犯及其位置，一个大型的多方特遣部队将去执行多个搜查和逮捕行动。我是特警队的队长，奉命逮捕一个主要嫌犯罗纳德·"涡轮"·汀。他是个25岁左右的白人，被描述为一个瘾君子、偏执狂。他很疯狂，永远带着武器，行为不可预测，是个非常危险的人物。我们聚精会神地听着巴科·考克斯的简报，他是负责这起案件的探员，但这份简报里形容的这个人跟其他毒贩并无二致。据我们所了解的，所有毒贩都有武器，都很危险。不过幸运的是，我们花了几天时间研究了特种部队拍下来的屋子周边的照片，并制定了两个小组同时攻入的计划：一组人从前门进入，另一组人从后面卧室的侧门进去。我们定的时间是早上六点，因为这个时候汀应该会在家里。无论哪个组找到他都要立即将其制服。我们决定行动时不用闪光弹，因为那个时候他应该是在睡觉。但是事情的发展永远都是出人意料的。

我们把车开出警局的停车场，所有人分别上了不同的车。巴科·考克斯带路，后面跟着的是一对显眼的黑人和白人警察分队、我的特警队队长车、两台装着特警队员和武器的车，接着就是其他的FBI特工、警方调查员、犯罪现场货车，最后是医疗车。我们还让一个黑人和白人在警方进入现场前封锁街道的交通。行动大概只需要45秒，但就是需要这么多人。为了安全起见，也为了行动能够成功，我们通常都是这样来安排高风险行动的。

我们在离现场稍远的地方悄悄下了车，然后冲向嫌犯的住所，手上分别拿着不同的武器和工具。我们等了30秒，让后院的人员就位。接着，韦恩很轻松地就把前门给踢开了，大伙从前门鱼贯而入。同时，另一小组也用锤子打破了卧室侧门的玻璃。

特警队要想成功进入犯人住所，秘诀就是要出其不意、行动迅速，同时还要在人数上占优势——如果必要的话，可使用致命武力。

这个秘诀本来可以奏效的，但汀是个有偏执症的家伙，他的枕头下就藏着一把枪。当后方的人员砸开玻璃，拉开窗帘时，汀立即从床上跳了起来，拿出一把9毫米口径的步枪瞄向警察，并很快把枪上镗。我跟韦恩从左侧进入屋子，惊讶地发现第一间卧室里还有一个嫌犯，我们得在他反抗之前将其制服。我还听得到特警队员吉姆·伯恩斯的声音，他当时站在前排的第三个位置，正喊话让汀放下武器。

接着我听到开枪的声音，我知道有人倒下了。我冲进卧室，发现汀躺在地板上，颈部中枪，伯恩斯成功地用单手解除了汀的武器。我们搜查了其他房间，之后把他翻过来，给他戴了一副塑料手铐。汀看起来好像死了，没有呼吸，没有脉搏，脸色也很快变得灰白。警方确认了房子周围的安全后，我呼叫了急救车。医生一直跟着我们的大队伍，只要一分钟就能赶到。医务人员很快进来，努力稳定他的生命迹象，给他进行静脉注射，接着他们相互看了一下，摇摇头把犯人抬上担架送往医院。

汀是个不折不扣的武器迷，警方通过搜索，发现了怪模怪样的中世纪弩，还有几把手枪。我和伯恩斯走到后院，其他特警队员正聚集在那里。我们进行了一个简短的战术简报，然后我让伯恩斯回FBI圣安娜分局进行射击报告。

我给房子内部画了一个简单的草图，接着跟比尔一起开车回FBI进行更详细的汇报。律师让我们回答了很多问题，这一点让我感到很奇怪。我在回去的路上，给妻子罗宾打了一个电话，跟她说我要晚点回家。一旦我参与到一起枪击案中，就至少得耗费12个小时去做简报、汇报和现场复演。这种经历真让人压力倍增。

"伯恩斯干得怎么样？"我妻子问道。特警队是一个团结的大家庭。在特警队的所有成员中，伯恩斯谈不上是最鲁莽的。他是一个经验丰富的银行抢劫案专家，意志坚定，却从来没想到自己要在开枪前三思一下。为此他受了不少指责，使得他也开始怀疑自己当初的行为。

当天晚上，我像个高级公民一样，以65迈的时速行驶在第四大道上。我经过赛普维达，朝着圣费尔南多谷的灯光开去。突然，我开始有点晕了，一种恐惧感开始爬满我的全身。

我相信汀已经死了。短枪的近距离射击会带来致命性的伤害。但是汀熬过了急诊手术，这次手术把他从肩部到髋部割开，切除并缝合了所有流血的部位。几小时后，医生给他输了60品脱的血，汀的病情才稳定下来。他最终痊愈了，但是下肢瘫痪，不得不在轮椅上度过余生。

十年后，他起诉联邦政府过度使用武力，所有枪击现场的人都出席了洛杉矶法庭。他坐着轮椅走进法庭，一副受害者的摸样，他已不再是那个"涡轮"了。他的父母很支持他，每天都陪着他上法庭，我对他的父母感到特别难过。他本来有了好家庭，也是一个好孩子，但毒品和贪婪毁了他。

一个月后，痛苦的审讯终于要结束了。陪审团出去了大约一个小时，这个时间正好够他们用用洗手间、选一个陪审团主席，并作出最终投票。法院最后判处被告无罪，伯恩斯终于被平反了。我们一开始都被法院定为被告，精神上都受到伤害，但官司拖了这么多年，大家都希望伯恩斯能获得解脱。家庭、公众以及媒体一直都在批评伯恩斯，这让他很不好过。公众可能想不到，对所有的当事人来说，枪击都是一场噩梦般的经历。对于主要责任者来说，这次经历更是一次永远的伤害，他会像记得自己的结婚纪念日一样，永远记得开枪的那个日子。

1984年之所以是个让人热血沸腾的年份，还有一个原因，我们当时在为洛杉矶夏季奥林匹克运动会做准备。对于南加利福尼亚所有场所的恐怖事件而言，FBI都是主要调查部门。我负责人质谈判小组，当时我们进行了很频繁的训练，有几个星期我们还在弗吉尼亚州匡提科的FBI基地和人质解救小组一同接受训练，那段时期很让人兴奋。

洛杉矶的奥运会平安召开，没发生严重问题。唯一的事故就是有个警察安了一颗假炸弹，他这么做是想让别人把自己当成英雄。

奥运会刚刚结束，FBI就很尴尬地以间谍罪逮捕了理查德·W.米勒，他是一名地方的FBI特工。后来，他因酗酒向一名俄罗斯女移民泄露了一些机密训练材料，并为此受到指控。我总是想他这么干只是为了找个女人，他也是个可怜人，有点超重，会像个傻瓜一样穿着脏兮兮的套装，在FBI专用车的车厢里叫卖安利产品。他做什么都不合适，会把所有事情都搞砸了，因此FBI把他安排到窃听室，只需负责听听电话、做做记录、等着披萨套餐。洛杉矶时报却形容他的职位高度敏感，说他需要窃听很多间谍嫌疑犯，对此我们都感到好笑。事实上，窃听室是所有失败者待的地方，他只是被FBI送去填补一个空缺而已。

几周后，在西好莱坞某个游泳池的天井处，逃犯组的里奇·诺伊斯和吉米·琼斯从一个睡袋里拽出了一个家伙，他是一名通缉犯，带着武器在堪萨斯市抢劫过数次。特工们抖了抖睡袋，一把枪从里面掉了下来。后来，那家伙承认，本来枪是放在他手里的，要不是诺伊斯没惊动他，从游泳池上面的窗台上拿掉了他身上的遮盖物，他就会从睡袋里开枪射击。

这种经历想想都会后怕，我很快就吸取了这类教训。这一次，我开始随身佩戴两把枪，我把第二把枪绑在小腿上，这是一把扁平的点38口径的史密斯威森左轮手枪，它很小，只能装五发子弹。我偷偷地干了这件事，因为一个备用武器会让其他探员觉得我是个偏执狂，更糟糕的是，他们还会觉得我是个懦夫。这个逃犯组里容不下信心不足的成员，但我无法摆脱一种感觉，那就是这种事还会再次发生，枪是我唯一能想到的办法了。

也就是在这个时候，我的噩梦开始了，我开始夜复一夜地做同一个梦。我总是梦见自己从旧金山的一家药店走出来，然后追着一个穿着黑色夹克的家伙来到一条小巷。他转过身，拿着一把枪指着我，我则会朝他开枪。我能看到子弹穿透他的胸部，但是他没有倒下，只是站在那里不为所动，子弹根本打不倒他。这时我就醒过来了。这个梦持续了很多年，我似乎就是不能摆脱这个噩梦。我开始每天晚上喝酒来自我解决焦虑和失眠，这是我能让自己睡着的唯一方法。恐惧感就像癌症扩散一样，已经深入我的骨髓。妻子罗宾眼看着我一天天增加焦虑，眼看着我酗酒，她虽然很不赞成，但还是试着去理解我。最后我跟她谈到自己的噩梦，这是我从没跟其他人谈过的事情，这可能标志着我变得脆弱——或者说我开始失去勇气。

1984年秋天的某天，特警队被召集去对付普拉森提亚的一桩银行抢劫案，这是一个整洁的小城市，在橘郡的深处。巡逻的警察追踪劫匪到了一栋复式公寓，幸运的是，当时劫匪还在屋子里。我们冲进去，穿着特警服——黑色跳伞服，凯夫拉尔纤维防弹背心，耳麦——我们身上还带了很多武器。整整一个小时，我们都专心地看着，等待联邦调查局谈判专家斯坦·富勒顿的表现，他在房子外面用扩音器跟罪犯谈判，但毫无成果。一个小时后，我们猜测罪犯是否还在屋内，他显然需要我们刺激一下才肯走出来，因此我们往屋内注入了一些瓦斯。

很多时候，坏人在特警队到来之前就已经逃跑了。有时罪犯能找到一个地方来躲避瓦斯，而有时罪犯由于吸毒或者太疯狂，喷雾根本影响不到他。警方可能会发现罪犯正坐在浴缸里读着《圣经》，想着警方为何这么久才来。警方的闯入对他来说就像一个圣诞礼物被打开了，或者一枚炸弹被拆除了。警方永远不知道罪犯是什么反应。

我们等了大约一个小时，喷雾开始起作用了，我们把脸蒙住，爬进第一栋套房。我们在屋里爬来爬去，心里知道某处有个混蛋正在跟我们玩捉迷藏，一想到这里我们就心潮澎湃。在一个被污染的环境下工作还存在一个问题，那就是沟通是非常有限的。我们使用的是老式的军事M-17防毒面具，这使我们看起来就像一群巨大而缓慢的黑色捕食螳螂。在这种状况下，语言交流是很困难的，因为我们根本听不清彼此在说什么。一说话，声音听起来就像是达斯·维达①隔着一只湿袜子在讨论。我们不想产生任何噪音，因此手势是最好的工具。我们有条不紊地搜查了第一栋复式公寓，一无所获，接着我们进了第二栋公寓。这是一个令人疲惫的过程，因为我们必须假设每个角落、每一扇门后都可能有人拿枪指着我们。我们所能指望的，就是要快速打败对方。

阁楼间似乎有个窄小的空间，但我们从一个复式公寓搜到另一个，结果仍然是一无所获。大伙儿在起居室里重新集合，开始第二次搜索。当时我的身子一直靠在走廊上一面嵌入式墙上，它大约有1.2米长，可以用来放书或者亚麻制品。突然，道格·"巨无霸"·麦克拉里把手放在我的肩膀上，示意我挪到一边。他把MP-5手枪的枪管对着柜子，慢慢把门拉开。一双网球鞋出现在我们面前，这就是我们要找的人。

麦克仰望着他，我则看着柜子。我们找到了那把枪，他在抢劫时用过的枪此刻就在柜子里了，他刚才并没有开枪。我们做得不够优秀——我们只是幸运。

我跟大家一起走出去，扯下自己的面罩，一时间没有人说话。我们第一次搜查时怎么会漏掉那个柜子？我们已经在他附近来来回回地走了一个多小时，他刚刚才决定不向我们射击。这是他的选择，我们无法控制这一点。我们把事情弄砸了。我走到车边，打开行李箱，在后保险杠上坐下来。我开始脱掉装备，然后一个念头出现在我的脑海里。

---

① 达斯·维达，美国著名系列电影《星球大战》中的人物，由于戴着面罩，说话十分不清晰——译者注。

几天后的一个晚上，我坐在家里的办公室中，查看自己的保险记录。我决定购买数千美元的额外定期保险，以防万一。仿佛在医生诊断前，我就真切地感觉自己得了胰腺癌。

罗杰·戴尔·斯托克汉姆是一名优秀的直升机飞行员，他从越南战场回来后，胸前挂满了奖章和丝带，但他也带回了噩梦般的回忆。他一直努力恢复正常人的生活，结了婚，有了孩子，并试图生活下去。但这一切并不管用，他体内有太多的恶魔，因此他把自己的精神病医生当做人质，站在世纪城办公大楼的12层，跟警方提出了一堆模糊不清的要求。几小时后，洛杉矶警察局的特警队把门炸开，冲进去将他逮捕，事情就此结束。这次行动的关键点就是爆破房门时炸药的计量，特警队的家伙必须仔细计算炸药的威力，这威力要强大到足以炸开固体橡树门，但又不能将罗杰和精神病医生冲击到窗外的圣莫尼卡大道上面。

几年后罗杰获释，他又从母亲那里绑架了自己8岁的儿子。他从圣克鲁斯机场偷了一架小飞机，向信号塔发射了一个"飞机被劫持"的呼叫信号，然后若无其事地在帕洛斯·弗迪斯牧场附近的悬崖边上将飞机着陆。几个小时后，FBI确定该起劫持事件是伪造的，洛杉矶治安部门的特警队锁定了罗杰和他儿子在悬崖边的位置，将他发送至郡监狱。

当时，我和一名电台记者一起站在山丘边上，看着特警队的人逮捕他的全过程。特警队的一个家伙拿来一个小盒子，盒子里面装着罗杰的战争纪念品，他曾小心翼翼地把这些东西放在飞机上，这是令人伤心的一幕。进监狱帮不了他，他需要精神治疗。我们已经忘记了罗杰，但几年后，他突然又浮出水面。我们在里诺市的一个

063

垃圾桶里发现一枚小型炸弹，他还在旁边留了一张纸条，承认自己就是罪魁祸首。没过多久，FBI便准备好再次逮捕他。

我、拉尔夫和几个FBI长滩分局的特工，一起前往弗吉尼亚的长滩医院，我们知道罗杰有一些老朋友住在那里的精神病区。我们发现他最近一直待在该地区，并联系了其中一些人。我们还从当地警方获得信息，有人在过去的24小时里，在长滩的加州州立大学附近放了几个小型燃烧装置。我们没花什么时间就找到线索，并得出结论，即罗杰已经回到了长滩。我们只是不知道他这次想干什么。

然而更出乎我们意料的是，他已经联系了洛杉矶的NBC电视新闻编辑室，通知他们自己打算当天上午在加州长滩前的科学大楼召开一次新闻发布会，来解释他的"金三角东南亚理论"。我们后来得知这是他的一个让人困惑的阴谋论，内容是关于美国如何剥削东南亚地区。NBC立即派出新闻工作组报道发布会的消息，但是等到他们快要到达现场时，才意识到最好将这件事通知给FBI。几分钟后，FBI通过警用电台收到这一消息。当时其他特工都吃早餐去了，错过了第一次广播，我跟拉尔夫正好在车里，刚拿起一杯咖啡。我们立即赶往现场，几分钟后就到了学校。

我们在离科学大楼两个街区的地方发现了他，他就在我们前面的街上走着。他背着公文包，像个要出发执行任务的人。我们悄悄地开车跟在他后面，然后突然从车里跳出来，我从他左手里夺下公文包，拉尔夫拽住他的右手，我们就这样把他制服了。

罗杰对我们露齿一笑，但什么话也没说。这个笑容一直没有消失，他一直对我们露出愚蠢的笑容，一副显然不明情况的样子。拉尔夫揪起他一只耳朵，拔出了耳机，听了一下，然后也笑了。他把耳机递给我，我大致听了下——里面传出古典音乐的声音。罗杰真是个谜一样的家伙！

我弯下腰去，打开公文包。我究竟在干什么？我们终于抓到了罗杰·戴尔，这种兴奋感让我们忘记了抓他的原因——他可是一个炸弹制造者！

我低头看着箱子里，发现了一个看上去像蓝色冰桶的东西，以及两个电池和一系列电线。我僵住了，抬头看着罗杰，他仍然开心得像那种从疯人院跑掉的疯子。

"炸弹是假的，哥们，"他说，"我只是需要做一些事情来吸引大家的注意。我想一旦他们出现，我就威胁要把它炸掉，这样他们就得听我的话。"

他知道自己疯了，新闻界的人也知道这一点。但如果他有炸弹的话，他们就不得不报道这个神经病的演讲。这就是这种人的麻烦所在，他们可能很疯狂，但绝不是傻子。

我又一次低头看着公文包，发现他在公文包上面粘了一根绿色的水银管，这表明任何举动都将引爆炸弹。他还在把手下面粗糙地安了一个红色的按钮，表明他也可以通过这个方法引爆炸弹。他的这个办法很原始，但距离稍远的人都会被他糊弄住。简易爆炸装置是最危险的，因为它们根本没有什么模式可言，你永远不知道他们会不会因为红线用完了，就使用绿色的线来引爆炸弹。

我站起来，感到胸口一阵气闷。我努力恢复呼吸。天啊！毕竟是那些真实的炸弹才吸引了FBI的注意，这只是一个模拟的引爆装置，他设计这个只是为了召开一个新闻发布会。我走到车边，靠在门上，努力让膝盖不再发抖。罗杰只是站在那儿，一直咧着嘴笑。

不久后，长滩警局的炸弹专家到达现场。他们建议虽然一些傻帽FBI特工把歹徒的公文包打开了，还是应该派炸弹嗅探犬去闻闻公文包。我感到自己受了侮辱，但活该被这么教训，我又一次打破了惯例。

至今，我都没忘记罗杰·戴尔·斯托克汉姆的脸，以及他扭曲的笑容，当然还有他那句话："炸弹是假的，哥们。"

此后，几个哥伦比亚人来到洛杉矶的拉姆派特，该处位于好莱坞的东北角，人口稠密，主要居住着拉美裔和中美洲人。绑架组有个叫格雷格·派克的家伙，他一直在寻找一伙哥伦比亚绑匪，他们在佛罗里达杀死了一个人质。警察搞砸了赎金的事，因此受挫的绑匪将受害者的头裹上胶带，让其窒息而死，然后把尸体丢进一条沟渠。他们还在休斯顿杀死了一个人，当时他们不停地用电击枪折磨受害者，使其心脏骤停而死。据悉，该团伙有三个男性和一个女性，他们打算前往洛杉矶跟一个亲戚碰头，这个人住在拉姆派特的一幢公寓建筑群里。派克已经联系了公寓管理人，管理者看过照片，说从未见过这些人，可答应一旦他们露面就会跟派克联系。

一个星期六的晚上11点左右，管理人给派克打电话。在电话中，她承认绑匪已经在那里住了两个月，团伙的老大是一个名叫杰西的虐待狂和职业杀手。她还发现，杰西一直在公寓里跟其他几个女人疯狂做爱，于是她终于给派克打了电话。

派克召集了小组的其他成员。午夜刚过，我们就碰面了，大伙在离现场几个街区远的梅尔罗斯壳牌加油站做了一个情况通报。我们检查了无线电，穿上防弹背心，锁定和上膛，然后开进公寓。我们聚集在粘糊糊的游泳池旁边——25年来，我从未在洛杉矶见过任何一个室内游泳池。派克和公寓管理人走进去。几分钟后,他又走出来,手上拿着公寓的钥匙,脸上还挂着笑容。"她跟杰西上了两个月的床,"他笑道,"我上次过来跟她谈话时,杰西大概就躲在后面的卧室里。"我们立即表示永远不会再相信任何一个公寓管理人了。这一次,她告诉派克自己只看到其中两个男人和那个女孩,但她认为他们都在公寓里。她曾见过杰西用枪,是的,杰西是一个坏蛋。

我们爬上楼梯来到二层,找到了该公寓。灯光很昏暗,电视还开着,声音很嘈杂。突然,灯光熄灭了,我们都屏住呼吸,心想他们是不是听到了我们?屋里没有动静,我们本应该退后并把他们喊出来,但没有这么做。

派克把钥匙插到门锁中,大家一起进屋。我们一共五个人:派克、我、诺伊斯、"醋乔"瓦利和雷吉斯·博伊尔。

我们后来才知道,有个叫赫克托的家伙被我们惊动了。他在我们左边的卧室里走出来。正当我和派克跟他搏斗时,我听到诺伊斯吆喝,"他有枪!"

我转过身来,看到诺伊斯与杰西在客厅中间对峙着。他们俩都站着,各自用枪抵着对方。

两个人的枪都快举到屋顶上了。接着把枪慢慢放平。诺伊斯再次高喊求救。我拿枪对准他们,但屋里只有电视机昏暗的光线,他们又开始搏斗,我很难瞄准。然后博伊尔不知从哪里跑了出来,帮助诺伊斯制服了他。杰西被戴上手铐后,诺伊斯站起来,拿出一把镀铬的点357左轮手枪——这种枪是20世纪80年代特勤局使用的武器,鬼知道他到底是从哪儿弄到的。

接着事情就一片明朗了，我进了黑暗的客厅，从右手边开始搜查。妈的！我们所有人冲进来时，他本来可以开枪打死我们每个人。

其他人带着杰西和赫克托离开现场，我和诺伊斯留在公寓内，其他特工待在停车场，等着其余两名绑匪夜晚狂欢回来。我们轮流坐在一个包装盒上，盒子是这里唯一的家具，每半小时左右就站起来舒展一下筋骨。凌晨2点左右，我们听到轻轻的脚步声，接着有人在门外开锁，一个小个子女人走了进来。她还没来得及开灯，诺伊斯就抓住她的手，掐着她的喉咙，把她推靠在墙边。她一只手还拿着鸡尾酒玻璃杯，另一只手拿着公寓钥匙，看起来很惊讶，但什么话都没说。

"你叫什么名字？"诺伊斯对她咆哮。她盯着诺伊斯，眼里充满了愤怒和仇恨，然后往诺伊斯脸上吐了一口痰。

诺伊斯抓着她的喉咙，把整个人提起来，转了个圈，让她的脸对着墙，同时我给她戴上手铐。我以为诺伊斯要把她的脑袋像杀鸡一样弄断。她被整得快要窒息了，但从没有说过一个字。我们把她弄到后面的卧室中，给她脸上盖住毛毯，然后我们等了很久，第四个绑匪也没有出现。一个半小时后，没人再出现了，我们就离开公寓，带着那个女人（后来确认她是朱丽叶塔），开车回到FBI分局。其他特工跟公寓管理人待了一会儿，然后我们便召回了他们，因为很明显，第四个嫌犯不会再回来了。我们后来才知道，这个嫌犯根本没有陪他们回洛杉矶。

朱丽叶塔是我见过的最强硬的毒贩。一年前，由于一次交易失败，她和男友被另外几个哥伦比亚人绑架了，他们被锁在一栋北好莱坞的房子里，整整困了43天，等着别人拿赎金。我想他们在这个过程中一定混得很熟。我们回到FBI分局审问了她几个小时，但她没有交代过半句话。几天后，我们将她和杰西、赫克托一起送到佛罗里达。

我没有在佛罗里达州的凶杀案审判中作证，但诺伊斯作证了，他还谈到自己如何从杰西手上拿走那把该死的枪。至于为何当初杰西没有对我们扣动扳机，鉴于他已经在佛罗里达被判死刑，我们永远都不会知道这个问题的答案了。

在过去的几个月中，我已开始流连本地的室内射击场，有时我会跟女儿一起去。这是一种不同寻常的父女亲情活动，但我们喜欢这个活动，尤其享受我们在一起的时间。这一年的经历让我坚信，自己还会受到考验。我痴迷于提高自己的武器使用能力，会连续几个小时练习打枪。我也从不错过团队的定期枪械训练。我知道考验终将到来，而当那一天到来的时候，我已经做好准备了。

枪战之年一直持续到12月才结束，当时洛杉矶特警队飞赴华盛顿州逮捕了罗伯特·马修斯和他的"白人力量组织"，这个组织囊括了"新纳粹"种族主义者、活命主义者、白人权力主义者。等到硝烟平息时，我已经确信自己永远不会活到那么老，老到自己可以去领养老金的地步。我干这个该死的工作干得太久了。

第7章
罗伯特·马修斯和"白人力量组织"

12月7日是个不祥的日子，那天，美国联邦调查局的人质解救小组飞到华盛顿的惠德贝岛。在此之前，FBI已经包围了三个地方，因为"白人力量组织"的一些成员就躲藏在这里。FBI带着联邦逮捕令，有权逮捕几乎所有的组织成员。FBI最初接触他们后，有两个地方的人没有战斗就投降了。但罗伯特·马修斯在第三个地方，他是该组织的核心领袖，因此不会轻易放弃，或者说根本就不会放弃。

人质解救小组的基地位于匡蒂科，成立于1983年，旨在面对极其危险的人质和街垒的情况下，在特警队无法完成任务时实施人质救援计划。他们也被训练来逮捕构成高威胁级别的嫌疑人。对于人质解救小组来说，"白人力量组织"完全符合这一标准。FBI锁定他们的位置后，联邦调查局总部立即派出人质解救小组将他们包围，并进行逮捕。但这次行动却演变成了一次漫长、危险的围攻，人质解救小组将需要一些帮助。

洛杉矶特警队在晌午时分接到了求助电话，下午3点，一架美国海关C-130飞机在洛杉矶国际机场等着大家。我们尖叫着冲下405国道，到达机场，大家装好设备、清点完人数就登上飞机。机长站在我们面前，看了看四周，由于驾驶舱里的辅助供电系统产生了很多噪音，机长只好大喊一通指令："好的，我希望所有武器已被卸载，每个人都系好安全带。一旦我们起飞，你们就可以起床并四处走动，但我建议不要这么做，因为你们没有地方可去。不要担心网状座位，虽然你们的屁股上会留上棋盘状的勒痕，但不会留太久。厕所在正前面，看起来就像一个小水槽，但其实是一个便池。如果你需要大便，可以把你周围的塑料布拉起来。但如果你吃零食的话，当我们到达目的地时，你们必须清理垃圾桶。别想着会有免费饮料和花生。我们只飞行三个半小时。现在，先生们，我可以回答你们的问题了。"

我们都笑了，但是没有人提问。我们很快就沉浸在自己的思绪里，并希望紧张的肠胃能承受三小时的飞行。我们将对付的是一群全副武装的反政府暴力狂热分子。"白人力量组织"的成员在此前就曾与美国联邦调查局发生过两次火拼。他们是一群疯子，没人指望他们会举双手投降、自己走出来。

联邦调查局已经花了大量时间培训地区特警队，以便让他们回应同事的求救。美国各地的办事处都有当地特警队，当重大事件发生时，就可以组织成区域性的特警队。虽然我们几个月前联手拉斯维加斯特警队对付过一起车手抢劫案，但与洛杉矶团队合作最频繁的却是圣地亚哥和旧金山特警队。波特兰和西雅图特警队一起合作，并且在两天前就和人质解救小组一起被部署到惠德贝岛。人质解救小组打完求助电话后，旧金山特警队就在当天上午离开，我们到达现场就是为了替换包围圈中走掉的旧金山特警队。几小时后，我们的飞机在惠特贝岛海军空军基地降落，军方的汽车和卡车来接应我们，很快把我们和设备带到军官总部，我们在大厅里举行了第一次会议，大肆宣泄着自己既紧张又期待的感觉。

特警队的领导麦伦·希奇站在大家前面，在他那个时期，麦伦便是一个传奇人物——特警队领袖就应该是这样。他敦实，肌肉发达，颈部静脉像军士教练员，拥有捕食者的眼睛，信心满满，有时会像罪犯一样发出诅咒。他肯定是我这辈子见过的最令人生畏的特工，总是寻求对抗，享受辩论，拒绝失败。他身上的味道总是很重，就像刚刚跑完一场马拉松比赛。麦伦相信自己无所不能，他曾在自己的车库里用一个电钻在保险丝上钻洞，做成一个闪光手榴弹，而且没有炸毁附近的东西。他最喜欢的电影是《巴顿》和《霹雳上校》。他的左二头肌上有半个黑豹纹身，没有人敢询问另外一半刻在哪里。他恐吓穿西装的人，也就是富人阶层的老板。他讨厌联邦调查局总部的"鼻涕虫"，认为他们从来没有做过实事，也不愿执行从他们那里接到的命令。他就住在特警队，跟队员们同呼吸共命运，对于他来说，特警队就是他的情人。

"好的，"他开始说话了，"我们从今天早上10点就一直在跟马修斯进行谈判。他不肯出来，但有两个同伙已经出来了，他们说马修斯准备了很多枪支，他永远不会投降。旧金山特警队已经包围了周边，我们将在7点接替他们。现在，请大家放松，好好睡一觉，我们会在6点起床，然后花一个小时到达目的地。大家有问题吗？看来没有。好，会议结束。"说完他就走了。

我们试图睡一会儿，但大多数人都兴奋得睡不着。这是一个漫长的夜晚，大家都想知道明天会发生什么。大部分人都和衣而睡，因为害怕自己会错过公车或者惹恼老大。

罗伯特·马修斯和"白人力量组织" 第7章

"白人力量组织"的上级组织,即"雅利安人国家",是一个"新纳粹"准军事组织,总部位于爱达荷州海登湖。它成立于20世纪70年代,发起人是理查德·巴特勒,一个心怀不满的前加州航空航天工程师。巴特勒的"基督徒身份"理论认为,盎格鲁撒克逊人——而非犹太人,才是上帝的选民,非白人都属于类似动物的"泥浆人"。雅利安国家提倡反犹太主义,准备将来建立一个白人种族主义国家。多年来,巴特勒一直在培训激进的种族主义者,但他的行动一直没受到执法部门的干预。然而,1998年,他的运气用光了,他的一群武装警卫在组织营地外向一辆汽车开火,并袭击了一名妇女和她的儿子。在援助南部贫困法律中心的帮助下,他们指控巴特勒并赢得了一份价值630万美元的诉讼裁决。更具讽刺意味的是,巴特勒被迫出售20亩的营地,其中包括完整的枪塔和教堂,买家是一个人权组织,很快拆除了所有的建筑,并将财产捐赠给一所大学。巴特勒于2004年年底去世,死前他仍然是一个不知悔改的种族主义分子。

巴特勒和他的仇恨影响了几名激进分子,这些人参与了很多种族歧视的枪击事件。一个人在密苏里州杀死一名骑警,另一个在洛杉矶开枪打击犹太日托中心。罗伯特·马修斯也是一位"杰出"的校友,他看了巴特勒的行为后认为还不够激进,于是在1983年10月成立了"白人力量组织",也被称为"沉默的兄弟会"。马修斯开始在美国西北地区招收亚文化种族主义者,其队伍不断壮大。他煽动大家仇恨犹太人和政府官员,并拟定了一个名单,其中包括亨利·基辛格和诺曼·李尔。马修斯急切地想要成为一个危险分子。

美国联邦调查局在收拾马修斯和他的军队方面表现得有点慢。

马修斯最初开始进行印假钞的生意，好为组织筹集资金，但他认为这太耗费精力和时间。暴力是一种更简单、更有效率的方法，于是他召集了23个身强力壮的成员，在丹佛炸毁了一家珠宝店，在西雅图抢劫了一家银行，击中两辆装甲车，还杀死了一名线人，接着他们又在丹佛枪杀了犹太脱口秀主持人艾伦·伯格——FBI这才意识到他们在对付一个有组织的暴力集团。"白人力量组织"的倒台始于在加利福尼亚的尤卡市抢劫了一辆装甲运钞车，现场留下了一把枪。此后，警方确认枪的主人名叫丹佛·帕门特，FBI很快发现了他和同伙与"白人力量组织"有千丝万缕的联系，其中有一个叫汤姆·马丁内斯的新成员，这是一种不协调的选择，因为他是西班牙裔，这也是马修斯犯的一个严重错误。马丁内斯最终厌倦了该集团的仇恨和暴力，他假装被捕，其实成为了一名联邦调查局的线人。正是马丁内斯告诉FBI，马修斯和其他头目藏身于惠特贝小岛。

马修斯到达惠特贝小岛时，"白人力量组织"的成员已经跟联邦调查局特工发生了两起火拼。当时特工们正试图定位和拜访马修斯招募的一个新兵加里·亚伯勒，他的家乡在爱达荷州，亚伯勒在那里枪击FBI特工后逃跑。第二起枪击案涉及马修斯自己，那是在俄勒冈的波特兰。马丁内斯与马修斯等人当时在一起旅行，他一直定期给FBI通风报信。他们从一个地方换到另一个地方，马丁内斯始终让FBI掌握到他们的行踪。马修斯很沮丧，总是有人在跟踪他，但他从来没有想到身边出了内奸。虽然他们本计划待在假日酒店——线人马丁内斯把这个消息也通知了FBI——但马修斯在最后一秒改变了自己的想法，最后，他们在卡普里的汽车旅馆里歇脚。美国联邦调查局搜遍了该地区的所有汽车旅馆，终于找到马修斯的汽车。FBI

波特兰分局的特工立即聚集在现场，开始疏散马修斯周围的房客，准备实施逮捕。不幸的是，他们表现得太明显，动作也太慢。马修斯当时刚好走出自己的房间，发现经理办公室有特工。他抓起一把枪，立即从阳台上跑掉了。

特工们开枪射击时，马修斯已经跑远了，第一个牺牲品是经理办公室的咖啡壶。马修斯跳过篱笆，头也不回地往前跑。当他在附近的公寓找到掩护后，向紧追不舍的特工开枪。阿特·汉斯当时在拐角处，是进入马修斯火线内的第一个特工，他的脚上中了一枪。特警队员肯尼·罗文向马修斯开了几枪，其中一颗子弹打中他的关节。尽管FBI进行了一番彻底搜查，但马修斯又一次逃脱了。与此同时，亚伯勒从一扇窗户跳下，落到一名FBI女特工手上，直接被捕。对于马丁内斯来说，他一直与美国联邦调查局合作，与马修斯共事的这一段漫长而危险的旅程终于结束了。

肯尼是联邦调查局的英雄特工。他长着金黄色的头发，剪得很干净，酷爱运动，声音温和，长相英俊。20世纪70年代，他在肯尼迪机场杀了一名劫机者。当时劫匪把手搭在一名空姐的脖子上，两人走过停机坪，肯尼一枪便击中劫机者的头部，这个可怜的女人可能仍在接受治疗。几年后，他用梯子爬进波特兰机场一架被劫持飞机的驾驶舱，然后冲出去，只用一个回合就射杀了劫机者，乘客们都起立鼓掌。他是国家公务机构的名人——事实上，他的为人非常谦虚。

6点钟，麦伦在下面咆哮着，我们猜他整夜都没合眼，他可能一直在熬夜清理自己的武器。每个人都准备好了，大伙坐上两辆大巴，一路都在试图摆脱不安的情绪。"洛杉矶联邦调查局反恐特警组过来帮助旧金山的男孩。"我们这么嘲笑了一会儿人质解救小组——超级特警队——他们这帮人居然把工作丢给我们地方特警队来做。

这天很黑,雨一直下着,十分阴冷。跟往常一样,特警队在行动之前,每个人都很安静,大家都在抑制自己的焦虑之情。我们看着被雨淋湿的窗户,没有人说太多言语。

大巴车在一条小径中停下,我们下了车。树叶被雨水滋润后绿得发亮,就像亚马逊热带雨林一样。我忘不了西雅图的天气,不是正在下雨,就是准备下雨。我开始发抖,这种状态一直持续了12个小时。

特警队卸下自己的装备,排成纵列,走过一条大约800米长的土路。几辆联邦调查局的汽车停放在土路尽头。两个谈判专家为了躲雨,在其中一辆车里安营。人质电话的电线足有90米长才连到小屋内。屋子坐落于悬崖边上,俯瞰着大海。这是一个昂贵的、粗鄙的两层建筑,窗户上挂着大照片,二楼有个天台,可以遥望普吉湾。两个全新的大货车停在小屋南边的车棚里。特警队认为马修斯可能是用抢银行的钱或者贩卖假钞的收入买了这些东西。旧金山特警队站在小屋周围隐蔽的地方,在衣服的伪装和夜色的掩护下,他们很难被人发现。

特警队的其他成员以小群体的方式前进,他们开始替换防守线外围的人,我停下来跟谈判专家打招呼。他们自周五上午10点就一直在跟马修斯交涉,而现在是周六早上7点半。马修斯同意让两个人走出屋子,在那之后,他就拒绝讨论投降的事了。他为联邦调查局发现了他而感到愤怒,手上的枪伤(肯尼打中的)加剧了他的情绪。谈判专家对他是否会投降持悲观看法。马修斯似乎决意要背水一战，他想尽可能拉更多的特工做垫背。他一直这么跟谈判专家表示，似乎下定决心要为"白人力量组织"和白人种族主义牺牲自己的生命。

洛杉矶特警队加入行动后，包围圈进一步缩小，警方更靠近屋子。约翰·尤达、吉姆·伯恩斯、"蚊子"埃尔斯·希奇和我从南边爬上梯子。上午11点时，我们已得出结论，谈判解决不了问题，现场两名人质谈判小组的成员（分别来自西雅图和波特兰）也同意这个看法，毕竟大家等得太久了。谈判持续了24个小时，我们都准备用另一个办法逼迫马修斯投降——催泪瓦斯。

在老大的无线电命令下，大家行动起来，同时向屋子的不同房间发射催泪瓦斯，厨房里的吊灯成了我的第一轮攻击目标。我们等待着，天真地认为这将对马修斯造成影响。大约半小时后，老大下令进行第二轮攻击，我们又一次射穿屋子的窗户。我不停地瞄准厨房，把吊灯打得破碎，任它在风中摇晃，就像射击馆中的靶子。

最后，特警队动用了40毫米口径的M-79手榴弹发射器来发射催泪瓦斯。天气更冷了——大概在4度左右，而且还下着雨。该死，天气又冷又湿，我继续发抖。我们给屋子里发射了几个小时的催泪瓦斯，但没看到马修斯任何回应，这个混蛋，他甚至连咳嗽声都没有。他还嘲笑谈判专家，称催泪瓦斯根本影响不到他。我们认为，他拥有诸多的军事装备，其中可能也包括防毒面具。

我们敬佩他的耐力，他已经至少跟谈判专家们周旋了36个小时，FBI随时都可能进攻他，而且他还受到催泪瓦斯的影响。然而他还有筹码能威胁到我们，这个家伙的决心是惊人的。但是他的动机错了，他是一个杀手。

下午4点左右，治安部门决定派遣一只狗。对我来说，这似乎有点愚蠢，因为马修斯全副武装，他肯定会一枪把狗打死。执行放狗任务的人向前爬行，同时我们继续向屋内发射更多的催泪瓦斯，好让马修斯无暇他顾。那人把狗推进一楼的窗口，几秒后，狗就跳了回来。他重复了几次，终于放弃了，看来这只德国牧羊犬没兴趣会见马修斯。

一个小时后，孤山分局、蒙大拿分局和FBI办公室组成了一个进攻团队，他们从屋子南边开出一条道路。他们戴上面具，在盖里·林肯的指挥下爬进一楼。

林肯的团队进入屋子后，没过几分钟，马修斯就从二楼开火了，他的枪声听起来像是一把M-60机枪。林肯和他红着眼睛的队友连忙后退，躲避着子弹，并迅速撤回安全的警方包围圈中。林肯摘下面具。"妈的！"他咆哮着，"我们差点死在这里。"

盖里·林肯可不是个愿意轻易投降的家伙。他在去孤山之前，就被分配给FBI洛杉矶分局调查一桩银行抢劫案。我们知道他是一个让人害怕的特工，当局从华盛顿州伐木营地挖掘出他这个人才。没什么东西能让林肯害怕，几年前我们在唐尼一家银行的阁楼上围堵一名银行劫匪，FBI花了几个小时试图说服其投降，接着，我们向阁楼发射催泪弹，弄得到处都是烟雾，但劫匪还是拒绝下楼。最终我们不得不派人爬上梯子，把头探进阁楼。林肯没有犹豫，五分钟之后，他就从阁楼那狭窄的空间里，把赤裸上身、毛茸茸的碍事家伙拽了出来。

林肯的行动小组是FBI派去的最后一个团队。大家跟负责的特工挤在一起，决定等罪犯自己出来。于是我们发射了更多的催泪弹，等待了更长的时间。

大约在下午6点左右，一架联邦调查局的直升机从旧金山飞过来巡视现场，这是我们带过来的。天色开始暗下来，意味着马修斯可能会开枪扫射，冲破警方的包围圈。

大家变得更紧张了。当直升机从海的一边飞过来，近距离飞过地面时，马修斯开枪向飞机扫射。那家伙一直躺在天台顶部的外侧，这样就避免了催泪瓦斯的影响，而所有人都看不到他的这一举动。

直升机飞行员为了躲避子弹，立刻中止了任务。尽管飞机受到马修斯的子弹攻击，但却没有被击中，马修斯也为此暴露了自己的位置。我们立即重新调整狙击手的位置，但当狙击手就位时，马修斯又不见了。我们往屋里发射更多的催泪弹，我看到厨房的枝形吊灯又碎了一片。到目前为止，风一直在刮着，我们为了成功发射几轮子弹，沦为风力影响修正法（射击时将枪炮瞄准目标的偏左或偏右位置，以修正风力影响产生的偏差）的奴隶，大家虽然想让每发催泪弹都命中目标，但实际上却很困难。尽管警方已经向整座屋子都开了枪，但风却跟大家作对，把弹雾吹到了屋子外面去。

几分钟后，马修斯又让我们吃惊了，他开始向警方包围圈的一侧开火。有几发子弹直接进了车棚，而警方的人一直拿车棚当作掩护。我和约翰就躲车棚后面，互相绊倒了对方。他到底在哪儿呢？

越来越多的子弹飞了过来，我们按兵不动了好几分钟。这时候大伙儿所能做的只是老老实实地坐着，大家希望他不会把车棚拆掉。几分钟后，他又向包围圈的另一侧开火，这让我们有机会寻找他的射击位置。埃尔斯开始有条不紊地用自己的M-14步枪往二楼的浴室窗口发射7.62毫米的子弹。他是一个来自阿肯色州的好小伙,也是名越战老兵,非常清楚自己在用步枪做什么。

但对老大来说,埃尔斯的行动太慢。他搞不清楚埃尔斯为什么这样慢吞吞地开枪。于是他把埃尔斯推到一边,自己跳进了一片空地,一只手拿着9毫米半自动手枪,另一只手拿着点357左轮手枪。这让人想起在老西部电影里的枪手。老大轮流用这两把枪开火,一直到子弹都打光了,他大叫道:"吃我的枪子儿吧,混蛋!"

然后他躲到车棚后,换上9毫米的弹药盒,他一共上了两匣子弹。他的蓝眼睛里充斥着兴奋,还对我咧开嘴,笑道"这东西很棒吧?"老大看来是发疯了。

马修斯继续朝特工开枪,射击完包围圈的这一边,就开始朝另一边开枪,他想阻止警方再次攻击他。有时,好像所有包围圈的特工都在朝他回击,而他则从一个窗口辗转到另一个窗口。我已经放弃了发射催泪弹,决定使用来复枪。我们开始怀疑自己的弹药到底够不够,大家非常担心马修斯会孤注一掷,开枪扫射警方的包围圈,杀出一条血路。当夜幕降临的时候,我们往屋内发射了几颗照明弹,几分钟后,房子一下就亮堂起来,我们希望这样可以找到马修斯。然而,一楼起了火,几分钟后房子就烧了起来。谈判专家们焦急地催促马修斯,让他投降,并承诺不会伤害他。但马修斯只是在电话那头尖叫,侮辱着谈判专家。他继续向警方开火,从房子这头移到那头。我们很好奇他到底能坚持多长时间。15分钟后,大火吞没了整栋房子。

终于,马修斯不再开枪了。我们焦急地等待着,相信他肯定会从房子里走出来。尽管房子的二楼已经坍塌，倒在了一楼上面，我们依然站在附近。马修斯是一个因仇恨而变得疯狂的男人，我们安静地看着、等着，然后这栋房子就变成了人间地狱，里面的子弹声再次响起，我们也不得不躲到洞中或者树后。

之后，枪声越来越弱，我们慢慢地走上前，想知道他会不会像恐怖电影里那样从灰烬中站起来。然而事情已经结束了，罗伯特·马修斯已经死去。他本有机会活下来，但他自己做了这样的选择。他曾试图杀死我们，但最终失败了。我们静静地站着，看着最后的火焰笑话这个男人的仇恨与邪恶，一切都与他重归地狱。

我们聚集在熏烧的余烬周围，像一个部族打猎成功后办了一次篝火晚会一样。大家突然意识到已经很久没进食了，我们吃着海军给大家准备的盒饭。吃完饭后，鸡骨头也被扔到了火里，大家不禁笑道，联邦调查局犯罪现场技术人员会在惠特贝岛的屋子余烬中发现十五只鸡，他们肯定想不通罗伯特·马修斯到底用这些鸡做什么。

后来的验尸报告确定了马修斯的死亡原因，尽管他的身体被严重烧伤，但他是身中数枪而死的。"白人力量组织"的其他几个成员依旧在逃亡之中。在不到一年的时间里，联邦调查局就在全美不同的地方将他们逮捕归案。美国检察官西雅图办公室最终指控他们众多罪行，所有人都被判处长期监禁。这个组织以及罗伯特·马修斯所培养出来的仇恨，终于烟消云散了。

第 8 章
危机事件谈判小组

1985年6月，弗吉尼亚州匡提科，美国海军陆战队基地的FBI学院里，我跟全美各地经验丰富的FBI谈判专家一起，坐在学院最先进的教室里听了一周演讲嘉宾的课。我们已经被选为联邦调查局国际危机事件谈判小组（CINT）的第一批成员。这个团队专为联邦调查局的核心任务打造，负责应对全球复杂和漫长的人质事件及街头暴动事件。

20世纪70年代晚期至80年代早期，长期性人质事件和街头暴动事件的发生数量增长惊人。1977年，极端激进分子让整个华盛顿特区陷入瘫痪，几天后他们又同时占领了另外三个地方；1979年，美国人在德黑兰被劫持，时间长达444天；1985年，一个小型右翼组织涉嫌参与阿肯色州的一起事件。学院的危机管理部意识到，他们需要一群小型、机动、训练有素的专业人质谈判专家来应对这些事件。

最初，危机事件谈判小组的成员是经过简历筛选、个人面试、心理测试、外语能力和谈判经验等考查，从350多名联邦调查局谈判专家中选出来的。他们大多数人都是经验丰富的特工，从事人质谈判工作的时间在10到15年之间，具备广泛的行动、调查和培训经验。小组成员来自多个民族，会说双语，一些成员还能流利地使用4到5国语言。我们的调查经验多种多样，包括国外间谍、反恐、有组织犯罪、毒品、基本刑事调查以及线人发展。因为我们中的大多数人还曾担任过犯罪现场战术指挥，在实际的谈判经验之外，对谈判策略、人质和暴动应对技术、危机管理原则等方面都具备杰出的操作经验。小组有几个成员曾在几次著名的劫机事件中进行过谈判，所有人都是经验丰富的街头特工。我们很兴奋，认为这个项目充满潜力，大家也很骄傲，因为我们自认为是当局最棒的团体。

危机事件谈判小组会在FBI学院或其他场所安排和协调每半年一次的培训研讨会，以满足团队的特殊教学需要。我们与中央情报局和核紧急事态搜寻队展开合作，在新墨西哥州阿尔伯克基、加州彭德尔顿军营、印第安纳州印第安纳波利斯以及奥克兰附近的劳伦斯利弗莫尔实验室等地进行联合训练，并多次参与长期的训练演习。其他联邦部门的破案专家、不同文化背景的专家，以及在人格分析方面非常有经验的心理健康专家，也都为我们的团队提供了指导。

1984年，国际人质劫持法案出台，赋予联邦调查局在海外部署特工执行劫机和绑架调查的任务，这就要求危机事件谈判小组的成员要与美国国务院进行互动、接受海外行动训练，还要求小组成员必须学会怎样与外国执法部门和情报机构共事。这个训练强调进行重大威胁评估，制定策略应对绑架赎金要求，协调美国使馆工作人员的工作，以及与受害者的雇主和家属保持联系。为了营救人质，有时我们得在海外行动，这给团队带来了全新的挑战。我们要应对的一个首要问题是，有的国家的执法部门并不像美国的执法部门那样高效和有战斗力。

小组成员会收到更新的护照，收到外交程序的指令，还接受了有关文化差异和敏感性培训，并学习了众多惯用语。所有的谈判专家都在伦敦新苏格兰场学习了大都会警局提供的杰出谈判专家课程。英国人是最擅长组织和规划应对危机的，他们曾在北爱尔兰对付爱尔兰共和军，这个经历让他们了解了什么是恐怖主义，并由此成了天然教官。我在1984年就参加过该课程，因为当时要举办洛杉矶夏季奥运会，我的谈判小组承担了重大任务。

1991年，即海湾战争爆发之前，危机管理部在FBI学院给危机事件谈判小组安排了一个特别训练课程，课程重点是中东恐怖分子构成的威胁。我们回顾了之前在地区文化、历史、政治和宗教领域之外的恐怖事件，为在其他国家可能发生的涉及到美国人的人质事件做好准备。中央情报局提供了一个严峻的评价，告诉我们跟这些家伙谈判将会非常艰难。

危机事件谈判小组成立后的头十个年头，团队成员被部署到海外，执行过二十多次任务，努力营救被恐怖分子和犯罪团伙绑架的美国人质。我们本以为护照将把我们带往罗马、巴塞罗那和香港。相反，他们把我们送去扎伊尔、菲律宾、印度、巴拿马、哥斯达黎加、危地马拉、玻利维亚、墨西哥、哥伦比亚、洪都拉斯、柬埔寨、智利、萨尔瓦多和厄瓜多尔。有些任务非常危险，谈判专家去的地方可能战火纷飞。幸运的是，小组内没有一个成员被杀害、受伤、绑架或感染某种致命疾病。然而，大多数被派驻海外的人都遭受过墨西哥腹泻的折磨，其次数比一个船员还要多。

危机事件谈判小组的人也对付了多起美国国内事件。他们参与的行动包括在奥克戴尔、路易斯安那、亚特兰大、乔治亚、塔拉迪加和阿拉巴马的古巴监狱暴动，犹他州马里恩的宗教狂热分子对峙事件，俄亥俄州卡斯维尔市监狱人质事件，红宝石山脊的兰迪·韦弗事件，韦科的大卫教对峙事件，德克萨斯州新非洲共和国街头暴动事件，蒙大拿自由民事件等。

小组成员一起训练，一起狂欢，一起作战，我们成为了一个家庭。小组成员的友谊延续了一辈子的时间，我们永远都会记得充满创意、略带精神质的约翰·丹顿，好斗的班尼·特玛，外号"芝加哥鲍勃"的神秘人斯加尔斯基，他在联邦调查局学院表现得很是神经质，而在芝加哥机场的表现又很猥琐。我们在危机事件谈判小组的经历留下了诸多精彩的战斗故事，我为能和这群敬业的天才一起共事而感到骄傲。尽管现在小组内都是新成员，大部分原来的成员都已不在，但我们想要谈论危机事件谈判小组的话，就不得不提到卡内基·梅隆大学的弗雷德·兰斯里和加里·内斯纳，他们致力于说服FBI总部，让总部相信危机事件谈判小组对于应对危机管理来说至关重要。弗雷德·兰斯里的绰号是"危机事件谈判小组之父"，加里·内斯纳、韦恩·福斯勒博士和克林特·范赞特努力让危机事件谈判小组发展成一个非常成功的概念。如果没有他们的眼光、坚持和领导，危机事件谈判小组绝不会被创建，也不会存活下来。他们每个人都曾领兵去执行各种海外任务，他们设立了成功的榜样。多年来，危机事件谈判小组的成员拯救了数百人的生命。

我还记得1985年6月底的某个周五上午，我们所有人都急于回家。这时，教室的电话响了，是FBI总部打过来的。美国环球航空公司847航班的一架波音727飞机原本打算从雅典飞往罗马，机上有152

名乘客和机组人员，却在经过希腊上空时被两名黎巴嫩恐怖分子劫持。美国联邦航空局希望得到联邦调查局人质谈判专家的协助。整个事件的发展非常戏剧化，小组成员加里·内斯纳和FBI华盛顿特区分局的"维克多"（一个笔名，这个特工不断为中情局从事卧底工作）立即赶赴联邦航空局的华盛顿总部，为其提供咨询意见和专业知识。

与此同时，这架被劫持的飞机在机长约翰·泰斯特雷克的指挥下，从贝鲁特飞至阿尔及尔，然后再回到贝鲁特。因为劫机者要求释放那里被以色列人关押的数百名囚犯。劫匪为了表明自己的威胁绝非儿戏，打死了美国海军潜水员罗伯特·斯特汉姆，并在贝鲁特把他的尸体从飞机上扔了下去。勇敢的乘务长尤基·德里克林为了阻止更多暴力事件，在飞机经停阿尔及尔时，用其个人信用卡给飞机购买了燃料。一些乘客在不同的飞机停靠站被陆续释放，但仍有39名人质被困在飞机上，多待了17天。劫机者把他们交给另外一个恐怖组织，然后才用他们来交换一些囚犯。

在华盛顿，加里·内斯纳和维克托仍在美国联邦航空管理局指挥所中。这段时间环球航空公司847航班已经绕着中东上空飞了一圈，带来死亡和破坏的威胁，全世界都在电视上关注该事件的进展。尽管事后警方确认了两名劫匪的身份，但到目前为止只有一人被捕，随后在德国被定罪判刑。环球航空公司847航班劫机事件确实是有史以来发生过的最离奇的劫机事件。事件结束时，危机事件谈判小组也正式诞生。

几年后，我和加里·内斯纳、妻子罗宾在西洛杉矶跟库尔特·卡尔森一起共进晚餐，库尔特·卡尔森和他的妻子谢里曾是当年美国环球航空公司847航班劫机事件的人质之一。那个晚上,他叙述了当时的细节和一些恐怖的经历。他这种幸存者的回忆充满感情,而且内容丰富,我们听起来非常着迷。这种拜访一直为我补充能量、激发出我的激情,让我积极投身于人质谈判项目中去。

第9章
帕洛斯弗迪斯绑架案

当法鲁奇（化名）开着破破烂烂的小卡车——车上还装着露营设备，慢慢驶下帕洛斯弗迪斯车道时，没有人注意到他。虽然他们应该有所注意，因为这辆车与这里是如此的格格不入。帕洛斯弗迪斯位于富饶的南加州，是奔驰、宝马和美洲虎总部的所在地。但后来我们无法找到证人，因为根本没人发现事情有什么不同寻常的地方。51岁的保姆和1岁小男孩都消失了，消失在这个地球上，消失得无影无踪。

当婴儿的父母，丽莎和托尼（化名），那天晚上回家时，发现房子里空荡荡的，他们立即打电话给帕洛斯弗迪斯警察局，报告称他们的儿子和保姆双双失踪了。帕洛斯弗迪斯是一个小镇，当地警察部门十分负责，在这样的地方，假如有人去度假，警察局会给度假者的房子进行安全检查。他们调度警察的时间掐得很准，绑匪打完电话后，警方立刻就赶到了现场。

托尼花了几分钟时间让丽莎冷静下来，接着，他们就向警察描述了事情始末。绑匪称，孩子和保姆都在他手里，现在都完好无损。他想索取5万美元，并保证会将人质安全释放。绑匪表示他将会在几天内再打电话,告诉他们把赎金送到哪里。

关于那个电话,丽萨只能对绑匪做出一种形容,那就是他说话带有某种口音。警察听取了这对疯狂夫妇的口供后,立即给长官打了电话。长官认为以自己警察局的规模,既没有资源也没有经验来处理这种绑架案,于是便通知了FBI。

一个小时后,我和里奇·诺伊斯被分配到C-1绑架小组,我俩开车从韦斯特伍德的联邦政府大楼出发,朝南沿着405国道前往帕洛斯弗迪斯半岛。

法鲁奇的电话不仅证实了失踪者确实遭到绑架,而且也表明了他的动机。对于调查员来说,这是一个重要的资源,因为绑匪的绑架动机能提供一些线索。绑匪要求赎金,解释了人质为何被绑架,也说明受害者有逃生的可能。如果绑匪不要求赎金,那将是不祥的征兆,这表明绑匪也许是出于一些其他理由才绑架受害者的——如绑匪和自己的配偶或者女朋友关系不和,想重新控制或者占有他们、为了报仇杀死人质、利用人质满足自己的性需求等。有时绑匪会出于无意杀死受害人,或者绑匪给受害人使用过量药物而导致其意外身亡。年轻女孩,最近还有些年轻男孩,常被绑匪用来满足性需求,他们中很少有人能安然无恙地获释。如果人质是婴儿的话,由于不能识别绑架者的身份,绑匪有时会把婴儿丢到一个地方,并在事后把地点通知给其父母,或者绑匪会把婴儿放在一个容易让人发现的场所。

因此法鲁奇只强调钱,这让我和里奇都松了口气。不幸的是,绑匪的赎金要求对受害者的家庭来说,却意味着不一样的东西。绑匪要求赎金,这就打消了他们最初的希望,他们本以为保姆和孩子会安然无恙地回到家，并解释自己为什么会晚归。这还证实了一点，那就是其家人肯定处在危险状态。

一桩绑架案要想FBI介入，通常案子里必须有一些州与州之间的联系。否则，假如有人跟FBI报告案情，或者地方警局要求FBI协助调查，那么联邦调查局就不得不插手每一件绑架案了。但如果受害者是一个孩子，联邦调查局会毫不犹豫地跳出来。对于大部分情况说，只要结案时地方警局自身得到其应得的认同和欣赏，他们也会赞赏FBI所提供的人力和资源。不幸的是，联邦调查局并不总是擅长这一方面。

事件一发生，警方也随即对该起绑架事件展开调查。第一步是确认受害者到底是失踪还是遭到绑架（75%的失踪青少年都在72小时内自己回家，大部分情况是因为跟父母吵架）。受害者的年龄和性别、绑架的场所、绑架之前所发生的事情、家庭的稳定性、经济及社会地位等——所有这些都是线索，证明绑架索赔是否合理。一旦警方确定绑架属实，美国联邦调查局的工作就进入高潮，源源不断地提供资源和人员。

警方的调查过程就像树上的树枝。第一阶段：特工走进受害者的家庭，与其家人待在一起。第二阶段：控制及监视受害者家庭的电子通信。第三阶段：对受害者的工作、财政、犯罪史等所有可能为绑匪提供作案理由的线索进行调查。第四阶段：与监视小组和逮捕队一起行动，准备赎金。第五阶段：确认嫌疑犯身份并进行调查，密切关注受害者家庭的员工和朋友。第六阶段：协调绑架时的犯罪现场调查工作（如果知道的话），准备为潜在的证据做现场复原。第七阶段：收集所有犯罪线索，逮捕嫌疑犯。

每一阶段都有一个团队领导人，随着线索的增加，以及调查的不断深入，案件协调者在每天早上和晚上都会进行工作简报。FBI总部每日接收有关案件进展的汇报，当地警局也随时听候调遣。位于弗吉尼亚州匡提科的联邦调查局学院的罪犯侧写专家也会了解案件详情，并承担描绘嫌疑犯画像的任务。警方很仔细地保护着调查的机密性，并尽可能降低媒体的兴趣。当受害者的生命安全悬而未决时，绝大部分媒体都会与警方合作。但是，一旦其中一个竞争对手发表了机密信息，他们就会刊登有关绑架的新闻，尽管他们也知道，对绑架案调查进行公开媒体报道会威胁到受害者的安全。

特工进入受害者家庭，与其家庭待在一起，这可能是破案过程中最重要的阶段。所有的调查线索都来自受害者的家庭。多年来，我曾参与过多起绑架案，我知道，受害者的每个家庭成员就好像一个令人难以置信的过山车一样，这会让他们逐渐暴露自己的秘密。他们情绪的变化就像高原地形一样崎岖。在一个案例中，一名绑架受害者的妹妹离开了家庭，拒绝与调查者进行任何谈话。渐渐地，在大家耐心而温和的劝说下，我们很明显地发现，她对一个事实非常失望，觉得自己受伤了，这个事实就是绑匪没有绑架她，而是绑架了她的姐姐。对她而言，这意味着别人认为她姐姐更有价值，即使是一个陌生的绑匪也是这么认为。家庭互动对驻守的调查员来说可能非常复杂。这一时期本来是家庭最需要团结的时候，但由于旧伤会被重新揭开，新的伤口又已经产生，这时可能会出现更多的家庭冲突。

特工住在受害者的家里，家庭成员的进出就可能受到限制（大多数绑架者都警告受害者家庭，让他们不能报警，也不许通知联邦调查局，我们必须假定绑匪暗中就在监视着受害者的家庭）。特工们了解这些家庭成员，与他们进行持续的访谈，有用的情报就可能由此诞生（这将有助于找出绑匪的身份）。警方也会由此制定战略，计划如何与绑匪进行电话谈判，警方还会实现角色扮演，反复模拟与绑匪进行电话谈判的过程。作为一名人质谈判专家，我的经验教会了我如何对付嫌疑犯的要求和威胁，所以FBI把我分配到受害者家庭住所中去，这是个顺理成章的决定。在联邦调查局学院危机管理部门的认可下，FBI已经在绑架案调查中更多地使用有经验的谈判专家，并且取得了巨大的成功。

我们进入该地区，车子开始慢慢爬过受害者的房子，然后在一个街区以外的地方停好车，接着走回去。这是一个很好的社区，草坪面积很大，车道也很长。这里住着的都是开尼曼①的人。我们意识到必须让黑白色的警局巡逻车远离房子外面的车道，于是动用了一些外交手段来与当地警察交涉，他们总是有着一种天然的、顽固的领土意识，总想要控制住犯罪现场。

琼·尤达是一名FBI雷东多滩分局的特工，他已经到了现场，并和最先到达现场的警察一起安抚了丽莎的情绪。但我们知道，她的平静只是表面现象，内心依然感到非常震惊和歇斯底里。她们雇佣了一个保姆有一年多的时间，这个白人女性一直十分可靠，也很照顾他们的儿子。丽莎和托尼都坚信他们没有理由怀疑她也参与到绑架案中来。保姆在下午会推婴儿车带孩子散步，但是除了帕洛斯弗迪斯车道外，他们不会走得太远。丽莎是家庭主妇，

---

① 尼曼（Neiman Marcus），美国以经营奢侈品为生的高端连锁百货商店。

但是白天做慈善工作。托尼是一个顾问，经常旅行。尽管只有30岁出头，但其财产非常可观，净资产就达到了7位数。他们都说儿子是生活中最珍贵的一部分。托尼既矮又胖，身材像个摔跤手，外表却十分孩子气。丽莎身材骨感，十分耐看。琼和我听他们闲聊，这时里奇已经在后面的卧室给我们准备了一间办公室，用来定位和监听电话，也可以用来进行私人讨论。

　　我们得到更多线索时，就会打电话给FBI办公室报告调查线索。首先，我们要完全识别保姆的身份。FBI与她的丈夫取得联系，并跟他住在一起。我们不能忽视一个事实，那就是他的妻子也是一个绑架案受害者。FBI开始对他们进行背景调查，确定有谁知道这桩绑架案。如果只有祖父母知道，那就要联系他们，确保他们保密和合作。警察会进行检查，收集双方父母的经济和背景资料，寻找婚外情、债务、可疑的伙伴、诉讼等信息——警方不会公开调查，这会泄露FBI在参与的消息。同时，警方还会核实本区域有前科居民的身份。

　　我们也开始准备接听绑匪的下一个电话。因为家庭成员往往过于情绪化，我们试图安插一个特工，来"代表"家庭与绑匪交涉。尽管有时绑匪会坚持说只跟家庭成员说话，但这个策略通常有效。他们可能还坚持只让家庭成员去送赎金，但即使是让别人去送钱，绑匪也不会放过这个拿钱的大日子。他们通常会假定家庭成员已经报警，但他们为此付出了太多，眼看着就能拿到钱，绝不会就此罢休。他们一看到赎金，判断力就会扭曲。

　　无论如何，我们都鼓励家庭成员不要插手这件事，因为他们没有经过训练，不知道该怎么减少赎金。谈判专家在这方面能发挥很大的作用，他们可以与绑匪打交道，并从事交钱的任务。

在绑匪提供的第一个交钱场所，我们很少能在那里完成交易。通常绑匪会通过一系列电话，让拿钱的人从一个地方送到另一个地方，以确保无警方监控。这也让监测团队有机会在每一个地点抓到嫌犯。如果同一辆车出现在附近的两个或两个以上场所，那开车的人就很值得怀疑了。但这个练习需要警方持续接触嫌疑犯，而且如果他此时情绪和肾上腺素都在崩溃边缘的话很可能会折磨手上的人质。训练有素的谈判专家是送钱的更好选择，这是一个潘多拉魔盒式的决策，许多可怕的事情都可能发生——大部分事情是很糟糕的。交赎金有一定的规则，这些规则都不能违背。比如，在监测团队到来之前，不要把赎金交出去。有经验的谈判专家会设法让事情进展缓慢，逐步控制绑匪。让事情慢下来，确保赎金已藏好。如果绑匪察觉到事情不对劲，那就自己走开，等到最后联系绑匪的时候再出现。绑匪可能会很泄气，但是他还是会打电话，因为他想要钱。耐心点，做好一切准备，包括意外情况的发生。

托尼听了我的解释，表示认同，但他坚持说要自己跟绑匪谈话，自己给送赎金。丽莎只是蜷缩在沙发上，面无表情。她连眼睛都不眨一下，安静得像一张数码照片，我在想她是不是已经吞了几片安定。

我们急忙弄好电话录音设备，只要一接电话，技术人员就会进行电话追踪。然后我们就坐下来等着，偶尔我们也轻声说几句。几分钟之后，我要求看孩子的照片。如果有照片的话，最好能再找到一些孩子的脚印。丽莎盯着我，思考我的话到底是什么意思。她终于站了起来，走进卧室，拿出一张照片。这张照片是孩子9个月大的时候拍的，照片上的婴儿穿着道奇T恤，坐在妈妈的腿上。她找不到孩子出生时在医院制作的脚印，也没有保姆的照片，但另外的特工一直在问她丈夫，总会知道保姆的长相。丽莎坐下来，盯着照片看了好几分钟，但是却没有掉眼泪——这很不寻常。然后，她才把照片交给我。我走进临时办公室，打电话让指挥所派人来拿照片。他们会在实验室里复制照片，并把照片放大，分发给每一个负责该案的特工。如果我们需要公开此案的话，媒体也会收到这张照片。假如我们知道脚印的话，也可以用来识别身份，而如今我们用的是DNA。

我们开始对托尼和丽莎进行简短的培训，跟他们解释说，我们必须坚持让绑匪拿出某种生命证据，必须确认打电话的人真的就是实际绑匪——比如看到保姆身上的某样东西，也可以让孩子发出声音。他们还必须跟绑匪强调，自己需要一定的时间才能筹集好赎金。绑匪的电话打得越多，追踪的可能性就越大。他们还必须知道，打电话的人可能会威胁他们，强迫他们满足其要求。他们应该尽量忽视这一点，对绑匪来说，打电话同样压力很大，就跟受害者父母面临的压力是一样的。绑匪的每个电话时间都会逐渐增长，这是放松的迹象。

假如我们强调要减少赎金数目也可能产生不利的影响，因为这样可能会拖长谈判时间，或者激发绑匪的沮丧心理，从而使其杀死受害者。但是如果我们立即同意绑匪所要求的赎金也很可疑。因此，我们需要进行一些谈判工作。我们决定支付赎金，让绑匪将其带走，也不让警方逮捕绑匪，这对受害者家庭来说都是非常重大的决定。尽管如此，这些都是受害者家庭所要做的决定，而不是FBI。我们能做的就是给他们提供最好的建议。尽管我们认为绑匪的赎金数量要求5万美元相对较小（25万可能会更引人注目），但不能低估任何绑架案的严重性。两年之前，我们参与过一起洛杉矶东部的绑架案件。当时，父亲收到1.2万美元的赎金要求，绑匪绑架了他14岁的儿子。当地警察部门很难认真对待这起案件，他们认为绑匪可能只是个生气的孩子，在跟受害者的父亲玩游戏。警方随即搞砸了交易，两天后，有人在邻居的车库里发现了孩子的尸体。我们知道，不管绑匪提出的赎金数量是多少，警方都不能忽视绑匪的要求。

　　托尼和丽莎是很好的听众，他们学习得很快。不幸的是，两天的时间过去了，绑匪那里没有一点消息，我们所有人的神经都越发紧张起来。每天，我们都靠着冰箱里的奶酪和葡萄果腹，我都记不起来那三天丽莎吃过什么东西。里奇、琼和我三个人像家犬一样，睡在他家的地板上，我们一直等着电话，每天向FBI洛杉矶分局汇报工作。托尼发现睡眠似乎已经离他而去，我得提醒自己，每个人的处理方式都不一样。丽莎每隔一两个小时就会周期性地消失一次，接着她又会回来跟我们说话，不停地说话。她的聊天内容无所不包——聊她的儿子，她的梦想，她对儿子的期许，儿子回家后他们会做什么。她的谈话内容一个接着一个，每一段对话都随机地联系在了一起。从她的谈话中，我们了解了很多东西，比她当初跟我们分享的东西还要多。等事情结束后，丽莎告诉我们，她消失的那些时候都是待在洗手间里，难以抑制地放声大哭，这样她的情绪就得到了释放。她一边把自己的悲伤分割开来，一边焦急地等待着儿子回家。每个人面对悲伤和灾难的反应都不一样，都是独一无二的。

眼泪、笑容、愤怒、拒绝、罪恶、放弃或抗争，每个受害者的反应都完全不一样。所有现场的特工都不能对此免疫，如何处理受害者家庭的情绪把我们所有人都弄得筋疲力尽。但是每个人自我保护情绪的防火墙都有可能会关闭，我们一定要防止这一点。

尽管调查仍在幕后悄悄进行着，但我们还是没有找到任何一个可疑的嫌犯。第三天，刚过9点的时候，电话响了，我们所有人都跳了起来，本来昏睡的神经立马清醒了。托尼接了电话。

"你们准备好钱了吗？"一个略带口音的男子问道。我带着耳机听着，说话者的声音像是来自中东，丽莎之前也描述过第一个电话里的声音，他们应该是同一个人。

"是的，我们已经准备好了，"托尼说道。我看着录音机里的磁带慢慢地转动着，指针也随着他的声音来回摆动。我希望托尼能让电话多响几次，这样就有更多的时间追踪绑匪的行踪了。

"那么，很好。明天晚上8点钟，把钱放到黑色箱子里，扔到机场边世纪大道上卡尔汉堡后面的垃圾箱里，就在裸体少女广告牌的旁边。"

接着他就把电话挂了，托尼还来不及问上任何一句话——坚持确认人质是否在他手上，根本就来不及拖延电话时间，也无法确认人质是否还活着。

"再等一分钟，等一会儿。他会再打回来的，他这是为了防止警察跟踪，他的话还没说完。"诺伊斯对托尼说。

我们又等了几分钟，所有人都盯着电话看。我们都想发出心电感应，让电话铃声响起来。在一个绑架案遇害者的家庭里，等待绑匪打来的电话成了最关键的事情，发挥着让人难以想象的重要性。

当大家希望落空的时候，电话铃声能够让受害者的家庭起死回生，就像是给溺水的人扔过去一个救生圈。当电话不响时，它就成了所有人憎恨的对象。每个人都待在伸手可及电话的地方，所有人都盯着电话，就像瘾君子盯着自己的下一针毒品一样。电话能够中止可能的伤害，还能够成为唯一的救赎。

里奇看着我，摇摇头。

"事情没这么简单吧，绑匪会笨到提前24小时泄漏交钱的地方，让我们有24小时的时间到交易地点准备监视人员，这家伙疯了吗？"

我们追踪到了绑匪的行踪吗？几分钟后，技术人员打来电话，他没追踪到绑匪。当然不可能追踪到，该死的家伙。不过至少我们弄到了一些记录、一些证据。他的声音相当有辨识性：中东口音，男性，30岁左右。

"跟上次打电话的是同一个人，"丽莎听完录音后说道。

我们都知道送钱的那个地方。每个人一进入洛杉矶的世纪大道，都会注意到卡尔汉堡快餐店西边的裸体广告牌。饥渴的旅客都很热衷于脱衣舞俱乐部，这是在飞回家找太太之前，打发几个小时的最好办法。绑匪可能就是从那里打的电话，虽然我们听不到一丁点背景声音。

里奇立即打电话给总部，跟他们报告这个电话以及交钱地址。我们提前这么长时间知道了交易场所，有利于警方进行监视，这绝对是天赐良机。我不禁想到几年前有个男人威胁要绑架沃尔特·马修的儿子查理。他给沃尔特发了一封邮件，告诉他星期五晚上6点去太平洋高速公路上的公共电话亭，他会通知去哪儿放置250万美元。

因此，我们就能够花四天时间找到那地方，并且设计出监视方案。

很明显，嫌犯没有注意到，那天晚上街上的人流增加了很多，洛杉矶的警察和FBI特工都现身在那里。6点钟，电话准时响了起来，一名便衣警察接了电话。"把钱带到佩珀代因大学约翰泰勒山顶上，然后把它放到大树旁边，"打电话的男人做出这样的指示。

便衣警察和一大车警察、特工一起，开车上了佩珀代因大学，向左开向约翰泰勒车道，最后把车停在了山顶上，这是绑匪最后指定的地点。我们其他人都留在佩珀代因大学里。便衣警察故意走得很慢，确保能让别人看到他，他走到树边，放下装钱的箱子，走开后立即通过耳机说道，发现有个男人躲在附近的草丛下面。几分钟后，所有人都听到山上传来一阵爆炸声，山上升起一朵小小的黑色蘑菇云，每个人都跳出车，跑上山。我们看到嫌犯往东跑到大学的操场上，幸运的是，他逃不过警方直升机的法眼。最终，直升机落在他身后，两名警察从飞机上走出来，他们追着嫌犯跑，就像橄榄球比赛中的球员一样。他把箱子扔掉了，因为当他打开箱子的时候，里面发生了小小的爆炸。这是一种很典型的警方幽默，警察还在箱子里面给嫌疑犯留了一张纸条，上面写着"抓住你了！"

警方逮捕了嫌犯，他脸上沾着烟尘，头发披在前面，就像拳击手唐金一样，他很痛快地承认自己策划了这起绑架案。他曾在电视上看到马修谈论自己在一场马术比赛中损失了100万美元，于是就猜想，如果马修能在赛马上面损失那么一笔钱的话，也同样能够负担得起绑架案要求的250万。这名年轻的罪犯之所以选了那个大学为交钱地址，是因为那里离马修的住所很近。他想尽可能给对方提供便利。接着，他在公共图书馆里把信件打印出来，这样别人就找不到他了。他就是还没想好自己的逃跑计划，大部分绑匪都是这样——他们从没想过自己会被抓住。

马修是个好人，他很感激警方的帮助，事件结束几个星期后，他邀请我们所有人去比佛利山上一家拉风的饭店吃饭。吃饭的时候，他不停地讲故事说笑话，还给我们签名。好莱坞的那些人可不都像他那样。

警方若坐飞机降落在交钱场所，监视小组就有时间和机会设计一个观察逮捕计划。但这个案子也有一个不小的缺点，卡尔汉堡那里正是通往洛杉矶的直升机降落地点，这意味着FBI的监视飞机很难巡视这一地区。

我们以前也遇到过这种事，那是在洛杉矶国际机场发生的一起敲诈勒索事件。勒索者声称，他在飞机上放了一颗炸弹，他可以操作这个炸弹，飞机如果低于760米，炸弹就会爆炸；如果他收到了赎金（赎金数量实在是比较小——大概5万美元左右），他就会告诉我们怎么拆除炸弹。我们把假冒的赎金包裹放在航站楼的指定地点，等着绑匪的到来。过了几个小时，我们刚要关掉引擎，嫌犯突然出现了，他抓住包裹，跑到拥挤的楼梯，跳进一辆出租车，然后车子往洛杉矶机场南部的塞普尔维达大道开去。我们担心自己的车队不能通过航站楼外面街道拥挤的交通，只有空中直升机才能覆盖整个现场。然而，当嫌犯离开时，FBI的直升机还得等着洛杉矶机场其他飞机飞走，因此我们无法找到地面的嫌犯。一个小时以后，警方放弃了。

后来，勒索者打开包裹，发现里面只有三本书，全是洛杉矶黄页，那个家伙就给我们打了电话。他很生气，让我们滚蛋，接着就把电话摔了。为了安全起见，我们把飞机降落在高原上的丹佛机场，虽然已经是760米以上，但我们没有发现炸弹。幸运的是，我们再没听说过这样的勒索案。这是我唯一一次弄丢赎金包裹。

我们坐下来，与托尼、丽莎一起讨论赎金程序，绑匪在打电话时，没有指定一辆车或者一个司机。这是件好事，我们可以自己选择车辆和司机。这也表明绑匪不清楚受害者家庭用的是什么车，或者说他也不在乎。显然他只专注于三件事——时间、地点和金钱。这意味着当晚8点多的时候，他会出现在垃圾箱周围。

他要么会藏起来，要么会伪装自己。他本来可以告诉我们，去垃圾箱里找一张纸条，纸条上有其他的指示。但是他没这么说，他说让我们把钱放在那里。所以很明显，垃圾箱就是我们最后交钱的场所。他本人就会去那里，或者他会找别人替他去。无论如何，他都要防止其他人发现赎金包裹。因此我们断定，只要我们一送赎金，他就会出现在附近。监视小组负责实施逮捕计划，我们必须规划去卡尔汉堡的路，同时也要设法让受害者家庭团结在一起。

我们还有另一个顾虑，一旦我们声称已经准备好赎金，就要考虑到赎金被抢劫的可能性。也许我们在送赎金的路上钱就会被人抢走。托尼不顾我们的抗议坚持要自己开车，我想他私下里是希望自己真的可以用钱把儿子换回来。一手交钱，一手交人。他不想把钱丢下，然后就离开。他坚持自己的想法，我们只能妥协了，但条件是他必须跟琼一起行动。我们让琼这个小个子特警队员戴着MP5冲锋枪，藏在车厢里面。车子会安上无线电，这样琼和托尼就能互相通话，琼还跟监视小组的人保持无线电通信，监视小组就开着车跟在他们旁边。

事情终于要结束了，我们都感到很高兴，一直聊天到很晚。大伙儿太累了，反而睡不着。凌晨3点钟的时候，丽莎终于撑不住去睡觉了，我们其他人也在屋子里找个舒适的地方各自进入梦乡。里奇则同意，一直到早上，他都会看着大家。

　　熟悉的吐司味飘过来，大家都醒了，在厨房碰头，讨论怎么准备赎金。丽莎给我们所有人做了炒蛋，这是我们第一次一起吃饭。这很有象征意义，我们都安静地感受着这种氛围，大家对于这一天都感觉良好。

　　FBI与美国银行有一个长期协定，美国银行替FBI保存了几百万美金，其中有100万美金事先做上了记号，以应付现在这种情况。银行一得到通知，就会在几小时之内准备好赎金包裹。当天晌午，托尼和琼开车去洛杉矶市中心拿钱，接着又去FBI的车库给托尼的宝马车安上通信线路。托尼早已决定使用真钱，他认为如果逃犯拿到钱，就不会伤害自己的孩子。不过他也同意，如果FBI特工觉得时机合适的话，可以在交易现场抓捕绑匪，这是一个重大决定。丽莎又一次消失了，我和里奇则待在起居室继续完善着计划，这一切看起来都太过简单了——绑匪竟然会提前一天告诉我们交钱的地点。这家伙真的有这么愚蠢吗？

　　托尼和琼花了大半天时间才拿到钱，然后给车子安好线路。下午4点的时候他们终于回到家中，那时他们已经想好了交钱的程序和暗号。我们一遍又一遍地检查车子和赎金包裹，并在包裹里面放置了一个传感器。大伙儿好不容易把琼塞进行李箱，尽量给他找一个最好的位置，必要时就能直接跳出去。我们一遍又一遍地测试对讲机，直到所有人都觉得通话很不错。7点钟，托尼准备出发了，丽莎显得坐立不安。当天下午，托尼的父母赶了过来，尽管屋子里已经人满为患，但我们也无法反对，丽莎已经不受控制了。

　　监视小组的领导打电话过来，说他们已经准备好了。去机场开车大约需要45分钟。我、里奇、琼和托尼一起去了车库，最后一次检查了赎金，测试了传感器，检查了车子。我们看着对方的眼睛，一起握手，大家知道什么事情都可能发生。然后我们把琼塞到行李厢里，"砰"的一声关上了车厢门。车库门打开了，托尼一边把车开出去，一边向了我们竖起大拇指，并露出一丝紧张的笑容。

　　车子开出车库后，我们听着监视小组报告他俩的位置，监测他们的进度。

　　去卡尔汉堡的路上很顺利。我们本以为托尼会在路上打电话报告一堆可疑车辆，但他控制住了自己的焦虑，一路都保持专注。到了现场，托尼就按照计划放下包裹，而琼仍留在车厢里。幸运的是，监视小组已经就位，托尼回到车里，跟琼抱怨说垃圾箱旁边的人太多了。这些人都好像卡尔汉堡里的员工，大概三四个的样子，正在外面享受他们的吸烟休息时间。托尼努力想低调起来，他有点犹豫，害怕这些人会出于好奇捡起自己的包裹。直到这伙人走开后，托尼才放下赎金包裹。

　　托尼掉头向405号公路南边的帕洛斯弗迪斯开过去。琼静静地躺在行李厢里，听着监视团队喋喋不休，里奇和我在家里听着他们的声音，我们不想让他的家人听到无线电通信，因为事情很可能会突然发生很大的变化——车辆碰撞，追踪歹徒，一声枪响等，我们不想让受害者家庭知道这些东西。

　　酒店房间里的监视小组负责盯着停车场，几分钟后，他们宣

103

称发现了一个可疑的人，这个人正从饭店往垃圾箱的方向走去。这人似乎是卡尔汉堡店的员工，戴着棒球帽，穿着深色的衣服和一条围裙。30秒之后，他从垃圾箱那里走回来，手上拿着手提箱，往小巷走去。又过了一分钟，他就被美国联邦调查局的人逮捕了。尽管警方当时无法识别他的身份，但是几分钟后，一名现场的特工说这位嫌疑犯的口音似乎是"拉丁味或中东味"。里奇和我看着彼此的脸，事情难道真的这么容易吗？

几分钟之内，嫌疑犯就被押到一个大型的联邦调查局帐篷里，这个帐篷一直藏在附近的停车场内，FBI洛杉矶分局最好的审讯人员一直等待着罪犯的到来。刑事调查可以把人带到很多条路上去，但对调查者来说，真正的考验是一对一审问。这是一场心理战，调查者要找到那扇通往嫌疑犯忏悔之路的大门。

里奇和我欣喜若狂。我们走进客厅，告诉受害者的家人，说有个家伙已经拿了赎金包裹，虽然还不知道孩子和保姆的下落，但是我们已经抓住了一个嫌疑犯。所有人听完都松了口气。

又过了几分钟，我走进办公室，给指挥所打了个电话，问问最新的进展。嫌犯的名字是法鲁奇，但他还什么都没有交代。他穿着卡尔汉堡的制服，但是卡尔汉堡的经理告诉特工他从来没见过这个人。这人肯定就是我们要找的人。

托尼和琼回到屋子里，并情景重现了一番，告诉我们是怎么交赎金的。我们都很激动，因为FBI已经拘留了一名嫌疑犯。所有人都放下了心里的大石，等着那边审讯的结果。我们警告他们说，有时认罪是要花不少时间的。

时间拖得很长，我又给那边打了电话，还是没有消息，对方什么都不肯交代。我开始不安起来。

又过了一个钟头，电话响起来，是里奇打过来的。

"吉姆，我想你要让受害者的家人做好心理准备，对方可能已经把人质杀害了。他一直不肯合作，我们都在想他可能根本就没有人质，我们已经跟他提了好几个交易，他都不肯动摇，什么都不愿意承认。嫌疑犯可能一开始就把人质杀害了。如果情况有变，我会再给你打电话的。"

我挂掉电话，在原地坐了几分钟，努力思考该如何把这件事告诉托尼和丽莎。我真的需要告诉他们这些事情吗？他们本来就够担心了，再把这事告诉他们，只会让他们更担心，这样有意义吗？我思考了几分钟。有时我们应当直接告诉别人事情可能不太妙，这样会更好。于是我把托尼叫进办公室。

"托尼，我打算开门见山了。有时，绑匪会觉得自己很难控制人质，或者他们一开始就没想过要把人质放了，也有时是人质自己撑不下去了。我们永远不知道自己的对手到底是什么样子，我认为我们必须考虑到这种可能性。绑匪就是不合作，我们也不知道为什么，他拒绝了我们提出的条件，至少现在还没答应。"

托尼看着我，把脑袋埋在手里，"我们要告诉丽莎吗？"

"最好别告诉她，再等一段时间，等事情确定了再说，我们目前也只是推断，因为嫌疑犯相当不合作，有时这些事情得花上几个小时的时间。"

"好吧。"他回答道，接着起身走进客厅，跟其他人待在一起。我怀疑他没法在其他人面前隐藏自己的情绪。

我跟里奇走回去，听着办公室的无线电，时间已经过去了好几

105

个小时。突然，瑞奇说他听到了监视小组的消息，他们现在在英格伍德。为什么是英格伍德呢？因为我们交赎金的地点就在英格伍德的西边。我们密切关注着无线电那头的消息，我打了个电话给指挥所。

"监视小组在英格伍德做什么？"我问道。

"原地待命，吉姆。"

里奇突然跳了起来。

"哈默尔说他们找到人质了，人质在英格伍德的一个帐篷里。"鲍勃·哈默尔是监视小组的特工之一。

又过了漫长的几分钟，指挥所确认了这个消息。孩子和保姆都被丢在英格伍德的一个帐篷里，他们的状态不错，FBI在照顾和监护他们。我们看着对方，然后咧着嘴笑了起来。里奇和我一起走进起居室，跟受害者家庭宣布了这一消息。我们都静静地站着，他们一起过来跟我们拥抱。事情差不多要结束了，现在我们只要等着孩子回家就可以了。丽莎和托尼消失了，他们此时需要一个私人时刻。

我打电话给指挥所，询问人质是不是能在送医院检查前先回家。然后，我被告知他们正在回家的路上。

法鲁奇也被送到了FBI办公室，还有一个帕洛斯弗迪斯的伊朗餐馆老板陪着他。很明显，FBI无法取得他的信任，让他交代自己的罪行。一名帕洛斯弗迪斯的警察建议把他的朋友，一位伊朗餐馆的老板带来跟嫌疑犯谈话。这么做没什么损失，于是我们采取了这个建议。在当地警察的帮助下，我们找到了这位伊朗老板，并把他带到了帐篷里。一个小时后，他和嫌疑犯拥抱亲吻后，悄悄谈了下彼此的母亲和祖国，嫌疑犯开始大吐特吐自己的全部伤心往事以及他的经济危机。他慢慢谈到了人质的地点，就在英格伍德的帐篷里。他把人质绑起来，锁在自己的小货车里面，车子就停在一个废弃的停车场里。

午夜过去了几个小时，特工们在伊朗餐馆老板的帮助下终于找到了孩子。伊朗人有点保守，但还是笑得很开心，并跟每个人握手。我见证了托尼、丽莎与儿子团聚，那一刻我永远都不会忘记。被绑架的孩子会和父母团聚这种事，对所有调查者来说都激动人心。我们所有人站在一旁，沉浸在家庭重聚的气氛里，有点感动，有点难为情，但都不愿意离去。我们听到了调查的细节，知道监视小组怎么在卡尔汉堡周围布置，怎么逮捕嫌疑犯。很奇怪的一点是，嫌疑犯根本不知道自己绑架的是谁。他就是在一家高级社区随便抓住了一个推着婴儿车的女人，并且拿刀威胁她。他开车带走他们后，就问保姆主人的电话号码是多少。他不知道人质家庭有没有能力支付赎金，但他认为至少能够凑出5万美元。FBI总是高估这些家伙。

孩子很快对我们的谈话失去了兴趣，在丽莎的腿上睡着了。丽莎笑了，宣布她打算以后让孩子都待在她的怀抱里。大家离开了，我跟里奇开始收拾东西。我们回到大家之前碰头的客厅，最后一次跟大家握手拥抱，然后走出他们的家，呼吸帕洛斯弗迪斯凉爽的海边空气。我们慢慢地开车往回走，一路上都不怎么说话，过去的五天真的很漫长。

几个月后，嫌疑犯在洛杉矶法院交代了罪行，并被判处十年有期徒刑。

每一年，我都会收到托尼和丽莎寄给我的圣诞贺卡，他们总是在卡上写同样的话："谢谢您把小宝贝带回我们身边。"卡片每年都提醒我，自己正从事着世界上最好的工作。

第 10 章
古巴人监狱暴动

联邦移民看守所内部燃起了小小的火苗，发出令人恐怖的红光，仿佛预示着一场大火即将到来。

我和桑尼·贝纳维德兹站在双层钢条围栏外面，围栏上拉起了铁丝网。在我们到来之前的几分钟，这里刚刚发生了骚乱，暴动的古巴犯人在大门前建了一个祭坛，把人质绑在椅子上，扬言要放火烧死他。

犯人们手里拿着砍刀或者小刀，对着数百名焦虑的联邦调查局特工、联邦监狱局人员、美国法警、联邦和地方警察尖叫，而这些人只能从铁丝网外面观察现场。人质是一名西班牙裔官员，四十多岁，已经快到崩溃的边缘。每个在现场看热闹的人都十分确信自己将见证一场人祭。警方立即决定让装甲车开进铁丝网，准备强行进入该中心。犯人们花了几分钟的时间，故作姿态地用砍刀威胁了一番人质后，就把人质解开，退回到监狱内。

我们听包围圈的特工复述了现场发生的事情，每个人都猜想失意的古巴人可能随时会爆发，开始攻击人质。这将是一次令人终生难忘的体验。

那是1987年11月。路易斯安那州奥克代尔的联邦拘留中心已经建成，内部可容纳几百名古巴难民，他们都是在1980年通过玛利尔偷渡事件到达美国的。一场经济衰退导致古巴人大规模外流。问题是，在大约12万逃离的古巴人中，大部分人是被释放的暴力罪犯和精神病患者。其中移民归化局能够断定身份的难民都被安排到亚特兰大的联邦监狱，以及这里的奥克代尔监狱，等待被驱逐出境。他们之中的有些人已经承认了自己在美国的暴力犯罪。许多人这么多年来只能一直留在监狱里，等着移民听证会，也不知道还要待多久。古巴当局拒绝遣返他们，美国拒绝接收他们。因此，他们只能被关押起来，看不到未来的希望。这实际上让他们成了政治犯——有的人称呼他们为"动不了的家伙"，没有人要他们。

1987年底，由于事件的公开性，国务院在公众的电视监督下进行谈判，古巴政府突然改变立场，并同意将这些难民遣返。但这些古巴人相信，如果被遣返，自己有可能会被杀害或被判处无期徒刑，于是几百个古巴人挟持了28岁的奥克代尔看守所管教人员作为人质。三天后，1200个古巴人在亚特兰大联邦监狱发起了第二次暴动，挟持了124个惩教人员和员工作为人质。他们的基本要求是，不被美国政府遣返古巴，还要求举行有关释放个人的听证会。

联邦监狱局要求政府提供额外的战术部队，联邦调查局和美国法警都要对此事做出回应。洛杉矶特警队飞到奥克代尔，同行的还有几个谈判专家。那时，洛杉矶特警队有四个团队，我是其中一个团队的领导人，这些团队都在特警队协调员麦伦·希契的命令下行事。桑尼·贝纳维德兹特工是一名经验丰富的谈判专家，操着一口流利的西班牙语。多年来，桑尼已经参与了多起发生在墨西哥和拉丁美洲的绑架和劫持人质事件。

失败总是会困扰每个经验丰富的谈判专家，桑尼也一样未能幸免。几年前，他飞到玻利维亚的拉巴斯，帮助寻找一名遭恐怖分子劫持的美国人。到场后不久，警察便抓获了其中一名恐怖分子的女朋友。当晚，警方对她进行了审讯，她终于交代了恐怖分子和人质的下落。桑尼和玻利维亚的一队警察跳进一辆出租车——警车数量不够——以最快的速度赶到现场，正好看到当时的情景，玻利维亚军队正在向恐怖分子藏身的建筑物开炮。他们这么做当然会杀掉恐怖分子，可人质也会没命。其中一名恐怖分子从屋顶上掉下来，造成股骨复合性骨折。

桑尼也跟蒂华纳一个勤劳可爱的家庭待了几周的时间，他们家21岁的儿子被歹徒绑架了，歹徒的赎金要求十分离谱，因此他们付不起赎金，时间也拖了很久。最终，绑匪失去了耐心，他们杀死人质，并抛尸在城外的空地中。尸检发现死者的手臂和腿部都有枪伤，这表明死者在受到致命性打击前，还曾受到残忍的折磨。桑尼回来后，既感到深深的悲伤，又对生活产生了新的感激之情。他的同情心是天生的，也非常真诚。桑尼是一个充满激情和高效的谈判专家，也是联邦调查局所能提供的最佳特工。

我们在国民警卫队军械库设立营地，这里的味道闻起来就像一个废弃的高中橄榄球更衣室，地板比垃圾处理厂还要脏。浴室有4个淋浴，3个抽水马桶，可以容纳30名特工。特工们没多久就开始诅咒周遭的一切，其中最激烈的是特警队的一个家伙，他有前列腺问题，每天半夜2点钟都要起床，穿着淋浴凉鞋，踢踢踏踏地走过健身房去上厕所，总会把大家都吵醒。终于有人气得不行，砍断了他的凉鞋鞋跟。从此以后，他晚上就不像以前那么吵了，但也不得不踮起脚来走路，像个娘娘腔一样，给大家提供了不少乐子。他威胁要报复那个罪魁祸首，但一直没找到犯罪嫌疑人，因为我们所有人都说是自己干的。

我们在那里待了一个星期，练习怎么进攻，而这时谈判专家一直在给古巴人做工作。

麦伦·希契是特警队指挥官，他是一个训练狂人，绝不会因为下雨而停止日常训练。我们花了几个小时，在军械库后面25厘米深的水里练习，规划如果古巴难民伤害人质或谈判破裂，FBI应当如何进攻监狱。我们仔细研究了现场，监狱的设计本意是只让人进，不让人出，如果强行进攻监狱，肯定会有人受伤。但这没有阻止希契，他笑着说显然古巴人从来没听过这么一句话，"不要拿刀子跟一把枪来拼"。他不停地说，"这是我的梦想，我一生都在等待这一刻。"

我们的切入点是监狱后面的车辆出入口，计划用推土机破坏双重铁丝网围栏，然后尾随军事运输部队的装甲车进入监狱。在监狱内，我们将使用各种爆炸物和切割工具来打破单间牢房，营救人质。所有这一切都要在古巴难民用自制刀和砍刀杀害人质之前，或者在他们发现警方开始进攻之前完成。所以，你现在可以理解为什么我们这么希望谈判能够成功了吧。

上周六晚上，我们几个人在当地一家天主教堂做弥撒，我们听着牧师祷告，祈求人质能够安全获释。事后大部分教友拦住我们，含泪感谢我们，希望我们一帆风顺。每个人都似乎有个熟人被困在看守所成为人质，他们欢迎FBI的方式与别处构成了相当大的反差，通常当我们在洛杉矶中南区行动时，那里的居民会指着我们嘲笑，并高唱"特警，特警，特警"。这里的人喜欢FBI特工，没有人会问胡佛先生的鸡尾酒礼服或其男友克莱德·托尔森，这是草根美国——联邦调查局是国王。

感恩节那天，我们在监狱围栏外面站着，里面的囚犯也注视着我们。我们之前吃了火鸡和博洛尼亚三明治，还跟当地教区的警察互相分享了战斗故事。让我们感到惊讶的是，一些当地警长用自己的私人时间来到这里，他们借了一辆公司的车，穿上自己的制服，加入警方的包围圈。在接下来的几天里，他们将会轮流回家。看来，路易斯安那州的执法部门跟洛杉矶有一些不同。

联邦监狱局的人非常感激FBI的到来，他们的兄弟正被困在监狱内部，每个人都希望请FBI特工吃晚餐或喝一杯啤酒。对于如何打破僵局，大部分人都提出了自己的建议，但谁也没有谈到谈判。在监狱场景中，谈判有一个大问题，那就是惩教人员往往很难尊重犯人，也不会给他们必要的平等地位，有些人总是觉得犯人就是犯人，因此不应该得到尊重。怎样改变这种态度，怎样让谈判平等进行，往往成了谈判专家的一个大难题。

古巴难民的问题之一在于他们火爆且极具威胁的性格。最初，他们一直让美国政府的谈判专家很受挫，因为谈判专家一直在努力寻找让他们投降的魔法词汇。我从小在密歇根州长大，身边有一群古巴人，我知道他们的情绪非常多变，这不是一件坏事，只是一个民族特性。然而，最后我们意识到，FBI必须让他们发泄几天，然后才能进行有效的谈判。一旦他们把情感发泄出来，事情就会变得简单一些。但是前几天的经历确实让每个人的肾上腺素水平都提高了。不管犯人手上是拿着刀还是一把上膛的枪，都是一件危险的事情。

每天晚上我回军械库，都会抱怨多雨的天气，桑尼则会做谈判进展的简报。当然，古巴人已经完全失去了对联邦政府的信任，也不相信摆在自己面前的任何谈判。他们只会跑到铁丝网前，对着谈判专家大喊大叫，我们根本就无法进行真正的谈判。几天后，古巴难民中的三个主要领导人同意在监狱接待室坐下来谈判，但他们提出的要求是联邦调查局和联邦监狱局都不能满足的：为每个犯人举行个人听证会，赦免他们挟持人质的罪行。在监狱绑架案件中，嫌疑犯总是要求为自己的罪行获得免罪，但这是谈判专家永远不能答应的一个要求。这个决定要由司法部或者国防部来做，甚至还可能要经过国会讨论。

他们谁都不信任。到目前为止，他们认为美国政府只会将其扔进监狱。显然，政府必须找到一个第三方的谈判专家，这个中立的第三方必须受到古巴难民的信任。最终，他们在迈阿密找到一个名为奥古斯丁的罗马主教，他跟古巴人民有着很深的渊源。这位罗马主教一直都在关注着此次事件，对事情的来龙去脉再清楚不过。联邦调查局找他协助，他欣然同意。

奥古斯丁到达现场时的阵仗就像大元帅游行一样，有一行人尾随其后。他坐在一辆敞篷的军用车里，穿着布道服，车子绕着警方的包围圈转了一周，所有古巴难民都看到了他，他像教皇一样对他们挥着手。车辆会不定时地停下来，车子一停，他就会要求他们放下武器。跟谈判专家对难民所做的承诺一样，他告诉他们，政府已经计划为他们召开个人听证会，并表示他们可能会被释放，不用回古巴。

市内的牧师曾经告诉过我，拉美裔美国人可能不会每个礼拜日都去做弥撒，但他们从来没有离开过教堂。这些人也不例外，他们尊重主教，一个接一个地放下武器，堆到看守所前面。我们都感到震惊，他们的武器数量太多了，但联邦监狱局的人对此并不惊讶。他们知道，这些家伙可以用一个牛肉干三明治做出一把刀。人质终于被释放了，一次出来一个。他们走出监狱，眼泪汪汪地跟家人团聚，在场的所有人看到此景都很动容。

此后，古巴人允许联邦监狱局的人员把他们监禁起来。他们也一个接一个地走到门前，在距离事件发生9天之后，一切终于结束了。

4个小时后，我们收拾好自己的装备，飞往亚特兰大开始第二轮行动。

亚特兰大监狱中的人质面临着完全不同的情况。那是一个巨大的联邦监狱，里面住过很多"杰出的"狱友，包括阿尔·卡彭[①]。这是最安全的联邦封闭社区之一，用来关押最危险的囚犯。亚特兰大监狱有着深色冷酷的外观，外面是坚不可摧的砖墙，厚度足有60厘米。巨大的聚光灯照亮了外部边界。几条巨大的电源线蜿蜒到主门前的台阶入口，使得它看起来像一个正在加油的怪物。这里有22栋建筑物，0.11平方千米的牢区，1400个古巴犯人在里面尖叫着到处游荡。我们惊愕地看着这一切，我们怎么可能打败这些混蛋！

[①] 阿尔·卡彭（Al Capone），美国著名黑帮领袖，被称为"芝加哥王"——译者注。

古巴人监狱暴动 第10章

指挥所进行了通报，美国法警特别行动组的主管带着FBI团队领导人进入监狱。监狱的大部分地方都沦陷了，囚犯破坏了管道，地板上流淌着几厘米的水。这里充满了非理性和自我毁灭，我永远无法理解这些做法，这就像洛杉矶中南区的居民烧掉自己的社区以抗议执法部门一样。我们蹑手蹑脚地进了监狱内部，来到一个检查站，这里驻守了两个联邦监狱局的法警，他们身上都带着M16冲锋枪。

"你们进去之前要签署一份接待书。"其中一个人要求道。

"用来做什么？"我问。

"如果你们回不来的话，我们就知道他们抓的是谁了。"他直言不讳地回答。

好吧，看来事情不太妙。

我们走进监狱，感觉就像进入了一个敌对国家的边界。大家沿着迷宫式的走廊往下走，并祈祷着向导会记得回去的路。一路上，他告诉我们监狱的侦察队偶尔会碰到一些囚犯，这些人试图通过监狱地下的沃伦隧道越狱。到目前为止，还没有人漏网，也没有人受伤。但他还是告诫我们要做好心理准备，路上可能会遇到某些囚犯。这个地下队伍被称为地下战术侦察特遣队，很快我们就将其简称为"TURDS"。这个队伍的任务是找到和逮捕所有藏匿在隧道里的囚犯——也就是逮捕那些垃圾。这是肮脏而可怕的工作，但分配到TURDS的特工都为自己的使命感到自豪，仿佛他们是联邦调查局的海豹突击队。

我们爬过一堆楼梯，来到本次旅程的目的地——院子。成群的犯人在四处放火，每个人都似乎携带着砍刀或某种武器。令人难以

115

置信的是，监狱经营一家扫帚厂，犯人在里面用的工具就是砍刀。我们的向导指出不同的罪犯团体和其领导人，并解释这些团伙即使在暴乱时期，也一直保持自己的团队身份和领土。他们都携带着砍刀和剃刀，这是为了自我保护。

我们可以闻到大火的味道，所有犯人都在监狱的阴影里自由行动，看起来都很危险。大约1400名囚犯参与暴动，将120名左右的人质被关押在不同地点。囚犯四处徘徊，不时地停下来，看看岗楼的动静。我们只能想象岗楼的惩教人员会作何反应，他们知道自己的兄弟被当成人质，关押在怪兽的肠子里。一架直升机盘旋在监狱上空，仿佛是萤火虫在寻找一处降落的地方。我们从原地爬出去，走进联邦监狱局指挥所，洛杉矶特警队已在那里接受了任务——营救困在监狱教堂里的人质。我们很兴奋，FBI接受了史上最危险的任务之一，我们又要行动了。

然而第二天，情况再次变得糟糕起来，我们花了一些时间与人质解救小组规划如何攻进监狱。这一次丹尼·库尔森是我们的领导，他是一位拿破仑式的领导者，他的团队是精英中的精英，以至于大多数申请人都被淘汰掉了。他们要跟海豹突击队、三角洲部队、德国边防第9反恐队，以及英国SAS突击队一起训练，旨在应对地方联邦调查局特警队无法处理的潜在暴力事件。他们的训练和装备都令人难以置信。几年后，丹尼被调到FBI总部，虽然伍迪是个很合格的继任领导（相比库尔森，还更容易打交道），但当古巴监狱暴动事件发生后，FBI总部还是根据库尔森以前有相关经验，把他派到亚特兰大，协助伍迪进行战术处理。

FBI曾计划用推土机袭击机械大门，特警队紧随在装甲车后面，首先到图书馆，然后与罪犯对峙。他们把人质关在教堂里，并且焊接了教堂的大门，把门封起来，还用石膏填满了锁眼。这次攻击似乎不可能完成，因为犯人总有时间杀死人质。我们又一次无比希望谈判专家能摆平这件事。

亚特兰大的古巴犯人已通过CNN的电视报道，与他们在奥克代尔的兄弟进行沟通。他们没有直接接触，但奥克代尔暴动开始的三天后，亚特兰大也爆发了人质事件。从那时起，他们就通过电视报道密切关注着对方。两地的囚犯相隔数百公里，电视成了他们彼此沟通的非常有效的方法。每一天，他们都可以打开电视，看看别人在做什么，而警方却没法控制这一点。

到最后，亚特兰大的场景跟奥克代尔发生的事情很相像，但也存在一个显著的差异，那就是亚特兰大的囚犯是真正的顽固分子。一个名为梅萨的古巴人定期用刀刺自己的胃，他这么做就是为了能在监狱医院待上几天。他认为从牢房到医院就是一种放风的机会，并且在那里结识了新朋友。他还经常威胁要杀死一名人质，把尸体扔给路边经过的警卫。可见，在他心里一直相信总有一天自己要把人质杀掉，这家伙可不光是疯子这么简单。

还有另一个混蛋，是一个名叫西尔弗斯坦的白人。他是个强壮的精神病患者，曾经在监狱里杀过人。古巴囚犯之前曾受到这家伙的死亡威胁，担心这家伙的精神错乱会干扰他们的谈判，所以一天晚上，他们给他下了药，把他拖到每天进行谈判的中立场所，在那里把他甩了。古巴人走后，联邦监狱局的人抓住了他，并立即把他运到另一个位于伊利诺伊州马里恩的联邦最高安全级别的监狱。在那里，官方每周只让他们放风一次，时间只有一小时。这么做可能有一点不人道，但对监狱官员来说，这里要安全多了。

亚特兰大只有一个人在事件中死亡，一直到事情结束后，我们才搞清楚发生了什么。几个月后，一个名为路易斯的人质回到匡提科，他说自己是一个平民监管，一直在监狱中的扫帚工厂工作。当时，囚犯制服了他。起初，他以为这是个玩笑，因为他每天都跟这些人一起工作，这些人他都认识。但是，这些囚犯把他交给暴动的领导人，他跟囚犯的友谊消失了，他以为自己会被杀死。他和35名其他人质一起被关在教堂里，那里的条件很可怕，厕所随时可能溢出来，所以他们只能使用屋子二楼浴室里的水桶。

骚乱几天后，路易斯收到一封信，地址是寄给他的。他说，他们把信拿给他，就好像他荣获"读者文摘"抽奖活动。他打开这封信，信里写道，古巴人选择了要让他做牺牲品来强化自己的要求——他将要被处决。当时他觉得自己的心脏都要从胸口爆炸了。他无法呼吸，周围的其他人质都围着他，跟他转移话题。过了几分钟，他失去了理智，像孩子一样号啕大哭。囚犯让他给家人写一封告别信，于是他写了。他给妻子写了一封痛苦的信，信中写道，他很遗憾他们还没有组建一个完整的家庭，但他一直全心全意地爱着她。他给她写了财务说明，感谢妻子对他的爱，虽然他说自己不值得她爱，还说希望自己以前应该记得每天上班前跟她来个吻别。他把纸条交给另一个人质，央求他保管好。他跟其他人说了再见，然后大家一起抱头痛哭。

一个小时后，古巴人来找他。

他们把他带出院子，将他的双手背绑在后面，数百名愤怒的犯人包围着他大喊大叫。路易斯深知监狱的政策，其中有条规定，如果监狱官或者雇员遭到死亡威胁或者身体伤害时,塔楼的惩教人员有权使用致命武力。他们把他带到塔楼底部,他抬头看着警卫,心里知道接下来要发生什么——也知道他会落到什么下场。犯人开始打路易斯,尖叫着声称要杀死他,并且摇摇晃晃地亮出自己的砍刀。

然后,警卫开枪了。

路易斯说,他不记得自己听到了一声枪响,但记得子弹打中了站在他右边的古巴人的脑袋。脑浆和血液都喷到了路易斯身上。囚犯们尖叫着抗议,路易斯向前弯着身体,心里想着自己的喉咙马上要被割断。但他突然被推倒在地,接着被尖叫着的古巴人拖回教堂。他简直不敢相信自己的好运气,他重新回到大伙身边,跟主做了祷告。他现在成了一名重生的基督徒,但他的宽慰只是短暂的。

第二天,他们又拖着路易斯进了院子。"为什么是我?"路易斯问。当时他只是一个普通的扫帚厂监事,一直不知道为什么囚犯要找他。在院子里,他们反复威胁要在守卫塔前面把他杀死,但是这一次什么都没有发生,几分钟后,他们再次把他拖回到教堂里。

他们不断做出各种威胁。路易斯看着囚犯们辱骂其他人质,威胁要鸡奸他们,或者用砍刀等武器威胁人质。他们的生活条件更糟了,浴室本来是用作厕所的,现在几乎不能使用了。有一个人质不肯说话,也不愿意吃东西,开始慢慢咀嚼自己手指上的肉。一天深夜,路易斯爬过这家伙,把他的头抱在怀里,试图喂他一些金枪鱼罐头,但他不肯吃。在那些日子里,他的状况继续恶化,最终得了紧张症。当他们终于被释放后,心理学家声称跟其他人比起来,这名人质遭受了最严重的情感创伤。路易斯说,他仍在经历漫长而痛苦的恢复过程。

路易斯富含感情的人质经历打动了所有在场的谈判专家，特别是那些曾去过现场的人。他最后称赞了联邦调查局的表现，并以个人名义感谢了我们所有人。我们含泪起立为他鼓掌，路易斯是一个令人印象深刻的家伙。后来，他接到好几个表彰，因为他的勇敢以及他对其他人质的帮助。在这个行业，我见过很多英雄，路易斯绝对是排在前列的。

囚犯占领亚特兰大监狱的最初几天，约26个监狱医务员工把自己锁在监狱医院里。囚犯发现了他们的位置，试图从医院的食堂闯进去。这些员工含泪恳求监狱长乔·彼得罗夫斯基，在囚犯抓到他们之前派特警队把他们救出来。彼得罗夫斯基和FBI特工主管韦尔顿·肯尼迪拒绝了他们的要求，这是一个痛苦的决定，他们相信武装干涉只会鼓励囚犯伤害或杀死其他人质。他们坚信谈判会成功，监狱员工即使被挟持为人质，最终也能够活下来。囚犯最终闯入医院，挟持了那些员工，把他们跟其他人质关在一起。彼得罗夫斯基和肯尼迪的决定是正确的，然而，这是一个非常困难的决定，给他们带来了沉重的负担，直到所有人质安全获释，他们的负担才最终消除。

犯人们花了不少时间才选出自己的领导人。在最初几天里，至少有四个人（伴随着自己的欢呼声）宣布自己是暴动领导人。24小时后，他们就会消失。然后第二天，又有人出现并声称相同的话。这种情况持续了好几天，而囚犯一直在监狱内部争吵不休。不幸的是，谈判专家也要被迫跟这些家伙玩游戏，直到他们最终选出领导人。

古巴人监狱暴动　第 *10* 章

最后，四个有些声誉的囚犯领导人浮出水面，他们认为自己有能力控制暴徒。政府谈判代表审查了他们的个人档案，并对他们做了人格剖析，最终选择了一个名叫查理的人作为主要联系人。他用了很长时间在其他犯人眼中竖立起自己的价值（给他特权和最重要的东西——尊重）。由于犯人看到他的形象在联邦调查局的谈判专家那里提升了，于是决定让查理作为他们的谈判代表。当然，美国联邦调查局选择和查理谈判，主要因为他是唯一一个能够发挥最大控制力的人。这些心理游戏在人质谈判过程中成了一个常态。

头几次谈判是在主监狱的太平门进行的，囚犯们带着武器来跟我们谈判。双方逐步建立了信任，他们同意坐下来与联邦监狱局和联邦调查局的谈判专家见面。他们重新选择了谈判场所，是在一个临时非军事区，两边都有栏杆。两方的人进去谈判都面临着风险，囚犯谈判代表带着武器，政府谈判专家坚持只有他们解除武装，才肯进去谈判。最终，犯人同意把武器丢在监狱里。双方像马戏团的老虎一样，警惕地进入谈判笼——大家都非常谨慎、多疑。

亚特兰大首席联邦调查局谈判专家是迪·罗萨里奥和佩德罗·托莱多，他们都来自迈阿密，生下来就会说西班牙语，谈判经验也十分丰富。奥克代尔的犯人投降后，奥克代尔首席谈判专家也加入了他们的队伍。于是，谈判正式开始了。

日常谈判结束后，联邦调查局的谈判专家将回到自己的现场指挥所，介绍谈判进展。联邦监狱局的谈判专家也回到自己的地方，做同样的事情。之后，每个指挥专家又会将谈判情况汇报给位于华盛顿的总部人员。联邦调查局局长收到通报后，又会联系联邦监狱局局长，他们将讨论自己从现场下属那里听到的消息。（当然，其中总是有不一致的地方，这就必须让亚特兰大的人予以澄清）。然后，他们一起去找总检察长埃德米斯，提出一些建议，并从他那里接收指示。考虑到联邦调查局局长、联邦监狱局局长、总检察长每天的日程安排，读者就会明白为什么官方花了这么长时间来解决这一事件。可问题在于，谈判专家暂停谈判，在亚特兰大等待上级指示时，往往需要将近24小时才能等到华盛顿的工作指示。这是一个令人难以置信的通信瓶颈。

同时，美国有线电视新闻网介绍了奥克代尔的事件进展，亚特兰大犯人喜欢他们看到的内容，以至于也要求迈阿密主教来亚特兰大。但政府拒绝了他们的要求，除非他们释放人质。

随着时间的推移，多个囚犯团体开始向联邦监狱局投降。他们感觉到事情要结束了，也认识到之后自己身上会发生什么。官方可能会跟犯人达成一些交易，这要求他们必须从那些挟持人质的犯人身边走开。他们通常会在晚上现身于某个哨所，急切地渴望着向当局投降。他们还提供了大量情报，比如监狱里面发生了什么，人质被关在哪里，哪些人在看着人质，有什么武器。随着投降的犯人逐渐增加，我们的情报信息也得到了显著增长。

奥克代尔和亚特兰大的另一股力量是移民律师，他们努力想代表骚乱的古巴人游说当局。特别是在亚特兰大，有一对夫妇在古巴难民圈中很出名，他们因之前的关系、案件和庭审而出名。虽然我们很怀疑他们的动机和专业形象，但他们真的给当局带来了帮助，还协助谈判专家努力取得犯人的信任。在他们坚持不懈的努力下，司法部根据囚犯的移民身份，终于同意为他们举行听证会，并考虑假释。我们希望这正是古巴犯人想要的结果。

但不幸的是，我们仍然要说服古巴人警方的承诺是合法的。这个过程又耗费了两天时间，期间还从他们的移民律师那里得到了帮助。最终，我们把罗马主教带进来了，并在监狱中播放他的讲话。他完成使命后，古巴谈判代表同意向当局投降。11天之后，我们达成了一项协议。我们拒绝了联邦监狱局最初提出的计划，该计划坚持所有犯人应该跪在院子里，谁不服从就会被枪毙。这可能会让事情演变成一场大屠杀，联邦调查局特工韦尔顿·肯尼迪撤销了这项建议。我们都了解联邦监狱局想报复古巴犯人，但有序地控制才是成功解决问题的关键。我们的目的是为了预防暴力事件的发生，而不是为了制造暴力事件。

双方达成协议后的15分钟，人质走了出来。有人笑，有人哭，有人则是一副坚强的表情。很多人仍然不相信事情真的结束了。路易斯曾告诉我们，他跟其他几个人参过军，走出来的时候，他们含泪回顾马丁·路德·金的名句："终于自由了，终于自由了！感谢全能的上帝，我们终于自由了！"

联邦监狱局立即用巴士把他们送到一个接待中心，给他们一个短暂的与家人团聚的机会，然后再把他们送去体检。后来，许多人质抱怨心理报告没必要，他们只想回家与家人团聚。但美国政府从越南的战俘和贝鲁特人质事件中吸取了很多经验，了解心理治疗的重要性。人质最初会因为被释放而不亦乐乎，但很快就会患上抑郁症，情绪混乱、犹豫不决、充满怨恨，同时伴随着婚姻问题，酒精和药物滥用以及自杀等问题。这是群体性现象，这些人质后来证明跟其他人质没有什么不同。

人质一经释放，联邦监狱局就开始接手。巴士一辆接一辆开过来，成群的联邦监狱局惩教人员身穿制服，全副武装地跳了出来，随身携带手铐和脚镣，我们只是站在一边看着他们。最终囚犯走了出来，一次走出一个。四名官员慢慢地、有条不紊地截停他们，对囚犯进行搜查，然后让他们上车。囚犯出现时，表现得既沉默又谦卑，身上穿着崭新的橙色囚服。整个过程历时一天多才结束，但这种有条不紊的处理方式能够确保人员的安全，也为后面刑事起诉罪犯头目做好了铺垫。联邦监狱局把罪犯分配到全国各地的多个联邦监狱，而亚特兰大联邦监狱正在维修。当局一旦确认有罪犯曾挟持过人质，特别是参与了暴动，就会给他们特别的对待。我们没有问联邦监狱局的家伙这些细节，但犯人的脸色就说明了一切，他们知道自己的未来是什么样子。

投降的犯人都走光了，亚特兰大监狱就成了FBI的地盘，我们要进去搜索有没有逃犯还躲在那里。另外，我们还得考虑非常现实的可能性，有的囚犯可能已在监狱里被杀害。每个联邦调查局特勤队都被分配了几间牢房。我们将枪上膛，走进监狱，然后被眼前的情景吓到了。这就是我们来的目的，唯一的麻烦是坏人都已经消失了，虽然我们仍然可能会碰到一个躲在地牢深处的孤独罪犯。

我的第一印象是，这里遭到了彻底破坏——囚犯完全摧毁了这个监狱，地板上有可疑渣土，我们走过去时感觉就像趟过15厘米厚的腐臭的黑豆辣椒。管道也被毁了，粪便无处不在。我们又想到一半的古巴人都是艾滋病毒阳性患者，让这变成一个非常危险的工作，希契甚至命令我们事后要将所有的靴子都烧毁。

我们一间又一间地走遍了所有被破坏的牢房，发现这里已经被破坏殆尽。有个特工从一个铺位处捡到一串念珠，但想到古巴人都是萨泰里阿教信徒，可能会对他下诅咒，就立即把念珠放下了，生怕念珠会把他的手指烧掉。许多牢房的墙上都贴着丰满的裸体女人图片。我们在监狱待了半天时间，搜寻有没有落网之鱼，但一无所获。到了中午，我们就出了监狱，返回到酒店，准备前往机场。奥克代尔和亚特兰大自此成为历史。

虽然司法部已解决了眼前的问题，但他们关于召开听证会的承诺却成了空头支票。奥克代尔和亚特兰大暴动结束后，很少有听证会真召开，1991年，古巴人再次发生暴动，阿拉巴马州塔拉迪加的犯人挟持了29名人质，事件整整持续了9天时间，FBI进行了强有力的干预，终于结束了该起暴动。1996年，美国国会通过一项法律，要求移民局监禁犯罪的外国人，直到他们可能被驱逐出境。1998年，古巴人在加州的埃尔森特罗拘留中心发生骚乱，之后又在佛罗里达州杰克逊县挟持了人质。1999年，他们在路易斯安那州圣马丁维尔挟持了监狱长和几个惩教人员作为人质，把他们囚禁了6天。移民拘留所的古巴人一直都是定时炸弹。

七宗罪：魔鬼的侧影

1971年3月19日，弗吉尼亚州匡蒂科FBI学院21班新特工合影，第二排右起第二个为作者。本图由FBI提供。

1971年，作者的FBI特工照片，当时他刚被分配到密西西比州杰克逊市。本图由FBI提供。

古巴人监狱暴动 第*10*章

1973年,作者和妻子在洛杉矶FBI接待室。当时,作者马上要出发对付南达科塔州的伤膝河事件。本图由作者本人提供。

FBI有关帕蒂·赫斯特的通缉令,她是传媒大亨的女继承人,1974年被"共生解放军组织"绑架,该事件惊动全美。该激进组织成员在洛杉矶现身后,和FBI、洛杉矶特警队之间爆发了可怕的枪战。本图由FBI提供。

127

七宗罪：魔鬼的侧影

劫机犯维克多·约翰。1981年，他在洛杉矶国际机场与警方对峙12个小时，最后向作者和史蒂夫·达克特工投降。本图由FBI提供。

FBI下发的关于"共生解放军组织"成员艾米丽·哈瑞斯的通缉令。2003年，艾米丽·哈瑞斯承认在一次"共生解放军"策划的银行抢劫案中杀害了莫娜·奥萨尔。本图由FBI提供。

古巴人监狱暴动　第 *10* 章

1982年，FBI洛杉矶分局绑架案、逃犯小组在威尼斯木板路拍摄的合影。本图由作者本人提供。

罗杰·戴尔·斯托克汉姆，他引起了FBI的注意，作者和拉尔夫·狄方佐在加利福利亚的长岛将其逮捕。本图由橘郡地方警局提供。

129

FBI洛杉矶分局特警队员，摄于1984年洛杉矶奥运会期间。前排左起第四个为作者。本图由FBI提供。

FBI 危机事件谈判小组的元老成员，摄于1985年FBI学院。危机事件谈判小组是FBI应对全球人质和暴动事件的核心组织。本图由FBI提供。

古巴人监狱暴动 第*10*章

人质解救小组在红宝石山脊的行动。作者正和人质解救小组成员一起向前走。本图由作者本人提供。

博·格雷特兹（左）和FBI特工比尔·科尔（右）护送兰迪·韦弗及其女儿伊丽莎白下山投降。本图由作者本人提供。

七宗罪：魔鬼的侧影

詹姆斯·博·格雷特兹，前绿色贝雷帽指挥官，在解决红宝石山脊事件中发挥了重要作用。本图由格雷特兹提供。

从空中拍摄的兰迪·韦弗小屋的照片。本图由FBI提供。

古巴人监狱暴动　第 *10* 章

作者和他的特工同事一起进行了51天的谈判工作，但依然比不上大卫·考雷什的末日论。在他的宣扬下，他自己和大批大卫支派信徒选择了自杀。本图由麦克伦南警局提供。

韦科的大卫支派营地。本图由FBI提供。

133

第 11 章
哈维·李·格林以及三边委员会

哈维·李·格林是那群在就业保障中心遇到麻烦的家伙们之一，他是个参加过越战的老兵，由于酗酒和药瘾，被海军陆战队不光彩地打发回来。从战场回来后，他长胖了一些。麻烦的是，生活对哈维毫不留情。对我们来说，不幸的是我们在FBI洛杉矶分局，而哈维·李·格林住在好莱坞。

1988年春天，一个阴暗的上午，鸽子在车站的长凳下啄食前晚留下的剩菜。哈维在好莱坞大道闲逛，试图找份工作。他肩膀上扛着一袋洗过的衣服，经过一家美国银行分行时，突然来了灵感。他进入银行，耐心排队等候，然后当轮到他时，他对出纳员宣布自己要抢劫银行。他笑着告诉她，肩膀上的袋子里装着炸弹。

出纳员僵住了，有的吓得哭了，有的尿了裤子，其他人乖乖地把钱交了出去。有一个人很冷静，她按了抢劫警报，通知警察和联邦调查局行动。然后她告诉哈维，自己得花一两分钟整理钱箱，确保把里面的钱都拿给他。哈维的大脑运转得很慢，他笑了，耐心地等待，没有变得激动。

哈维从来没听说过两分钟规则。所有经验丰富的银行抢劫犯都

哈维·李·格林以及三边委员会 第11章

知道,在银行停留的时间超过两分钟,自己被抓住的机会就会成倍增加。抢劫犯只有在两分钟内走进银行并走出来,才有可能避过闻讯赶到的警车,因为当抢劫犯忙着看别的地方时,或把钱塞进卡尔汉堡小午餐袋时,出纳员总会想办法拉动警报。假如抢劫犯身边正好有个不值班的警察,那么事情就会变得真正有趣起来。

在全美,洛杉矶以"抢银行之城"而出名,所以警察都知道该怎么对付此类事件,联邦调查局特工也是如此。星期五是"银行抢劫日",案件记录维持在28起左右。自从S＆L储贷协会决定周末继续营业后,周六大概会发生14起抢劫案。1992年,洛杉矶共发生2641起银行抢劫案。因此,洛杉矶人只要能收到警察电台的,一整天都会听到"2-11"(抢劫)警报。在大多数城市,街上的警察只要听到"2-11"警报,肾上腺素就会升高。而在洛杉矶,"2-11"警报只是一个小烦恼。警察在人流如织的洛杉矶开车,可能要花90分钟才能赶到被抢劫的银行。所以,除非案件就发生在附近,否则联邦调查局特工都会把案子先交给当地警察巡逻单位来回应。

十有八九,抢银行就是一个简单的递纸条的活儿。强盗在银行递给柜员一张纸条,手里拿着一把假枪或口头声称身上有枪。柜员给他一个包裹,里面装着2000美元,这个包里事先放了染料包,会触发无声报警。抢匪走出银行,以为抢银行太简单了,并很可能打算再抢一次。运气好的话,一两分钟内,染料包就会爆炸,钞票喷涌到空气中,强盗身上沾满了红色染料。这样的话,警察赶到银行后,只要去找全身红色的嫌疑犯就可以了。如果包裹是在密闭区域如私家车内爆炸,场面会更具戏剧性。包裹爆炸后可能会干扰司机驾驶,也会引起周围司机的注意,尤其是在高速公路上。今天,洛

135

杉矶的每个人都有一部手机，所以运营商可能会在第一分钟接到37个报警电话，警察就可以立即锁定嫌疑犯所在的位置。福克斯电视台则有另一个诉求，那就是提高收视率。一些洛杉矶人实际上还订购了服务信息，如果电视上在播放警方追逐嫌疑犯的视频，他们就会收到通知，洛杉矶人爱死了警察追捕强盗的戏码。

如果强盗成功逃走，通常在一个小时内会用钱买自己需要的东西。当巡逻警察到达银行后，他们会用广播对强盗做出描述，填写一页纸质报告，然后离开。联邦调查局会在一两个小时后出现，采访柜员以及所有目击证人，还会从监视摄像机调出录像。他们会得到一些像样的照片，这样就会有人能够辨认出嫌疑犯。如果抢匪做得不错，联邦调查局会把约四百张一系列关于抢匪的照片发给每一个警察局、缓刑假释办公室、惩教机构，以及当地电视台和平面媒体。

一般银行劫匪会一直抢劫下去，除非他们被抓或被杀。当他们被逮捕后，通常会被指控参与四至五起劫案。大部分人要在联邦监狱蹲上四到八年，请读者将万怡酒店和监狱做一下对比，加利福尼亚州立监狱人满为患，充满暴力。他们都想在联邦监狱服刑。当他们出狱后又会继续抢劫，抢劫成了他们与生俱来的基因。抢银行真是太容易了，只要冲进去，拿把枪指着出纳员的脸，欣赏可怜的、低工资的出纳员变得紧张兮兮。比尔·拉赫德，前联邦调查局洛杉矶分局银行抢劫案协调官，在他30年的职业生涯里，曾4次对付过同一伙罪犯。

真正危险的抢劫案是由那些"挟持者"犯下的，劫匪尖叫着冲进银行，往天花板上射击几轮子弹，所有人都吓得趴在地板上。

这些歹徒往往吸过毒，极其危险。警方有任何犹豫，都可能让人质受到伤害。在20世纪90年代中期，洛杉矶就经历过这样的事情。当时，几个中南区的黑帮人士通过抢劫银行来资助自己的贩毒行动。他们中有很多人都卷入枪击事件，主要参与者站在某个角落，手里拿着吸管，往里面装上可卡因粉末，把粉末洒在银行周围的角落里。这些人大多为十几岁或二十出头，联邦调查局抢劫案调查官把他们视作"婴儿土匪"。但他们都很疯狂，喜欢开枪，在银行内部极其危险。他们会尖叫着走进来，乱开一通枪，把所有人都吓坏了。他们抢完钱后，就坐上接应司机的车逃离现场，之后会把车丢在附近的购物中心，跳进另一辆车飞奔向高速公路，最后回到贫民窟。老大会分几百美金给手下，其他的钱就自己独吞。抢银行的时间很短，有极大灵活性，钱来得很快，还让人很兴奋。警察和联邦调查局特工联合出动，终于确定了抢劫案背后的团伙领导人，并把这些人抓捕归案，之后这类抢劫案发生的次数就大幅下降了。

让我们把目光回到美国银行，哈维正在到处走动，用方言与大家交谈。他宣布抢劫后，有几个人立即冲出了银行，打电话报警。几分钟之内，洛杉矶警局好莱坞分局黑白相间的警车就已经包围了银行。

格林来回踱着步，很享受自己新的监管地位。然后，他做出了慷慨的声明。"好吧，有家庭的人都可以离开。"不用说，大家立即随便组成家庭，大部分银行客户像越狱一样逃出了现场。

我听到联邦调查局调度发送"2-11"警报，并在几分钟之内到达现场。当时我就在附近，立即跑去找警局的著名特警中将迈克·希尔曼中尉。他是洛杉矶特警队的领队，也是一名谈判专家，非常有名。在好莱坞,希尔曼是洛杉矶警局的巨星,他的英雄事迹和高度信心一直鼓舞着他人。他穿制服的样子十分英俊,戴着奖牌,全身都散发出一种诚意。部队和电视台记者都很喜欢他,女电视记者更是整天围着他,他也喜欢闪光灯的感觉。他这个竞争对手太优秀了!

此时,联邦调查局谈判专家之一,杰克·崔马柯,已步入银行对面的电话亭,与格林取得了电话联系。这带来一个问题,希尔曼和我在不同的部门,而这两个部门是死对头,我们俩所属的部门,还有我们自己,都想接手这个案子。这一次,洛杉矶警局设置了包围圈,而联邦调查局谈判专家已经与绑匪进行了电话沟通,这样的话根本行不通。

此前,洛杉矶西班牙领事馆曾发生过人质劫持事件,联邦调查局击败洛杉矶警察局赶到现场,我指派鲁迪·瓦拉德兹作为首席谈判专家,负责跟里面的嫌疑犯进行谈判,他的母语就是西班牙语。洛杉矶警察局赶到现场后,他们的指挥官要求瓦拉德兹做一个工作简报,因为他已经跟领事馆内的绑匪取得了联系。瓦拉德兹有点不情愿,但秉着合作的精神,我还是让他配合警察的工作。瓦拉德兹做了20分钟的简报,然后回到现场,发现洛杉矶警察局的谈判专家已经接管了FBI的工作,而且他们还不愿意放弃控制权。接下来的几个小时,我们都在跟领导人争论到底哪个部门负责这一案件。不用说,我们那天吸取了血的教训,永远不会再上洛杉矶警察局的当了。

与此同时,洛杉矶警察局在特警队员到达现场之前,就已经整装待发,接管了周边。特警队跟他们好像始终在进行一场该死的马拉松赛跑。现在,特警队又陷入了僵局,我跟希尔曼无视银行里的哈维·李·格林,为此事吵了几分钟。

这时,崔马柯继续跟哈维谈判,希尔曼指示他的谈判专家设立自己的人质热线,我们继续为谁拥有管辖权争吵不休。对于洛杉矶警察局来说,银行抢劫案违反了加州刑法第211条。按照该条例,洛杉矶警察局有权处理此类案件。如果某银行加入了联邦保险,那抢劫该银行就违反了美国法典第18编第2113条,联邦调查局就拥有管辖权。而美国银行加入了联邦保险。因此,双方都拥有管辖权。我带着谈判专家,而希尔曼管着特警队。幸运的是,我们最后同意在进一步采取行动之前,先要评估银行里面的情况。接下来发生的事情真的很了不起。

我和希尔曼往银行后方半开的门走去,很快就看到了哈维,他正背对着我们站在人质前面,银行里大概还留了十几个人质,所有的人质都像三年级学生一样坐在地板上。他戏剧性地阐述了有关里根总统和他的三边委员会理论,他把三边委员会形容为一个秘密组织,这个组织掌控着美国政府的所有决定。他左手拿着一个袋子,银行的后门是开着的,很明显,他知道我们的存在。

希尔曼和我站在离格林约9米远的地方,我们的位置都很显眼,但谁也没有动。我们还在讨论谁去负责这件案子,我觉得我们彼此都不相信自己可以跟罪犯这么接近。几分钟后,我们走出银行,洛杉矶警察局的特警队员取代了我俩,他们只是盯着银行里面的场景。哈维绝对不知道自己现在有多么脆弱,我站在外面,简直不敢相信我们的人怎么还不对哈维开枪。虽然我们所有人都支持谈判,但若绑匪威胁杀死人质,而警方有机会杀死绑匪的话,大部分人都会同意这个选择。大家都知道洛杉矶警察局可没有这么多耐心。事实上，哈维还没有威胁要杀死人质，他只要求美国总统飞到洛杉矶，坐一辆豪华轿车到美国银行，并为他举行新闻发布会，庆祝他从海军陆战队光荣退役。我忍不住想，哈维干嘛不提一个简单的要求，比如一百万现金和一辆快速启动的私家车？

几个小时后，崔马柯已经说服了哈维，他承诺召开新闻发布会，哈维便同意让其他人质离开。有一次，他谨慎地告诉哈维，人质不是他的人，他们属于银行，因为他们是银行的客户。哈维听到这个说法后立即顿悟了，说："你说得对，杰克。他们都可以走了。"然后，他告诉人质从前门走出去。人质像被困在电梯12个小时一样，从银行前门蜂拥而出。

这时，特警队员的呼吸开始变得粗重起来，他们以为马上就能抓到犯罪。然而，哈维还是拿着那个该死的洗衣袋。所有人都觉得这种涂料不可能被做成一个爆炸装置，根据以往的统计数据，炸弹有98%的可能性是假的。那么，凭什么我们认为没有其他2%的可能性呢？爆破组琢磨一番现场，用X射线检查，让警犬闻了包裹，等着拆弹机器人和水炮送过来，我们更喜欢这种做法，因为这样安全多了。

怎样让哈维和洗衣袋分开成了当局的挑战。崔马柯想办法让哈维一直说话，他很真诚，说话也显得让人信服。虽然我们都知道他说的是废话，但哈维很喜欢他。哈维似乎在感情上有点弱智，崔马柯充分利用了这一点，慢慢哄着他，让他到窗口跟街对面的自己"打一个招呼，你知道，就像握手一样。"哈维放下袋子，走到窗口，他似乎把袋子的事给忘记了。洛杉矶警察局的特警队员终于有了可乘之机，他们在几秒钟之内进了银行，跟哈维做了自我介绍，纳税人就开始为自己的地盘付出代价了。

特警队把哈维护送到好莱坞大道参加所谓的"新闻发布会"。他们都围着他，而他声称自己很失望，因为人质都不了解三边委员会，不过他还说："杰克是个够意思的哥们。"这样大概持续了15秒。杰克曾答应过哈维，他可以给他召开新闻发布会，并且言出必行。新闻媒体一放下摄影机，洛杉矶警察局就把哈维带到角落，把他送回联邦调查局接受联邦指控。出于某种原因，事情一直是这么办的。洛杉矶警察局召开新闻发布会后，我们留下来收拾残局。我们惊讶地发现哈维的炸弹包里装的只是些脏衣服。

哈维·李·格林事件后的第二天，我一大早起来，看到迈克·希尔曼上了电视，他跟观众解释自己怎样设法说服格林向警方投降，洛杉矶警察局的最佳探员如何又一次从暴力银行抢劫犯手里拯救了天使之城的好公民。他一个字都没提到联邦调查局。这些年来，希尔曼和我成了亲密好友，但工作上我们一直是死对头，我俩就像一对拳击手，互相打了十轮还是平局，接着就相互握手、拥抱，然后各回各家。这次事件诞生了一个超级巨星——比尔·拉赫德——他不久后成为洛杉矶警察局新任主管，同时把迈克提拔成副主席，杰克·崔马柯自此退休，成了一个独立的测谎运营商，以及福克斯电视新闻顾问，事业很成功。

第 *12* 章
罗德尼·金和洛杉矶骚乱

"罗德尼·金，"巴西警方官员用一口蹩脚的英语说道，"罗"这个字还带着卷舌音，"他到底有什么不同之处呢？"他耸耸肩膀，语气很冷淡。"在里约，在这个地方，他是很不寻常的。"他先对我笑了笑，然后又对观众笑了一下。

那是1993年11月，我站在舞台上，面前是里约热内卢两百余名警察高管。我和弗雷德·兰斯里来自联邦调查局学院危机事件谈判小组，我俩刚刚完成一个讲演，演示绑架勒索赎金案件的调查程序，并且公开回答了问题。里约热内卢在上一年度发生过120起绑架案，平均每个月有300起谋杀案。毒贩都住在里约热内卢周围的山头棚户区，人们称这些地方为贫民窟，他们会回到市里绑架富商的家庭成员，如果没有收到赎金，受害者往往会在几个月后被杀害。在一些场合，警察试图缉拿绑匪时，也会把受害者和犯罪嫌疑人同时杀掉。

里约热内卢的警方很残暴，这已是司空见惯的事情。孤儿在街头横冲乱撞，许多人还未满十岁，被人们称为"小鬼"，他们会在大白天制造麻烦，抢劫街上的商贩和行人。某年7月，在一个暴风雨的天气中,警察堵住了8个小鬼,并把他们全都杀了。据事后调查,有几个商人吃过小鬼的亏,于是付钱给警察,让他们这么做。一个月后,警察组成一支行刑队,在一个贫民窟枪杀了21人。不用说,里约热内卢的旅游业受到了巨大的打击。

高加索人麦克·泰森开车带我和弗雷德在里约热内卢闲逛,他只用一只手开车,另一只手放在膝盖上,手里还抓着一支巨大的45毫米口径半自动手枪。一个尼安德特人保镖坐在前排乘客座椅上,怀里抱着乌兹冲锋枪。大使馆给我们派了一个可爱的小个子女翻译,她夹在我们中间,挤在汽车后座上,天马行空地跟我们谈里约热内卢的景色有多么美丽,以及巴西的暴力犯罪如何随处可见。我和弗雷德都不买她的帐,相反,我俩到是希望自己到巴西时,可以接受区域安全主任在大使馆给我们发的手枪。大使馆区域安全主任向到访的FBI特工非正式地提供手枪,这是很平常的事情,因为FBI特工不能携带武器进入他国或者在他国旅行。

有人在里约热内卢执法会议上对我做了一番介绍,称我是来自联邦调查局洛杉矶分局的特工。巴西首席警察代表走到麦克风前,他皮肤黝黑,长相酷似美国黑人,他笑着又问了我一遍,确认我真的是来自洛杉矶,接着询问我关于罗德尼·金的问题。他很惊讶,警察办案时殴打嫌疑人居然会引起这么大的批评和争议。在里约热内卢,警察殴打嫌疑人简直就是家常便饭,而且事后也不用追究责任。里约热内卢已经成了一个风景美丽如画,但却毫无法纪可言的地方。警察们甚至懒得管贫民窟,即使有人在那个地方提取毒品,或者私藏通缉犯,警察也不会去管,任他们自生自灭。贫民窟在晚上会发生枪战,不幸的失败者会被人"不慎"扔到排水沟里。

即使是在里约热内卢，警察也知道罗德尼·金的大名。他在警察界中的名气可以跟丹尼·米兰达媲美，丹尼·米兰达向警方提出了有关权利警告的第五条修订意见，即"你有权保持沉默"。

1991年3月3日，洛杉矶警察局和卫生防护中心的人在北圣费尔南多谷进行了一场追车大战，终于逮捕了罗德尼·金和他的几个同乡。停车后，他的同乡都下了车，听从警方的命令。对罗德尼·金而言（同样，对后来很多人而言），不幸的是，他没听从警察的话。所以他们就把他抓起来。军士史坦希·孔恩试图用泰瑟枪电击他，但却没有打中，其他三个警官跳上前，往罗德尼·金身上各打了55警棍。根据现场视频来看，史坦希·孔恩当时更像是在研究自己的泰瑟枪，那样子就像他在学习怎么开黑莓手机。他有一半的行动都没有参加，而他的同事们则把罗德尼·金揍得在地上打滚。卫生防护中心的人员是由一对夫妻组成的组合，他们表现出了良好的判断力，他俩就站在一边，心里数着警察打人的次数。

警察们完事后，罗德尼·金被送往监狱医院，他头部有11处骨折。洛杉矶警察局的社区警务计划自此倒退了20年。对警官们来说，不幸的是，业余摄影师乔治·霍利迪从街对面的阳台上拍下了现场最后85秒警察打人的情景。第二天他试图把磁带交给警局，但南麓分局的办公人员太忙，对他的磁带一点兴趣都没有，所以他掉头就走了，转手把磁带以500美元的价格卖给当地电视台。据媒体专家估计，截至1991年底，五分之四的美国人都看过这盘磁带。

全美的所有警察局都听说了罗德尼·金事件，每一个警察都为此付出了代价。市民对警察的信任丢失了大半，警官被指控在刑事案件中过度使用武力，全美各地的警察四分五裂，洛杉矶警局也不例外。就是他们警局给控方提供了铁一样的证据。审讯结束后，陪审团走出去看那段视频，他们看了不下50次，接着评审团回到法庭，判处部分警察有罪。这一时期，洛杉矶中南区炸开了锅，接着事情就变得白热化。

　　法庭宣读判决后不久，在中南区中心地带的佛罗伦萨和诺曼底，黑人殴打路边经过的白人，一场骚乱开始了。虽然据媒体报道，骚乱事件与日俱增，电视台甚至派直升机从空中拍摄了这些场面，但洛杉矶其他地区的暴力事件要更为严重。比如市中心、洛杉矶警察局总部、韩国城、好莱坞，甚至还蔓延到长滩。但中南区确实首当其冲，这里到处都是黑帮团伙和暴力事件，多年来一直动荡不安。中南区似乎每个路口都有快餐连锁店和酒品商店。在中南区的转角地段，人们可以买到马丁·路德·金的戴框照片。而在加油站后面，你们还可以买到沙发，这些沙发是从送货车上掉下来的。这里的汽车旅馆是按小时出租的。许多居民没受过教育，待业在家，既找不到榜样，也看不到人生的希望。正因如此，这里的黑帮团伙才很难对付。据加州司法部统计，洛杉矶共有463个帮派，成员超过39万人，其中10300人属于跛子帮（西海岸的一个帮派），4200人属于血帮，这两个非洲裔美国人帮派都位于中南区，他们对帮派有更强烈的身份认同，因为非洲裔美国人的家庭通常不完整，孩子没有父亲是很平常的事。每到周末，他们就把帮派当家，聚到一起互相火拼，帮派之间不仅互相杀人，还滥杀无辜。每到周末，中南区都有10至12个居民被杀害，这些都是帮派暴力泛滥的结果。一半的遇害者都很无辜，他们不是帮派成员，只是正好经过现场。

　　因此，当晚洛杉矶市发生暴动，首先开始的地区就是中南区佛

145

罗伦萨和诺曼底的中心地区，执法部门对此一点都不感到惊讶。所有人都记得雷金纳德·丹尼的形象，这名卡车司机又惊讶又困惑地从驾驶室走出来，随即被丧心病狂的暴徒用石头和灭火器压成了粉末。还有那个亚洲裔的加油站服务员，他把自己锁在诺曼底的一个收银员防弹展位里，暴徒们向他开火，一共打了6枪，但他幸运地活了下来。这家伙运气太好了，真该去买张彩票。

洛杉矶警察局和长滩警察局都呼吁联邦调查局给予援助，联邦调查局派人质解救小组从匡提科的FBI大本营，即美国联邦调查局学院飞往现场。同时FBI也出动了地方特警队。洛杉矶联邦调查局特警队员被派到长滩，奉命为消防部门在处理火灾时提供安全保障。在暴动之前，他们就曾多次遭遇枪击。我当时还是特警队的团队负责人，这也是在我的职业生涯中最让我兴奋的经历之一。

第二天午后，虽然事态稍微平息了些，但洛杉矶和长滩仍有部分地区还在起火。我们分成小队，在长滩710高速公路处的军械库穿好制服。我们知道这次行动非常危险，我们要为消防部门保驾护航，一路上有看不见的狙击手朝消防部门的卡车开枪，还朝我们开枪！

长滩警方指挥官站在特警队面前，他就像海湾战争新闻发布会上的施瓦茨科普夫将军一样，摇晃着脚跟，品味着这一时刻。他是个真正的红肉爱好者。

"先生们，长滩昨晚经历了一场灾难。歹徒几乎迅速占领了这个地方，我们几乎输掉了战争。今天，我们不会再重复昨天的错误，你们将帮助我们阻止这些混蛋烧毁长滩。我们要夺回这座城市！"指挥官的愤怒和挫折感达到极点，因为前一天晚上，警方不得不寻找掩护,这件事很让他难为情。

"既然昨晚的骚乱和抢劫是如此糟糕,我们不可能把所有人都抓起来。因此,我们已经行使了所谓的'打败和释放'政策(渔业与野外垂钓部一项抓捕渔获物并将其释放的计划)。只是追着他们,如果可能的话,就努力抓住他们,因为我们根本没有时间让他们上钩,再把他们抓起来。"

我们的到来犹如火上浇油,肾上腺素开始起作用了。我想到在越南时,自己被一名夜间巡逻吓坏了的情景。这种行动也很让人着迷,这不是什么把歹徒送到特警队的简单方案,日常警务工作确实不够刺激。特警队给大家提供了高数值的肾上腺素,仿佛警方已经给一所房子喷射了无数的催泪瓦斯,而一些混蛋就藏在屋里等着警方。他们手上都有枪,这会让警察心跳加快。警察会感到自己的整个身体都充满了兴奋的神经,其他什么都感觉不到。当面临动荡不安的局面时,起伏的高潮和低谷会让人深切感觉到自己还活着——真正的活着,而歹徒会一直让你保持这种状态。

工作简报后,我们很快就返回来检查自己的武器与装备,战争一触即发。

接下来的两天,我们处在完全的无政府状态。吉姆·伯恩斯和我被分配到一个消防站,当时消防车在暴动期间遭到了狙击手零星的枪击。洛杉矶有位消防队员在行动时颈部受到严重枪伤。消防车每次行动,我们都跟着卡车一起行动,每当火警响起时,铃声就会大作,我们也会接到诸如"警官需要援助""有人正在纵火""大五商店遭到抢劫""正在火拼""追车大战""发现带武器的嫌疑人"以及上百个其他种类的热线电话。洛杉矶火灾时,我们有一个

147

自由通行证，可以像理查德·佩蒂一样从一个危机现场开车赶往另一个。伯恩斯在长滩长大，对洛杉矶的交通了如指掌，因此我们可以快速赶往现场。

我们回到消防站，跟消防队员交流彼此的战斗故事。我们所有人都善于说谎，大家也都知道这一点，但我们仍然乐意跟大家分享自己的冒险经历，还一起吃冰淇淋。我们从来没有在火警消防站看到过辣椒——消防站的零食总是冰淇淋。消防队员们从火灾现场回来，理所当然要给自己、也给我们奖励一大碗冰淇淋。警察们在跟歹徒搏斗或者火拼后，总是会喝上一杯酒；消防员在火灾后则会吃冰淇淋。这是他们独有的庆祝方式。

消防队员爱吃冰淇淋这种事，别人听起来可能会觉得他们像懦夫，但他们是我见过的最勇敢的人。不管有多危险，在听到火警后都会毫不犹豫地冲出去。他们也是我遇到的最无私的、最热情好客的东道主，FBI确实跟他们同生死共患难。不管怎么说，人人都爱消防员。

最终，国民警卫队在十字路口设立路障，帮助FBI进行宵禁，保卫城市安全。四天后，硝烟散尽，51人被打死，2000多人受伤，财产损失估计约数十亿美元，中南区烧焦的建筑代表了文化共存的失败。这次暴动表明，非洲裔美国人社区和洛杉矶警察局之间的关系非常脆弱，这一点也对洛杉矶警察局造成了永久性的伤害。

这次骚扰也对我产生了严重影响。多年来，我一直为自己能在大都市的主要街道工作，而且还活了下来感到自豪。能从中南区的尼克森花园或柳溪揪住一位杀人嫌疑犯，这既是一种挑战，也是一份成就。然而，暴动结束后，我驾车经过中南区，那里在大火的摧残下变成了断壁残垣，我对此感到很伤心。我只想离开那里，不想待在周围这些人旁边，他们是如此渴望摧毁他人的财产、希望和梦想。对于那些批评中南区的人，他们却没有看到这里也有数以千计的居民，他们默默无闻，为了生存，为了把孩子养大，为了把孩子送进学校，教导孩子远离毒品、帮派，教导孩子避孕，他们一直在努力。他们每天上下班，周日到教堂。他们按时还清账单，对政府也保持着尊重。他们是世上的盐，不得不生活在这些精神病中间。我开始认真思考要不要离开洛杉矶。现在，我几乎哪个地方都可以去。罗宾和我开始谈论去西雅图或波特兰看看，或者是檀香山。

　　罗德尼·金的下落如何？洛杉矶警察局和洛杉矶政府赔偿了他380万美元后，他们和解了（这笔钱中有大部分落到了他的律师手上），他常常会定期落到警察手上——因为毒品、酒精或者家庭争吵之类的小案件被警方逮捕。最后，他跑到洛杉矶东部的一个小地方，在那里无所事事地过着简朴的生活。

第 13 章
红宝石山脊事件

1992年，一个凉爽的8月上午。距加拿大边境以南64公里的爱达荷州北部深山，我和监督特工弗雷德·兰斯里蹲在山沟边缘，这里离山脚有1830米。马尼斯·乔伊夹在我们中间，她是兰迪·韦弗的姐姐。前一天晚上，我们借来一架里尔喷气机，带着她从密苏里州飞到爱达荷州，竭力说服她的弟弟韦弗向联邦调查局投降，这家伙涉嫌谋杀一名法警。

我们知道这次行动将非常困难。韦弗和家人顽固地留在自造的小屋里，屋子里装满了武器，过去五天，他没跟任何人说过话。他对联邦政府的评价可不高。

事情开始于周五上午。那时，韦弗和他24岁的门生凯文·哈里斯与一个美国特别行动组之间进行了一场致命枪战。韦弗涉嫌枪支案件，但却没在开庭日出席，联邦政府对其下发了逮捕令，法警试图逮捕韦弗。全案的起因是这样的，1989年，韦弗以450美元的价格出售了两把短管猎枪（联邦法规禁止这种行为），买主是烟酒火器管制局的一位线人。一切都结束后，兰迪·韦弗拒绝自首，导致一名法警，韦弗的妻子和儿子，还有他的狗的死亡，韦弗自己和他的朋友凯文·哈里斯也受了重伤。这件事极大地改变了几名联邦调查局特工的命运。

在联邦执法部门的世界里，韦弗的枪支案件只是小事一桩。通常，联邦执法部门会发放几千个未决的逮捕令，针对的是一些罪行较轻的在逃不法分子。逮捕令会存入FBI的联邦犯罪信息系统，然后我们只要等着逃犯在某个周六晚上酒后驾车被检查到，或者被当地警察因为别的事情而抓住就可以了。有时，逃犯的妻子厌倦了丈夫的家庭暴力，打电话报警，警察赶过来处理家暴事件，她就会告诉警察自己的丈夫被联邦政府通缉。FBI的底线在于，没有人会花很多时间来寻找这些家伙，这不是我们的优先事项。

虽然韦弗的案子一开始属于这种类型，但他后来却把自己的问题变得更加严重了。他因出售非法武器被烟草火器管制局逮捕，在监狱里蹲了好几天。烟草火器管制局的特工给了他一个机会，取消对他的指控，让他做线人。如果他答应了，很可能已经被假释了。相反，他拒绝为烟草火器管制局提供协助，而是与家人一起躲在山里——他的妻子维基、儿子萨穆埃尔和女儿萨拉、雷切尔，以及婴儿伊丽莎白。他家人的名字都跟《旧约》有点关系，我们没放过这个线索。韦弗由于害怕再次被关起来，一直拒绝下山。所以，维基便和山里的邻居一起到桑德波因特购买生活必需品。他曾去海登湖附近的理查德·巴特勒耶稣教会待过一段时间，但不能完全买账。于是，他举家搬到与世隔绝的红宝石山脊地区，他在山上1830米高的地方建了一个原始小屋。韦弗根本不需要理查德·巴特勒，他有很多疯狂的想法，跟他的家人一起建立了自己的邪教学说。不幸的是，韦弗把武器和宗教弄混了。

如果韦弗与世隔绝，所有人很可能都会把他忘了。相反，他和他的家人却在该地区用枪威胁每一个陌生人和登山者，扬言要杀死每一个觊觎其财产的人。所有的家庭成员，包括孩子，都把武器绑在腰间四处走动。韦弗还教他们如何使用肩射武器。韦弗曾告诉他的邻居，如果联邦特工胆敢踏进他的地盘，他就会拿下他们。

当地媒体大肆宣扬执法人员明明知道韦弗还活着，却没有采取任何行动。警局很快察觉到选民对此事不必要的热情，登山者向边界县警局提出投诉，警局又将他们的投诉传达给美国法警办公室，因为烟酒火器管理局的逮捕令是联邦手令，即使案件开始由他们负责，但联邦逮捕令却是由美国法警执行，它有责任替所有联邦机构执行逮捕令（联邦调查局特工通常只处理自己的逮捕令，而不是等着劳累过度的法警调遣）。美国法警办公室意识到韦弗有武器的事实，他还把自己的家庭成员也武装起来。于是，法警决定努力找到一种方法来逮捕他，并且这个方法又无需引起枪战。枪战后，许多新闻报道指出，法警已监视韦弗长达18个月之久，但事实上，那个时期他们只是周期性地监视了他。

法警组成了一个六人特别行动小组，负责在该区域进行侦察，谋划逮捕计划。1992年8月21日，一个漆黑的黎明，特别行动小组分为两拨人马，一拨人潜到屋子处逮捕他们，其他人爬上附近的山头，监视着屋内的一举一动。几个小时后，山上的人马通知屋子附近的人员，他们看到韦弗、他的儿子萨姆、他的狗前锋和哈里斯离开了小屋，他们正朝着抓捕小组的方向走去。不幸的是，前锋闻到了法警的气味，汪汪叫着，直接冲着警察的方向跑过去。法警从屋子处撤退，努力躲避狗的追捕，但狗一直盯着他们。韦弗和其他人

红宝石山脊事件 第*13*章

以为狗发现了鹿,就跟着狗走进密林深处。法警开枪杀死了狗,努力想藏起来。但萨姆和哈里斯最终还是碰到了法警,他们互相开了几枪。至于谁开的第一枪,开枪是不是有正当理由,哈里斯和幸存的法警们一直为此事争吵不休。只有在场的人知道事情的真相,但萨姆和美国法警比尔·德甘被开枪打死。哈里斯与韦弗则成功逃脱了。

法警后来描述道,韦弗和哈里斯那天上午首先开枪,而韦弗和哈里斯坚持认为只有法警开了枪,他们只是跑到屋子那边去寻求避难。他们是何时取回萨姆的尸体,并把它带回屋子,这一点仍然扑朔迷离。然而,上午的枪战结束后,他们退回到屋子里,对峙由此开始了。

法警通过无线电请求增援,几乎爱达荷州北部的所有执法部门都作出回应。到星期五晚上,特别行动小组剩下的成员都被救出,与边界县警长的副手、美国法警和烟酒火器管理局特工聚集在山脚下。华盛顿的美国法警总部还要求联邦调查局给予援助。盐湖城、波特兰、丹佛、西雅图的地方联邦调查局特警队被部署到现场。驻扎在联邦调查局学院的人质解救小组也接到通知,短短几个小时,他们就乘坐两架空军C-130运输机出发了,该机是指定供他们使用的。他们离开位于马里兰州的安德鲁斯空军基地,在路上得知自己要面对一场持续枪战,嫌疑犯的数目不明,一名法警已经被杀死。这听起来像一场战争。

我们再把眼光放回到山上,执法部门一开始的行动强调如何营救被困的法警,如何找到德甘的尸体,如何尽量在不发生进一步枪战的情况下逮捕嫌疑犯,如何防止歹徒的支持者上山加入韦弗的队

153

伍。这是一次大规模的行动。

与此同时，爱达荷州州长塞西尔·安德鲁斯宣布边界县进入紧急状态，他称，"边界县发生了一场灾难，在对峙中已经出现伤亡并可能继续增加。"

韦弗和他的家人在小屋里深居简出，50名联邦调查局人质解救小组的成员已抵达爱达荷州，并在渡轮中心的国民警卫队成立了指挥所。周六中午时分，人质解救小组的成员在山区周围建立了一个松散的外围，包括几个狙击观察员，但缺乏严密完整的外围。朗·堀内是人质解救小组的狙击手之一。

当天下午晚些时候，堀内发现联邦调查局的小型监视直升机在屋子上空缓缓地转悠着。几分钟后，他看到韦弗和哈里斯走出屋门，朝一个小棚子走去。（联邦调查局不知道的是，韦弗和哈里斯用床单把萨姆的尸体包裹起来，放在了棚子里）。韦弗家的女人会在每月来例假的时候住在棚子里，把棚子当成她们的卧室，因为韦弗认为月经期间的妇女是不洁的）。他们俩肩膀上都扛着武器，两人一出屋子，堀内就看到他们抬头看着直升机。堀内以为他们会开枪射击直升机，于是用自己单杆望远镜装备的点308步枪朝韦弗开了一枪。子弹穿透了他的二头肌，直接打到了棚子边。在后来的采访中，堀内表示他不知道韦弗已经被击中，因为他只看到子弹打中了棚子。

韦弗和哈里斯马上朝屋子方向跑回去。他们跑到门边，维基抱着怀里的婴儿伊丽莎白给他们开了门。韦弗从里面把门合上，但哈里斯一到门口，堀内发射了第二发子弹，打中了哈里斯的手臂，然后穿透了哈里斯一侧的身体。堀内不知道的是，这发子弹其实先是打中了维基的脑袋，然后才打到哈里斯身上。哈里斯和维基都倒在厨房门后面的地板上，使得外人看不到他们。哈里斯受了重伤，维基几乎当场死掉。堀内通知他的上司，称他开枪射击了哈里斯，但不知道自己有没有打中目标。几秒钟后，韦弗的小屋就笼罩在死亡的阴影下。

人质谈判专家弗雷德·兰斯里与人质谈判小组一起飞往爱达荷州。一大早他就到了现场，周六的时候他就一直在找韦弗家的资料，努力串联起整个事件的因果关系。到星期六晚上，兰斯里和联邦调查局的其他特工弄清楚了事件的基本情况：

烟酒火器管理局指控韦弗涉嫌枪支案件，对其下发了联邦逮捕令，但韦弗拒绝出席法庭，因此遭到通缉。

韦弗是一名反政府分子、种族主义者，无视法律。韦弗的家庭成员包括他的妻子和四个孩子。凯文·哈里斯和韦弗家庭的关系目前还不清楚。

法警比尔·德甘已于上周五上午被杀害，凶手可能是哈里斯、韦弗、或者韦弗的儿子萨姆。

人质解救小组的狙击手堀内认为自己可能已经于上周日晚让哈里斯负伤。

尚无人与屋内任何人进行初步沟通。

星期天一大早，我接到电话，FBI让我协助兰斯里。几个小时后，我在洛杉矶国际机场登上飞机，在那里我看到了联邦调查局圣地亚哥分局特工约翰·多兰，他比我先登机，对此我一点都不感到奇怪。我和多兰都隶属于联邦调查局危机事件谈判小组，该小组之所以成立，目的就是为了解决全球范围内复杂和长期的人质或者街垒事件。我们在飞往斯波坎的旅途中进行了一段很长的谈话，讨论自己将会在红宝石山脊碰到什么样的情况。星期天晚上，我们抵达斯波坎，两名当地的FBI特工与我们碰头。他们驱车带我俩去桑德波因特过夜，在两个小时的车程中，他们向我们做了一个完美的工作通报，让我俩了解了兰迪·韦弗事件的前因后果。接着我们在当地的汽车旅馆打了几个小时的盹儿。星期一早晨，我们就被车子送到位于州立95号公路不远的指挥所。

现场一片混乱。治安部门已经设立了路障，警官、烟酒火器管制局特工和海军驻守在路障周围。大约有上百个长相粗鄙的光头党和满嘴脏话的山区人民支持着韦弗，他们聚集在路障周围，冲着联邦特工大喊大叫。特工经过路障时，他们会发出嘘声，大喊道："婴儿杀手！"指挥所很低矮，里面住着盐湖城的特工长官，指挥所周围是军用帐篷，特工、护理人员、国民警卫队和地方官员都住在里面。我们进屋前，他们给我们安排了一名特工长官做陪同。我跟多兰挤到营地中去，特工长官斜靠在驾驶员座位上，样子就像《星球帝国》里的柯克船长。他一边搅着塑料盘里的炒鸡蛋、熏肉和洋芋，一边朝我们挥了挥手，叉子还在那只手上。鸡蛋粘在他下巴上的胡茬里，但他似乎没有注意到。我们向他介绍了自己，他也不回话，只是朝我们挥挥手。我们热切地等着他的好点子。

"先生们，"他停顿了一下，又说道，"我们这里需要的是一个能够阻止进一步流血事件的解决方案。"

多兰跟我面面相觑。哇，这就是他的点子。我们接着等了一会儿，而他一直在若有所思地咀嚼早餐。几分钟后，他明显已经对我们失去了兴趣，也无法对形势做出精辟评论。我们走出去，觉得他肯定都没有注意到我们的离开，因为当时他一直在盯着自己的塑料盘子，努力思索接下来要吃哪一块熏肉。

我们搭了一辆军用吉普车上山，这一路又让我想起了越南战场。树林郁郁葱葱，茂密的枝叶可以隐藏一个排的士兵。我们越往上走，温度就越低。大家都紧紧抓着大篷车顶上的扶手，防止自己被摔下去。一路上都很颠簸，让人很不舒服，简直快要把我们的五脏六腑给颠出来了。我们的司机是一名人质解救小组成员，他似乎对我们的不适非常幸灾乐祸。

大约45分钟后，我们到达人质解救小组指挥所。多兰和我跳下吉普车，兰斯里和"爱德"麦克阿瑟接待了我们。整个谈判小组就只有他们两个人，其他两个谈判专家威尔逊·勒马和马克·桑德克劳德在下面高速公路附近的指挥所为我们搜集线索、运送物资。我非常震惊，面对这么严重的事件，我们的人员竟然如此不足。这也表明联邦调查局总部没有认真考虑通过谈判解决问题，他们只把希望放在特警队的暴力行动上。

兰斯里提到，上周日早些时候，人质解救小组曾派出一个拆弹机器人进到屋子里，但没能与韦弗进行对话。几天后，我们才知道人质解救小组的家伙没移除机器人身前的武器，因此韦弗当然不愿意跟机器人说话了。当人质解救小组成员搜查了屋子，发现了萨姆的尸体，才收回了自己早先那种攻击性的态度，更愿意通过谈判解决问题。周一和周二，我们都待在屋子前面，人质解救小组派了一辆装甲运兵车保护我们。我们用扩音器喊话，请求跟韦弗对话，但他拒绝回应我们。

这一周，我们轮流在桑德波因特汽车旅馆过夜，但大多数时候我们都跟人质解救小组的成员一起住在山脚下的帐篷里，以备意外情况发生时可以随时行动。我们通常会在晚上暂停自己的工作，不去试图联系韦弗，这也给人质解救小组提供了机会，他们可以在黑暗中窥探屋内的情况。他们利用夜视镜可以直接潜入屋子附近，在外面安装监听设备。我们还使用热成像仪定位屋内的人。人质解救小组做的这一切，都是为了准备强行攻入屋内。如果他们进去的话，就需要事先弄清楚屋里有哪些人。幸运的是，他们从未开展这项计划。毫无疑问，如果执行该计划，将有更多人牺牲。

人质解救小组有名指挥官富有冒险精神，他在山上挖了一个露天厕所，将两块木板架在战壕上，厕所很难掩人耳目，但是在如厕的时候，人们可以欣赏到山上的壮丽景色。我们用一个小软管在韦弗的平板车后面冲澡，软管的大小跟驱虫器用的软管差不多。这个方法很原始，但很有效。我们早就把文明人的做派丢到九霄云外了。在爱达荷州荒凉的深山里，人们更担心的是熊、蛇、臭鼬和红蚂蚁。

周三晌午，兰斯里与人质解救小组一起用扩音器向韦弗传达了一个消息。他告诉韦弗，会在机器人身上装个人质热线，机器人会进屋拨打电话，和他们建立通信，这样韦弗和他的家人就不需要跑出去接电话了。因为此前他没有搭理机器人身上的扩音器，于是我们认为需要采取一个更好的沟通手段。

一开始，韦弗做出了反应，他的回答很清楚："拿走这该死的东西！"他只说了这么多，人质解救小组立即取消了该计划。

我们不知道，当时人质解救小组的指挥官迪克·罗杰斯和盐湖城特工负责人杰恩·格伦原先的计划是从爱达荷州国民警卫队借一辆装甲运兵车，向他的屋子发起新一轮进攻。如果罪犯不肯乖乖投降的话，人质解救小组将拆除罪犯的屋子，与此同时还要向屋内喷射胡椒喷雾。接着人质解救小组的成员将强行进入屋内，羁押屋内的居住者。幸运的是，联邦调查局总部的战略信息和运营中心里，冷静的头脑占了上风，他们也要求谈判小组采取行动。

事件过了几天，弗吉尼亚匡提科FBI学院的行为分析专家向谈判小组提交了如下评估：

韦弗不相信政府派过来的任何人。

韦弗若与其本地支持者取得联系，势力将更为强大

如果警方强行进入罪犯屋内，韦弗的家人可能会使用武器反抗。

若政府计划将他们赶出屋子，韦弗可能会杀害自己的孩子，还可能会自杀。

为让其投降，将不得不利用第三方谈判代表。

我们想找一个拥有公信力的人，于是发现了韦弗的妹妹马尼斯·乔伊。但是，她最快只能在星期三晚上赶到现场。在此期间，兰斯里继续用扩音器向屋内的嫌疑犯喊话，传达自己的口头声明，但没收到任何回应，而人质解救小组派人加强了对屋子的包围。迄今为止，我们获得的唯一情报是通过屋外的监听设备，听到韦弗给他的孩子们读《圣经》。

人质解救小组很清楚地告诉我们，若警方强行进入屋内，这个

选择恐怕不够理性。因为我们需要爬上台阶或者使用梯子，动作太大会惊动屋内的人。当然，这么做也可能会当场引发与嫌犯三个孩子之间的枪战。谈判的重要性逐渐增加，我们发现自己开始受到优待，我们成了这堆执法部门成员里的国王。一从山上下来，其他特工就把我们围住，询问谈判的情况。这是一个令人兴奋的感觉，但是我们没有辱没自己的使命，我们如此强烈地希望阻止暴力发生，不断击退自己内心持续增长的消极感觉。

周四早上，马尼斯·乔伊带着她骑自行车的大胡子男友赶到现场。她表现得十分服从，跟我们当初希望的一样。我和兰斯里与她一起坐在一条木头上，跟她解释现在的情况。虽然她非常爱自己的哥哥，但还是爽快地答应了，她觉得哥哥犯了一个错误，他可以为自己和家人做的最好的事情就是向警方投降。她既迷人又可爱，最重要的是她愿意跟韦弗谈谈。她笑称自己成了一个"熟练的女摩托车手"，可以在灌木丛中撒尿。我们到了山上，从这里可以俯瞰她哥哥的屋子，这时我从后面抓住了她的皮带，我很害怕她也会冲进屋内，加入哥哥的队伍，这样他们对付警方的筹码就又加大了。马尼斯·乔伊对我的行为一笑了之，并承诺自己会跟警方合作，但我一直没有放手，直到我们回到了人质解救小组的指挥所。马尼斯用扬声器喊话，但还是没能跟她哥哥取得联系。几个小时后，我们回到指挥所，招待她吃了一顿部队速食餐，虽然这些食物经过了营养设计，但我们也把这些塑料包装的饭菜称为"谁都不吃的饭菜"，因为吃了几天后，你就会发现它们的味道都是一样的。马尼斯很不错，一直跟我们待在一起，直到我们觉得她可能发挥不了什么作用了。下午我们又努力了好几个小时，但韦弗一直没有反应，所以当晚我们就送她和男友回桑德波因特了。

后来我们才知道这个战略存在缺陷，马尼斯一开始就跟她哥哥说联邦调查局很真诚，希望帮助他和他的家人。而我们当时还不知道，联邦调查局得为他妻子的死、他和哈里斯的受伤负责。他会相信这些家伙吗？废话！于是，她妹妹说话还不到5分钟，他就把她排除了。

马尼斯走的那天，我们跟她来了一番深情告别。她努力想挽救哥哥的生命，但失败了。她很担心哥哥会死在山上，如果这样的话，那些姑娘们该怎么办？我们跟她保证不会发生这种事情，但自己心里也很忐忑。我们还答应事情结束后就给她打电话，但遗憾的是，我从来没有给她打过电话。案件结束前发生了太多事情，之后打电话似乎也不再重要。我希望她能和韦弗团聚，并找到机会来解释他们兄妹间的误解。

前几天又出现了一个新的问题。兰迪·韦弗过去曾是绿色贝雷帽的成员，该组织一直是陆军特种部队的精英单位。另一位前绿色贝雷帽成员博·格雷特兹听说了亚利桑那州的对峙事件，于是前往桑德波因特，夸口自己可以出面。不巧的是，他孩子正在竞选民粹主义党的总统候选人，其竞选口号就是："上帝，枪，格雷特兹。"后来的事情证明了格雷特兹是一个伟大的家伙。

美国中校詹姆斯·格雷特兹（已退役）是一名非常忠诚的越战老兵，他曾派一队突击队进入东南亚，试图营救美国战俘，因为他坚信那些战俘仍被关押在丛林营地，因此获得了国家的重视（也引起了联邦调查局的兴趣）。虽然没有发现战俘，但格雷特兹因自己的"阴谋论"变得更出名了，他称美国政府涉嫌多起地下事件。他

161

似乎有点偏执和疯狂，但也有令人难以置信的魅力。他能力超群，当他走进一个房间或走到一群人面前时，能够在几分钟之内吸引在场每一个人的注意。格雷特兹后来形成了自己的反政府态度和种族主义思想，他的总部设在内华达州，但鼓励他人搬迁到爱达荷州，跟他一起建设宗教营地。兰迪·韦弗不仅是前绿色贝雷帽成员，也参加了相同的运动，因此他和博两个人有许多共同之处。

数天来，博一直央求联邦调查局让他和韦弗谈谈，他声称他们都曾参加绿色贝雷帽，能够取得韦弗的信任，这也是韦弗所需要的。我们拒绝了他的提议，因为我们对他进行了人格评估，结果表明我们根本不能控制他，而且一旦第三方加入谈判，就很难再让第三方退出谈判。尽管如此，我们仍在寻找一个可信的第三方谈判代表。博每天都在山脚下召开新闻发布会，还对媒体和韦弗的山上邻居放言，称他能说服韦弗投降。

在人质事件中，围观人群可能会导致问题。通常，FBI得对付出现在现场的嫌疑犯亲属，他们总是声称自己能劝服嫌疑犯投降。但是警方很难控制嫌疑犯，他们若参与谈判，就很难再让他们退出，他们的动机是可疑的，也没有接受过有关人质谈判的训练，只是在情感的指示下行动。经验法则是：要让嫌疑犯的亲属远离现场，特别是对方的妻子。但是，一旦谈判失败，媒体会质疑为何警方没有使用这些志愿者，警方不得不做出解释。若谈判失败，谈判者常常会面临这一场景。

指挥所与总部进行讨论后，周五下午给我们打来电话，表示他们将把格雷特兹送上山。我们感到很惊讶，因为人质解救小组的指挥官迪克·罗杰斯对谈判既没有兴趣，也缺乏信心，他一直号召用武力解决问题。他最初的计划没有采纳谈判途径,而是不断谈到战术解决。他跟特工长官进行谈话,大部分时候,他们在谈话时都不会让谈判专家在场,更不会邀请谈判专家。但其他人质解救小组的长官私下告诉我们,他们祈祷事件能够通过谈判解决,我们已经做好了最坏的打算。

周五午后,格雷特兹到达现场,他穿着丛林夹克现身在人质解救小组指挥所。他肌肉发达,蓝眼睛里散发着熊熊火焰,充满自信。他不相信联邦调查局,不愿意接近我们。不过,他仍然对FBI言听计从。

兰斯里·伯克和我蹲在一顶帐篷内,并给他上了一堂有关人质谈判的短期课程。他学得很快。我们跟他强调:"不要承诺,只要倾听,你要记住:千万别承诺。"

人质解救小组的特工扔给格雷特兹一件防弹背心,他吃力地套了上去,然后跟随罗杰斯走进装甲运兵车。我们看着装甲运兵车慢慢消失在去往罪犯住所的路上。罗杰斯一直不让任何谈判专家跟在格雷特兹身边。"装甲运兵车里没空间了,"他声称。我们摇摇头,对他的话表示怀疑。显然,他对谈判解决不感兴趣。早前他把兰斯里惹恼了,他们当时刚到军械库,罗杰斯就对他说"事情不会持续太久"。兰斯里简直不敢相信这话。我们也突然意识到还没在格雷特兹身上安装无线电,所以没办法知道事情的进展,只能等着他与罗杰斯回来。

他们一到目的地,格雷特兹马上就试图用扬声器跟韦弗对话。

"混蛋!"他沮丧地说,"他不说话,因为他根本听不到我说话。"接着他跳出装甲运兵车,直接走到车前面,开始大声喊了起来。

韦弗终于有回应了，这些天来他第一次对外界的喊话做出反应，FBI的谈判工作首次取得了进展。这是整个事件的一个分水岭。

一个小时后，装甲运兵车从现场回到营地，格雷特兹从车后跳下来。"维基死了，"他说，"上周六晚上，你们的人杀了她。兰迪和凯文都受伤了，他们身上都中了子弹。屋里的女人们都快要吓死了！"

我们不敢相信他的话，大家都不知道这些事情，我们只知道堀内自己认为可能打中了哈里斯。糟糕透了！兰斯里一直在努力跟韦弗进行沟通，他不断谈到维基，还想直接跟她说话，现在我们才知道她一个星期前就死了。（后来我们审问韦弗和孩子们，他们透露出十分讨厌兰斯里关于维基的言论，因为他们认为兰斯里其实知道她已经死了。）伯克是我们三个人中最愤世嫉俗的人，他大声问道这件事是不是真的，格雷特兹亲眼看到她吗，是不是韦弗为了避免袭击而在撒谎？该死的！这件事情太糟糕了。我们的信誉扫地了，这让我们的行动更加困难。

格雷特兹绝对相信韦弗跟他说的是实话，"他以绿色贝雷帽成员的名义起誓，跟我说了这些话，"格雷特兹说道，一副他好像已经让这些话经过了公证的样子。该死的，对于绿色贝雷帽的荣誉，我们还能问什么呢？但大家仍对这件事持怀疑态度。

我们不喜欢格雷特兹的话，但他说韦弗已同意明天再跟他谈谈，韦弗已经一个星期没跟别人说话了，我们不得不接受这一点。我们跟格雷特兹一起回到帐篷里，仔细询问他和韦弗的谈话细节。他说的话没有太大出入，维基的头部中枪，哈里斯的手臂中了一颗子弹，韦弗的二头肌也中了枪，但子弹打穿了身体，他恢复得不错。女孩们都被吓坏了，但仍然很坚强，表现得不错。罗杰斯也加入我们的行列，但他没有干预我们的谈话，他以沉默表示对格雷特兹的尊重。所有谈判专家都注意到这一点，罗杰斯从来没有脱下头盔，他连绑带都没松开。他看起来总是像个整装待发的伞兵，随时准备从飞机上跳伞。

格雷特兹一直在描述韦弗的愤怒，韦弗把一切都归罪于联邦调查局，以及烟酒火器管制局和联邦执法官。

格雷特兹跃跃欲试，为第二天接下来的谈判做好了准备，接着我们带他下山过夜。我们恳求他不要跟媒体联系，但他一过路障就食言了。他立即召开新闻发布会，并告诉全世界联邦调查局杀害了韦弗家庭的一半成员。路障附近都是些韦弗的支持者，他的说法更是一石激起千层浪。

我们很沮丧，但并没有惊慌，我们四个坐在帐篷里，设计格雷特兹第二天的谈判策略，我们必须强调自己不知道维基已被FBI杀死了。我们不得不跟格雷特兹好好合作，以确保他听从我们的指示，确保他不变成一个牛仔——我们努力说服韦弗，让他相信格雷特兹代表我们，格雷特兹很真诚，他可以放心地向他投降。但我们仍然对格雷特兹心存怀疑。

星期六早上，格雷特兹和他的"副官"，前凤凰城警察杰克·迈克兰博回来了。这一次我们给他配备了无线电，FBI可以记录和监测他们的谈判。他对这一点没少发牢骚，说他不敢相信自己居然成了联邦调查局的告密者。我们最愤世嫉俗的伯克嘲笑他说："是吗？我认为一个总统候选人可以为了选票付出一切。"格雷特兹以傻笑回应他,他心里清楚伯克说的话没有错。格雷特兹还把韦弗的邻居杰基·布朗和当地的传教士带到现场。布朗是韦弗的支持者之一,她在路障附近对FBI大喊"婴儿杀手",我们一点都不喜欢她的长相。他们给韦弗送去了水和葡萄。虽然作为谈判专家,我们完全反对让两个陌生人参与到其中,但指挥人员并未阻止他们。我们站在那里,难以置信地看着他们消失在自己的视线里。

星期六晌午,格雷特兹像个前锋一样,单独朝韦弗房子的楼梯处走去。接下来的几个小时,他和韦弗一直在说话。他们讨论了特种部队、耶稣基督、政府陋习、白人至上主义,还有政府的谎言。他跟韦弗一起祈祷,彼此之间取得了联系,建立了信任。这个过程很缓慢,但却是必要和积极的,格雷特兹确实有一手。

格雷特兹下山休息,吃了个午饭,表示哈里斯受了重伤,非常想投降。他还表示自己跟韦弗提议把维基的尸体移出屋子。这就提出了几个问题,尽管这么做会给FBI带来不少情报,能和韦弗一家建立关系,但我们还是不敢肯定格雷特兹会不会趁机进入韦弗的屋子,这样我们会失去完全的控制。格雷特兹可能成为韦弗的人质或者成为FBI的另一个对手。我们非常担心自己没法控制格雷特兹。

若要移动维基的尸体,还需要人质解救小组进行编排交流,以确保所有人的安全。他们建议韦弗把尸体搬到楼梯处,格雷特兹则坚持韦弗不会主动现身,他必须自己进屋。我们始终不为所动,格雷特兹却不这么想,他深信自己能说服韦弗让他进屋,并让他安全离开。星期六晚上,哈里斯听从了格雷特兹让他投降的建议,他们还再次讨论了怎么搬走维基的尸体。虽然格雷特兹已偏离了我们的指示,给僵局带来了巨大的不确定性,但我们认为维基已经找到了可信的第三方。

当天下午晚些时候,南加州著名的精神科医生及刑事探查专家帕克·迪茨来到人质解救小组指挥所。此前,联邦调查局总部已经派他分析了韦弗的心理,为谈判代表提供建议。我们跟迪茨、格雷特兹一起坐在帐篷里,迪茨环顾四周的杂牌军,他穿着百慕达短裤,背着一个公文包,显得非常学生气,跟其他人格格不入。

"那么你们觉得韦弗跟他哪个女儿发生了关系?"他问我们。

我们看着对方。韦弗和他的女儿上床了?这到底是什么情况?这家伙是世界上最好的刑事分析专家,居然在好奇嫌疑犯跟哪个女儿发生了关系!

格雷特兹盯着迪茨。"你他妈的到底在说什么?"他问道,感觉自己代表着被侮辱的韦弗。

迪茨意识到自己刚刚扔了一颗炸弹,于是转移了话题。"好吧,告诉我最新的情况。"他们的争吵就此中止了。

迪茨坐了回去,静静地听着,而我们轮番转述上周发生的事情。当我们提到格雷特兹的加入,他立即接过了话头,进行了一番工作简报。他多年的从军经历让他成为这方面的专家。迪茨听完后,提出了几点评论,但没有提供建议。他起身走了出去,正好赶上下一班下山的吉普车,连句"谢谢"或"祝你好运"都没说就走了。我猜他肯定在山下指挥所的军官面前评估了情况,但他在山上对我们没有任何表示,而且我们也不会要求联邦调查局总部把他送回来。

周日,杰基·布朗和格雷特兹以及杰克·迈克兰博再次出现。布朗说,她给孩子们准备了一些吃的。出于某些原因,没有人发现这其中的问题——除了谈判专家以外。韦弗的屋子是一个犯罪现场，有人中枪，有人死亡。虽然我疯狂地寻找罗宾·蒙哥马利，他是特工负责人，但罗杰斯和人质解救小组的特工仍然把格雷特兹、迈克兰博和布朗带进屋子。我们大吃一惊。好像没有人听说过保护犯罪现场这回事。一个小时后，杰基和杰克回来了。她说孩子们都没事，但是快吓死了。我们不可置信地摇摇头，有些难为情。她打扮成先锋女子，穿着长及脚踝的裙子，我们从没搜查过她。我不知道她破坏了现场多少证据，也不知道她留下了多少证据，更不知道她是不是把额外的武器或弹药带进屋子。

临近中午，格雷特兹仍在和韦弗谈话，他们已经谈到了理查德·巴特勒的理论和新世界秩序。格雷特兹确信，在不久的将来，所有美国人都会有自己的身份，他们的额头上有条形码，可以分辨出不同的身份，政府将克隆出战士。他站在楼梯底部，隔着墙壁跟韦弗交谈。虽然我们很难听清韦弗在说什么，但我们认为他没有软化。他曾多次提到凯文·哈里斯受伤的事。

我们抓住这一点，鼓励格雷特兹跟他强调FBI可以送哈里斯去医院，事实证明这个办法很成功。午后，格雷特兹和迈克兰博爬上台阶，把哈里斯抬下来，送他去人质解救小组的装甲运兵车。他的伤看起来很严重，胸部有伤，手臂的伤口更是已经发黑，出现了坏疽。他们上车时，我们聚集在担架周围，但他什么都不肯说。人质解救小组的医护人员迅速给他输液，过了几分钟，医护人员就把他送下山，用飞机运到医院去了。杰克·迈克兰博也一起去了，这是为了确保他不会遭到虐待。韦弗提出了这个条件，不过这个条件冒犯了我们所有人。

当天下午晚些时候，韦弗同意交出妻子的尸体。格雷特兹和杰基·布朗在跟政府协商后归还了装甲运兵车，然后他们又回到现场，带来一个裹尸袋，从屋内把维基的尸体弄出来。人质解救小组指挥官立即回到装甲运兵车上，把她的尸体运下山。布朗返回屋内，带了更多的水，用来清洗厨房里维基的血迹。现在，她已经在屋内畅通无阻，出入都很方便。我们不让她这么做，但没人理会这个请求。罗杰斯感觉马上就能达成协议，因此拒绝放慢速度，不愿意为此承担风险。

星期日晚上，谈判小组和格雷特兹待在一起。我们认为现在已完成了一连串事件，我们手上有一个被羁押的犯罪嫌疑人，已经移走维基的尸体，还通过格雷特兹与韦弗取得了联系，他极大地帮助了FBI。不管格雷特兹在红宝石山事件前后做了什么，当时他都信守了承诺，做了自己该做的事。这个晚上我们大家都感觉良好。

周一上午，我们派格雷特兹上山与韦弗交谈。屋内的监听设备起了作用，我们可以清晰地听到屋内的谈话。令人惊讶的是，韦弗提到自己可以走出屋子，但他16岁的女儿萨拉阻止了他，他提醒父亲，政府给他们的家庭带来了毁灭和死亡。她深信政府计划杀死他们家所有的人。韦弗相信了女儿的话，又重新坐回去，跟女儿们一起学习《圣经》。

格雷特兹和罗杰斯真的达成了一致，声称韦弗已经疯了，他同意罗杰斯的突击建议，他和迈克兰博可以趁他们都在房子里时，制服韦弗和他的女儿们。他们两个人反驳其他人的观点，好像他们就是这里的将军，我们其他人因此看到了一出好戏。格雷特兹也有信心取代联邦调查局的管理团队，他年纪比较大，是一名经验丰富的指挥官，战斗优势自然就给了他。

当天晚些时候，格雷特兹继续与韦弗谈判。有时，格雷特兹称他会让格里·斯彭斯为韦弗提供法律帮助。斯彭斯来自怀俄明州，是全美著名的律师，曾声援过约翰尼·卡什。他身穿流苏鹿皮夹克，戴着一顶巨大的牛仔帽，用朴素的方式让陪审团相信他的当事人是无辜的。格雷特兹曾问我们会不会付钱给斯彭斯，让他为韦弗辩护。"当然会，"我们回答说，"如果他同意投降的话，我们甚至可以替他做出书面保证。"韦弗还告诉格雷特兹，希望有机会向媒体和边境县的大陪审团解释所发生的一切，他认为让媒体知道自己的故事是非常重要的，我们立刻同意让他这样做。警方的这类让步是在胁迫下作出的，在人质问题谈判中，这种让步有既定的法律支持，我们也不关心它是否有效。罗宾·蒙哥马利是山顶的特工长官，他毫不犹豫地给韦弗提供了一份书面协议。格雷特兹把协议带进屋，人质解救小组的成员在屋子附近焦急地等待着。大约过了45五分钟，格雷特兹走了出来。

"你得把这该死的机器人弄走，"他咆哮道，"兰迪不愿意出来，除非你们把机器人弄走。"

罗杰斯立即用无线电呼叫人质解救小组的机器人操作手，让他启动机器人。我们不得不又痛苦地等了几分钟，而操作手身子趴在控制台上，小心翼翼地让机器人离开屋子。这需要相当多的专业知识，因为操作者得在计算机屏幕上观看机器人，在让机器人不跌倒的情况下走过一条脏兮兮满是障碍物的小路。时间一分一秒地过去，我们都快要担心韦弗会改变主意了。

几分钟后，韦弗终于带着姑娘们走了出来，他们来到人质解救小组的装甲运兵车前。对峙共持续了11天，气氛自始至终都很紧张，现在终于拨云见日了。

格雷特兹走在前面，韦弗把头抬得高高的，怀里抱着婴儿伊丽莎白，身边分别是莎拉和雷切尔，她们俩都穿着长裙子。韦弗看上去就像一个战俘，有些瘦小，脸色苍白，目光无神，他的皮肤绷得那么紧，就好像是缩水的样子。虽然格雷特兹声称他已经对他们进行了搜身检查，但人质解救小组的成员还是仔细搜查了他们。事件到此为止，共有3人死亡，2人重伤——这一切都是因为这个可怜的小个子男人。

兰斯里、伯克、多兰和我一起看到人质解救小组和法医小组的人，他们进了屋子，开始收拾杰基·布朗留下的证据，清理犯罪现场。我们没有处理犯罪现场，虽然这是我们的习惯，相反，大家收拾好装备后，就搭车下山了。韦弗一家人到山下后成了所有人的焦点。法警监护韦弗，把他送到桑德波因特监狱。我们看着这一切，心里有种巨大的满足感。几分钟后，我们找到了伯克的车，把装备扔进后备箱，开车回到斯波坎，我们之前在这里订过酒店。

大家洗了很久的热水澡，接着一起在酒店的餐厅吃饭，这是我们第一顿热乎的饭菜，我们为胜利举杯，像饥饿的猎手一样对美食大快朵颐。大伙儿都很欣慰，终于不辱使命。尽管我们造成了死亡和破坏，但韦弗和他的女儿们，以及哈里斯都向警方投降了，双方没有再发生枪战。我们都曾遇到一个不可思议的挑战。然而，在这之后，没有人对我们说一句谢谢。没有表彰，没有奖励，连一句"干得不错"的夸奖都没有，好像谈判专家从来就没有在兰迪·韦弗事件中出现过，我们已经不复存在。到这一天为止，联邦调查局总部从来没有认可过谈判专家在韦弗案件中作出的贡献。

由于狙击手朗·堀内发射的第二发子弹杀死了维基·韦弗,整个事件和联邦调查局的危机管理政策都会受到严格的审查,接下来的几个月还会受到国会委员会、媒体和市民狂风骤雨般的批评。

国会召开了一系列听证会,但会议从来没有真正解决过争议性的问题,联邦调查局的证词总是缺乏说服力,每一次会议讨论的事情都不一样。许多当事人的生活被永远改变了,几个高级联邦调查局官员将被调到行政岗位,接受内部调查,而调查一拖就是两年。同时,联邦调查局局长路易斯·弗里奇恨不能把兰迪·韦弗案件从联邦调查局的历史中擦掉。有一人被控妨碍司法公正,不得不去牢房服刑,因为他破坏了红宝石山脊的书面批评。人质解救小组的狙击堀内遭到抨击,法庭起诉他误杀,尽管他觉得自己开枪是正确的行动,而且此后警方也撤消了对他的指控。本来他的工作大有前途,却遭遇了如此大的挫折,很快就被人们遗忘了。

三个月后,格雷特兹送给我一本六百页的自传,自传的名字是《为了服务》。在扉页中,他写道:"吉姆,因为上帝的保佑,我们是美国人。我们团结在一起,取得了胜利。你永远的兄弟:格雷特兹,1992年9月8日。你在韦弗案件中表现得很棒,作为你的粉丝之一,我很感激你的付出。"

1996年,格雷特兹试图参与蒙大拿州蒙大拿自由人对峙案件的谈判工作,但他的努力遭到了自由民和联邦调查局的拒绝。1998年,他招来几个志愿者,试图找到埃里克·鲁道夫的下落,此人是联邦调查局的通缉犯,1996年曾在亚特兰大世纪公园放了一颗炸弹。格雷特兹和他的志愿民兵来到北卡罗莱纳州大烟山,在那里找了一星期，但没有发现嫌疑犯的影子。此后，事情突然来了个奇怪的大逆转。几年后，格雷特兹因婚姻问题，产生了明显的自杀倾向。他从来不放过任何一个在媒体上曝光的机会。

凯文·哈里斯的枪伤恢复后被指控谋杀，后来警方又撤消了这一指控。他接着对几名政府特工提出1000万美元的民事诉讼，他坚称是法警开了第一枪，自己只是在自卫，因此他才往回开了一枪，打死了法警比尔·德甘。他后来跟政府和解了，政府给了他38万美元。

人质解救小组的狙击手朗·堀内从联邦调查局退休，每天都活在阴影下，因为他的一个举动改变了太多人的命运。

兰迪·韦弗进了监狱，我们履行了承诺，让格里·斯彭斯为他辩护。他遭受了最严厉的指控，被判有期徒刑，现在已服刑完毕。这一切都是因为他一开始没有出庭。因为他妻子的死亡，政府赔偿了他和她的女儿310万美元。媒体采访结束后，他沦落为默默无闻的小贩，兜售自己的自传，书里讲述的就是他的犯罪生涯。

# 第14章
韦 科

"你们去哪儿吃晚饭?"大卫·考雷什问。

德州的韦科没什么地方可去,不一会儿我们就在一些老地方混开了。

"昨晚我去了华泰汉堡,"联邦调查局的谈判专家回答说。

考雷什笑着说:"你们知道那里的食物里面放了什么吗?"

我们都笑了,那是上午10点钟,我们正无所事事地闲聊着。

故事发生在1993年2月28日,那是一个周日的上午,100个烟草火器管制局特警占据了韦科外面仅有的77英亩地盘。因为在这个时候,韦科已经被125个臭名昭著的大卫支派极端分子挤满了。特警们此行的目的是找到他们非法拥有全自动机枪及手榴弹的相关证据,他们配有逮捕考雷什的逮捕令。考雷什是大卫支派的领头人,他的中间名是弗农·豪厄尔。

烟草火器管制局特警从装甲车上跳下来包围了这座大楼,标志着战事打响。双方都声明是对方先开火的,但交战结束后这个问题就变得不重要了。4个烟草火器管制局特警牺牲,15人受伤。几个大卫支派成员也死于这场激战,至少有20人受伤。考雷什惊恐地拨打了911请求警察介入，一名韦科的中尉过来要求停火。利用这个间隙，烟草火器管制局特警将牺牲和受伤的"战友"从战火中解救出来。几分钟后，位于华盛顿的副主任拨通了联邦调查局的电话，请求人质谈判专家来解决这起异常复杂的冲突。过了一会儿，华盛顿联邦调查局代理副主任道格·高岩将这起事件交由人质谈判专家负责，我家的电话铃就是在这个时候响起来的，我要到韦科去了！

大卫支派是个非常有意思的组织。当考雷什因贩卖自动枪支和手榴弹被烟草火器管制局察觉后，一年多以来他就一直被该机构调查。在此过程中，警方也了解到考雷什公然与当地多名女性发生性关系，有些甚至只有12岁，据说他还养育了至少15个孩子。这些指控引起了德克萨斯州儿童服务部门的关注，这个部门也发起了独立调查，但最终因为性虐待的证据不充分而中止。考雷什的大卫支派表现出许多典型的异教特征：通过领导人长期的、反复的圣典课程达到洗脑效果，远离物质享受，追求封闭自我的精神状态，有着批评家一般的诋毁和攻击特征，以及"敌我势不两立"的态度，此外还对抗政府的管控。和历史上其他异教组织一样，大卫支派的武器储备非常神奇，且与他们的宗教教导不相符合。

考雷什12岁就热衷于阅读《圣经》，坚信自己是大卫国王和波斯赛勒斯国王转世，上帝委派他重建巴比伦王国。考雷什经常自称是耶稣。

周日晚些时候，联邦调查局悄悄潜入韦科。他们当中有特警部队、人质谈判专家、调查员、心理医生、飞行员、电工、监视部队、媒体代表、电脑工程师、管理层、普通职员，当然还有律师。国资委负责人杰夫管辖着整个韦科，因此他被分派到这里担任现场总指挥。拜伦是FBI奥斯汀分局主任，同时也是一名经验丰富的危机事件谈判小组成员，他被调配到这里负责谈判事宜。位于匡提科联邦调查局学院的人质解救小组也被调派到这里，并且配备了足够多的武器装备，足以让第82空降师[①]艳羡不已。32名德克萨斯骑兵巡逻队员也在几天后来到韦科，此外还有来自韦科警署以及麦克伦南县治安办公室的几名官员。联邦调查局将这起事件命名为"WACMUR"，意为"韦科谋杀案件"。

周日下午5点，联邦调查局发布了接管公告，联合所有谈判力量，并战略性地掌控了事发现场的周边地区。据美国司法部官员透露，在接下来的51天里，联邦调查局将承诺668人、217个代理机构以及41个支援队员来现场轮流值班。25个谈判专家在60个小时之内与考雷什进行了117次谈判，与他助手史蒂夫·施奈德进行了96个小时、459次谈判，此外还与其他54个占领者进行了215个小时的谈判。在对峙的每一天里，现场至少有719名执法人员。

周日当天，考雷什释放了4名小孩。烟草火器管制局长官吉姆·卡瓦诺一开始就和考雷什达成了某种默契关系，以便解救这4名儿童。但我们后来了解到，考雷什自己的孩子没有被放出来。卡瓦诺最近得到晋升，他即将进入烟草火器管制局华盛顿总部。他是个好人，我们都很想念他。

我是周一下午才到达拉斯的，然后租了辆车开到韦科市中心。在路上，广播里面全是韦科枪战的新闻，死伤人数不停地增加。当我抵达时，在机场附近看见了联邦调查局谈判指挥公告。联邦调

[①] 第82空降师，美国著名的空降军部队，历史悠久，曾参加过两次世界大战，战绩辉煌——译者注。

查局的人到达得如此之快，并且已经开始工作了，这让我很诧异。由警官及其助手、烟草火器管制局特警、当地联邦调查局探长以及拜伦组成的谈判小组争论不休、忙碌不已。来自联邦调查局学院危机管理部门的加里和人质解救小组一起到达，负责谈判任务。

"你好，吉姆，"拜伦说，"你会喜欢这个案子的。"拜伦走过来，同我热烈地握手。"加里也来了，但他现在和老大在一起。这个案件确实棘手，我们调了100多号人过来。考雷什这个老家伙一年多来一直在给异教徒出售枪支和炸药，他很可能还有一支狙击步枪。周日早上，4名烟草火器管制局特警被打死，15人受伤。我们不确定对方的伤亡数字，大概不会少，但还需要一段时间才能弄清楚。"

作为危机事件谈判小组的创始成员，我和拜伦是好朋友。作为谈判专家，我们都有相当丰富的经验，并且彼此认同对方的能力。拜伦有着银色的头发，像好莱坞明星一般帅气。他非常聪明、善于言辞、经验丰富、井井有条且富有谋略。他的穿着舒适得体，不被西装革履所束缚。此外，他还认识这个县城所有的警察，并且备受尊重。我想，谈判团队不可能找到比他还好的队长了。

加里飞速走进房间。"吉姆，真高兴你能来。昨天我们救出了4个孩子，今天救了10个。我们可以切断外面的警戒线，直接和考雷什谈判。媒体早些时候已经与他进行了接触，但我们中止了他们。人质解救小组已经来了，我想让你负责夜班。夜班为12小时，6小时轮换一次。拜伦已经把你的组员带过来了，让我给你介绍一下。"我问他自从来了这里，除了红牛和咖啡豆之外，有没有吃过其他东西。他被我问住了，我实在不能跟上他那机关枪速度般的陈述。

加里那富有感染力的热情让我发笑。自从1982年相识以来，我们一直都是很好的朋友。他一直担任FBI华盛顿分局谈判小组的负责人。在工作中，他与警方谈判专家以及政界人士有广泛的接触。他还参与过几起国际恐怖事件，包括洛克比轰炸案和贝鲁特环球航空公司劫持案。他在白宫权贵和司法部律师中间长袖善舞，还曾在国会委员面前出庭作证。换句话说，他有大量总部的文件。我和加里常常英雄所见略同，经常讨论国际人质事件。我知道要是有许多电话找他的话，他肯定首先接我的。我想知道还有哪些危机事件谈判小组的人过来，但没有机会问。

加里介绍了国资委的杰夫，但只是简短的介绍。杰夫没待多久，他太忙了，以至于让人觉得不够亲切，他同我握了手就跑到其他人那里。杰夫有着德克萨斯足球教练般黝黑的运动员体格，略微有点中年发胖，是那种让人联想到夹着雪茄微笑的高尔夫球手。

我和加里找了一个安静的角落坐下来讨论夜班安排，这对我来讲十分突然。加里从上周六晚上开始就没合过眼，他有点快要崩溃了。我的谈判团队里有联邦调查局的负责人，以及首席和次席谈判专家。来自奥斯汀的警官和麦克伦南县的副警长也坐在桌子边，他们和一名正在做谈话记录的联邦调查局人员一样写日志和录音。人质解救小组的代表也参与了这个小组，听取富有战略性意义的信息。烟草火器管制局也派了人过来监测谈判进程，并且提供所有以往的经验来提高谈判效果。此外，我们这里还有来自联邦调查局学院行为科学中心的人，他们大多数时间都和我们在一起，偶尔还有警方的心理学家过来。总之，这个谈判团队是由大概10~12个来自不同背景、不同经验的人组成的。

　　一见到这一群人，我之前关于经验、专业的竞争以及各自为战的担忧瞬间消解了。这样一个多元背景的团队迅速实现行动一致、同步前行。我们有着共同的目标：确保解救过程安全，尽快救出建筑物里面的所有人，不再发生暴力冲突。事实证明，他们是和我一起工作过的最好的同事——真诚、勇于担当、灵活多变、有耐心、聪明、不辞劳苦、富有同情心并且专业敬职。

　　目前，谈判工作起码要尝试达成解决方案，然后逐渐缩紧被对方占领的范围，拒绝任何能够让占领者待在里面逍遥快活的条件，而武力进攻只能作为最后的解决方案。谈判专家们还试图让大楼里面有孩子的父母建立强烈的责任感和义务感，鼓励他们全家安全坚守到最后。

　　星期一晚上我要向考雷什做自我介绍，并为接下来50天的谈判打好开头，那将是一系列同考雷什和施奈德永无止境的谈判。后来发生的事情是，考雷什要求给新闻媒体放一段录音，并且坚持让谈判专家进行"《圣经》研修"。

　　亨利·加西亚是从达拉斯来的联邦调查局探长，他是那天晚上的首席谈判专家。他声音柔和，总是保持着微笑，似乎没有什么事情能让他感到不安，他是一个经验丰富、成就斐然的谈判专家。

　　还有一个糟糕的情况，就是考雷什打开大楼前门的时候左手受了伤。他对此抱怨不休，我们最后不得不给他送去一套缝合套件，让他把伤口缝起来。

　　那是个漫长的夜晚，也是诸多漫长夜晚中的第一个。白班人员多数时间接触的是史蒂夫·施奈德，夜班人员则和考雷什交流。通常他会在凌晨4点时感到疲惫，不愿继续谈判，这就让我们在交换班之前有几个小时去完成其他的任务。

　　作为夜班谈判的协调者，我需要参与夜班谈判专家进行的讨论。如果有任何可能影响到谈判进程的事情出现——比如他们需要给大楼前成群的鸭子喂食，我还要同人质解救小组一起维持谈判进程。此外，还要向夜班上司汇报谈判进展情况，发布调查需求，将调查反馈结果的相关信息提供给谈判专家。除此之外，我还得为上司准备次日上午10点半的新闻发布会演讲稿。就像之前我们意识到的那样，这个新闻发布会非常重要，因为如果考雷什拒绝谈判，我们就可以在新闻发布会上跟他以及其他大楼里的人进行交流。我们还认为考雷什和施奈德并没有将我们的消息告诉给大楼里面的人，所以他们可能还不知道这里正在进行的谈判。很明显，没有考雷什的允许，没有人可以走出大楼。施奈德的权力很小，但谈判中绝大部分问题都是他来回应的。除了考雷什，让其他任何人投降都是在浪费时间。我们需要跟考雷什谈判，他只要拒绝，谈判进程就会受到阻碍。为了刺激考雷什出面谈判，我们请国资委负责媒体的鲍勃·里克斯在新闻发布会上发布了一条消息，说"我们认为考雷什已经死了，现在是由史蒂夫·施奈德掌权，他正在准备带领所有人投降。"5分钟后，考雷什打电话给谈判专家，说他还活着，并且活得很好。

　　我亲身经历的第一个新闻发布会是周二早上国资委的杰夫组织的。憨厚老实的杰夫被一家国际性媒体的问题搞得很烦躁，联邦调查局又给不称职的烟草火器管制局背了黑锅，杰夫为此感到非常沮丧和恼火。我们一直在克制自己不要重蹈红宝石山脊事件的覆辙，那也是一年前因烟草火器管制局而导致的事故。有些媒体人和公众从来没有将联邦调查局和烟草火器管制局区分开来——对他们而言，我们都是一群不称职的联邦政府刽子手。这个新闻发布会对于杰夫来说一点都不顺利。结果第二天，另一个来自俄克拉荷马州的国资委成员鲍勃·里克斯便成为组织新闻发布会的人，而杰夫去后台负责谈判工作。这是个明智的策略，与富有攻击性、尖酸刻薄且目中无人的国际媒体打交道，里克斯要游刃有余得多。

那天上午加里走进来的时候，我们正在讨论考雷什录制的录音带。考雷什承诺只要录音带在广播台播放了，他就愿意投降，但我们对此并不相信，这未免太简单了。一个小时左右的录音都在放着考雷什那毫无意义的演讲。我们答应播放录音带，但只能在基督教广播台播出，考雷什同意了这种做法。我们还要他添加一个声明，就是录音播放之后他愿意投降。一个小时之后，人质解救小组打电话过来，说录音带又被送回来了。考雷什已经添加了声明，他是这样说的，"我，大卫·考雷什在这里承诺，将同所有人一起走出大楼。"

我们都很兴奋，以为这很有用，就把录音带送给了电台的克莱格·史密斯，让他在台里播放一个小时。广播台播放的时候考雷什没有听，而是继续和我们谈判。我们觉得这很奇怪，原本以为他会仔细听每一个字。不管怎样，我们还是一如既往的乐观。

原以为他们很快就会出来，于是我们安排好大巴车、急救人员、犯罪现场技术人员、DOS系统工作人员和巡捕队。下午3点，一切准备就绪，谈判专家还在和施奈德谈判，由他负责传达大楼里面的情况。"大卫正在给人们上最后一节课，孩子们都背上了背包，人们随时都会出来。"我们兴奋极了，因为这一切都在按照设想的进行着。

  谈判专家坚持与考雷什交流，以让他沉醉于布道的状态，从而保证投降的进程。但施奈德拒接让他听电话，说他很忙，然后连施奈德也消失了。4个小时过去了，我们不停地打电话，但没有人接听。我们开始有点心急火燎、倍感挫败。怎么回事？劝降是一件非常冒险的事情，让对方放下武器，释放人质，并且听命于政府是很难的。但他已经给出了自己的承诺，而我们也一直恪守着自己的承诺，到底是怎么回事？

  下午5点58分的时候，施奈德接通了电话，"大卫让我告诉你们，上帝跟他说让他等等。他现在在沉思，不能接电话。他想出来，但是他要听从上帝的指示。"

  杰夫已经脸色铁青了，他需要向联邦调查局总部解释这一切。本来我们已经看到一切都顺利进行的样子，但我们面对的是一个老奸巨猾、自大妄为且谙于世故的心理变态，他十分享受站在世界舞台上为所欲为的感觉。我们把所有的挫败感都发泄到施奈德身上，但他对此十分冷静。"一切听从大卫的安排。"这是他51天以来最常说的一句话。我们都在思考着目前被考雷什宣判的人们的命运。

  我开始意识到这件事情变得多么严重。不断增加的人数以及机构数量让做决定变得越来越复杂，接下来可能有更多的暴力冲突，一想到大楼里可能无辜丧命的孩子们，我们的情绪就难以平复。当然，介入其中的人都是职务非常高的政府官员，大家都非常清楚指挥稍有错误，后果将不堪设想。这些因素使得当前境况变得非常困难，我们不能错，这个尽人皆知。

3月5日一大早，9岁的希瑟·琼斯从大楼里被释放出来。她漂亮可爱、有礼貌并且善于言辞，让我们印象深刻。但她衣服上贴着一个不祥的纸条，是她妈妈写给她舅妈的，上面写着道别的话，还说舅妈看到这个纸条时自己可能已经死了。尽管考雷什和施奈德都坚持说他们不会计划集体自杀，但我们还是开始联想到琼斯镇事件。20世纪70年代，另一个宗教首领吉姆·琼斯在旧金山成立了一个叫做"人民圣殿"的组织。为了找到心中的庇护所，琼斯将人们搬迁到圭亚那的一个地方，将之命名为琼斯镇。1978年11月，由加利福尼亚官员和该组织成员家属组成的代表团前往琼斯镇，试图查实他们是否受到虐待。但这些人却袭击了代表团，导致5人死亡，多人受伤。袭击发生后，琼斯说服信众服用氰化物集体自杀，导致900多人死亡，包括许多妇女和儿童。这成为1900年以来最大规模的自杀事件。我们当然也考虑到考雷什很可能会组织类似的自杀行为。我们一方面不能被他玩弄，另一方面也不能用枪瞄准他而给其制造自杀的理由。

孩子们刚从大楼里被释放出来，就被我们带到谈判专家的指挥中心，让他们通过人质电话和父母说话。我们想让父母们知道，他们的孩子目前很好很安全，他们会由儿童服务中心照顾。在孩子与父母的交谈中，有一个母亲和女儿说再见的时候说出了"在另一个世界相见"的话，我们就此确信至少有一些大卫支派的信徒有了自杀倾向，这让谈判变得更加困难。这些孩子都穿着干净、谦恭礼貌，明显得到很好的照顾，然而偏偏因为这个老顽固，他们就要和父母分离。我们都非常憎恨考雷什将这些无辜的小孩子作为人质卷入如此凶险的事件当中，这也促使我们更加努力地敦促考雷什释放更多的孩子，但他不同意。他也意识到这些孩子是他为自己树立起来的保护伞。儿童服务中心的工作人员给孩子们安排了很宽敞的家，尽量让他们待在一起，来减少因离开父母而导致的焦虑、伤心和恐惧。

受这些孩子的影响，我们决定让人质谈判专家每人讲一个关于自己和家庭的故事，并将其制作成录像带送给考雷什和施奈德。我们想让谈判专家现身说法，表明自己多么在乎自己的孩子，希望这样能够激起他们对剩下的孩子的父母之爱，以致能够全部释放他们。但事与愿违。考雷什肯定觉得我们的录音带非常有趣，就给谈判专家送来自己的录像带，里面介绍了他的几个夫人和12个孩子。真是既可悲又可恶。在录像带里，他躺在地板上，一边笑一边给我们看他身上的伤口。他将妻子们一个个叫到身边，好几个只有14~16岁，她们都表示拥护他，要和他在大楼里一直待下去。考雷什还将和这些女人生的孩子抱起来给我们看，他甚至都不记得其中两个孩子的名字，还要去问他们的妈妈。完整地看完录像带后，我们都坚信考雷什对这些少女进行性虐待的指控是真实的。想到那些如此年轻的孩子也可能会死去，让我们无不义愤填膺。

考雷什有一个恶习，就是把其他信徒的妻子变成自己的"性伴侣"。我们都觉得不可思议，甚至史蒂夫·施奈德的妻子也成为他的囊中之物。我们质问施奈德，以期在他们俩之间制造分歧。然而他说考雷什选中了朱蒂是一种"恩赐"，他完全能接受这个事情，并且会一直为考雷什效劳。我们本打算树立施奈德的领导地位，鼓励他亲自释放一些人质，现在我们对此感到绝望。尽管他答应会在大楼里面做好协调，也会帮谈判专家完成最基本的任务，比如为外面的某个家庭成员确认里面人质的身份，但却拒绝尝试安排任何释放人质的活动。最后他变得爱发牢骚、容易生气并且毫无用处。

开始几天，我们切断了电话线，以防止电视媒体采访考雷什。他对此感到非常愤怒，并在大楼顶端挂了块抗议的牌子，上面写着"上帝保佑我们，我们需要媒体采访。"大楼被包围之后的两天，有些人穿着画有围困图案的T恤来向外界证实韦科已经变成了一个国际事件。考雷什很喜欢这样，他终于站上了世界舞台。

另外，施奈德提到考雷什在听流行音乐台的播音员保罗·哈维的节目，他曾经将一颗流星描述成"吉他星云"。这颗流星是由超新星爆炸形成的，以每秒1000英里以上的速度飞行，形成了吉他状的飞行痕迹。我们确信已经找到"上帝指示"，几分钟之内，我们就找到了吉他星云，开始向施奈德和考雷什描述其在《圣经》里的重要性，我们都立马成了天文学家。然而这给了考雷什一个很好的机会，将这个独特的天文现象作为宣扬自己的资本。他会怎么做呢？几分钟过去了，我们屏住呼吸。一会儿，施奈德回来了。

"大卫说这颗流星并不是飞过来传递上帝的信息的。"

妈的！我们还以为这是个绝妙的办法呢！又被他耍了一次。

那是一个寂静的夜晚，我们试图汇总之前发生交火的原因。烟草火器管制局准备给大卫支派的信众一个惊喜，只要过来就立马放枪，他们还准备让护理人员在袭击时跟着信众混进大楼。我们听说有个医护人员把这个消息泄露给电视台，电视台立即派了一批人去大楼旁边记录袭击过程。恰好在外面有个邮差开车进来，了解了这个情况。非常不幸，这个邮差认识里面的一个信徒，就立马和他通了电话。

刚好，烟草火器管制局一个名叫鲍比·罗德里格斯的卧底（我们一直没找到这个人）正好在大楼里和考雷什在一起。鲍比·罗德里格斯说，他觉得考雷什已经怀疑他的真实身份了。令人奇怪的是，听完电话后，考雷什还告诉罗德里格斯他要离开了。考雷什走后，这个情报员立马通知了烟草火器管制局的长官们，于是袭击恐吓失败了。因为牵涉人员过多，策划时间过长，以及只有他们自己才知道的原因，烟草火器管制局的长官们决定奋力一搏。而这个决定将会让他们悔恨终身。

我们送进去的所有东西——水、牛奶、缝合针线、药、维他命、录像带、摄像机、毛毯以及食物——上面都有窃听器，考雷什也知道这个。他经常问我们把窃听器放哪儿了，我们就大笑着要他自己去找。一天晚上，我们用装了窃听器的容器送了点水进去，后来这个容器到了考雷什的房间里，结果传感器里面的声音像铃铛一样清晰。我们洗耳恭听，希望能偷听到他讨论战略问题——结果只听到他给妻子布道，还有他翻身时呻吟的声音。幸好，一条狗进来抓住了那个容器，狂吠不止，才结束了我们那无聊的窃听工作。

不知不觉到了白天，我开始有点犯困了。早上新闻发布会一结束我就马上离开，在回宾馆的路上随便吃了一口饭就睡了。我们都生活在兴奋与希望中，期待着对峙能早点结束。然而几天之后，我就放弃了10点半的新闻发布会，这样我就能多睡三四个小时。尽管我的夜班是早上6点结束，却还是要等到7点半甚至8点，因为要等国资委的人过来向其汇报工作，以便里克斯在10点半的新闻发布会上讲话。讨论完新闻发布会上的问题之后，我就要立马赶回宾馆。有时候太困了，和衣倒床就睡。到了下午3点半，我一边吃饭一边赶往工作场所。有几次夜深的时候,我甚至觉得自己产生了幻觉。在指挥中心一边打瞌睡,一边听考雷什如同马鸣一样的声音重复着同样的内容。我醒来的时候,考雷什还在讲着他的理论,他那重复的、单调的布道演讲也在给我洗脑。

一般我会在下午4点来到指挥中心,查看每小时的记录和报告,翻阅一下谈判调查结果(我们所有的要求都被送往世界各地去调查,通常24小时之内就能收到回复),检查目前谈判团队正在处理的问题,然后同杰夫、加里一起坐下来聊上半个小时,等待夜班谈判团队就位。6点钟我们就正式上班了,接上白班的工作进度,并紧跟目前的谈判形势。我们一直生活在紧张和希望当中——紧张是因为卷入这起极其重要的国际事件当中,希望是因为期待能成功解决这起事件,安全救出里面的每一个人,特别是那些孩子们——他们既没有选择权也没有发言权。

除了考雷什和施奈德,我们还没日没夜地和大楼里面其他的人交流。有天晚上,一名来自圣地亚哥的联邦调查局谈判专家约翰·多兰同一个叫赛塔的人通了整整两个小时的电话。在整个过程中,她都在犹豫要不要出来。第一天她已经将三个孩子当中的两个送了出来,她丈夫在枪战中受了伤,但她还是不能决定要不要出来。于是她去找考雷什,告诉他自己要走了,但最终她还是妥协了,放下电话的时候,她流着眼泪感谢多兰真诚地鼓励她走出来。赛塔还说多兰是个好人,她相信他,但她还是选择留下来。那个时候我们一直围在多兰和电话机旁,都觉得这个女人很快就会出来。她挂了电话,多兰坐回到椅子上,双手抱头,静静地哭了起来。在最后几个星期里,我看了一份《新闻周刊》,看到了微笑着的赛塔和她的女儿，最终她同女儿一起死在了大火中，大卫·考雷什杀害了两个可怜的人。

3月12日，珍妮特·雷诺来到现场，这位来自佛罗里达的法官就职于美国律政司，喜爱抽烟，看起来更像一名女监狱长。有传闻说她曾经与鳄鱼搏斗，从她高大的身形来看这也不足为奇。而后来的联邦调查局指挥官，也就是个子矮小的路易·弗里奇就有点弱小温和了。他们两个人站在一起，从任何场合来看，后者都像是前者的小外甥。雷诺最后想出一个馊主意，就是往大楼里灌瓦斯，为此被大家狂批不止。尽管如此，雷诺依然气场强大，坚持认为在目前的情形下，她的决定是对的，并且认为克林顿总统也会赞成她的做法。

接下来的几天，我们继续跟考雷什和施奈德谈判，但没有任何进展。3月5日到12日，只有一个小孩和两个成人被释放。同时，我们内部也出现了争论。谈判人员和人质解救小组之间的沟通存在障碍。当我们正在努力与考雷什及其他人建立信任和尊重的时候，施奈德说围墙里面的人要赶他们走，他还说特警队的人用坦克碾压考雷什的摩托车，惹他生气。当我们将这些告诉给人质解救小组的长官时，他却摆出一副臭脸，说做这些事情都是有战略上的考虑的，这种不负责任的做法大大减弱了谈判专家的努力成果。

有一次，联邦调查局的一个上司准备放各种各样的录音带，以此盖过大楼里面声音洪亮的演讲者，好让听众清醒，同时也激怒他们。很显然，他没有考虑到里面的孩子们。结果放了赞美诗、爱国歌曲和摇滚音乐，甚至还有一只兔子临死前的哀嚎。这对谈判毫无作用，后来在国会听证会上还成为联邦调查局的一大窘事。作为报复，考雷什用喇叭播放他自己的电吉他音乐，这让围墙里面人质解救小组的人非常厌恶和愤怒。然而私底下，我们这些谈判专家还真为考雷什的放肆报复喝彩。

还有一次，杰夫和人质解救小组的人巡视完围墙后，就要求接管大楼，这件事情之前刚刚有两个女人被释放。结果围墙里面的人被剥夺了更多的自由。我们抗议说这会摧毁我们的谈判成果，但杰夫拒绝让步，说大卫支派信徒必须知道谁在掌控着局面。通常杰夫和特警队的人巡视完之后也会那样做。结果，他一进我们的谈判指挥中心，我们就要检查他的靴子。靴子上有泥说明他刚刚去围墙那边和特警队的人聊过了，并且决定要将大卫支派一网打尽。这时候，他就不再是那个好好先生了。

凭心而论，杰夫所担负的压力是很大的。不仅坐在华盛顿办公室的头头们会挑剔他的一举一动，全世界也在观注着整个事件的进展。他确实不是那种坏人，只是要承担所有针对联邦调查局的指责。有天晚上，谈判专家和人质解救小组的家伙们进行了一场激烈的争论，之后杰夫将我拉到大厅的角落里，抓住我的肩膀，让我转过身去。我想他大概要让我窒息而死。

"对不起，吉姆。我被调到这里之前，最担心的事情是能否成为一名高尔夫俱乐部会员。我从来没听过大卫·考雷什或者大卫支派。现在我的下半生很可能会在法庭上度过了。"他深吸一口气，然后苦笑着。我们都笑了起来，一起握手。让该死的大卫支派折腾吧，大不了把我们完美的退休生活给折腾掉。

一天晚上，施奈德打电话过来，让我们允许两名信徒出来喂鸭子。我想这可能是开导两位信徒的好机会，同时还是个建立互信的好机会。我就打电话给人质解救小组的指挥官迪克·罗杰斯,告诉他施奈德的请求,并说明我们应该允许他们出来。

"吉姆,这绝对不行。"罗杰斯咆哮着,"任何人以任何非投降的理由出来都将是巨大的威胁,他们将遭到致命攻击。"

我简直不敢相信,他们只是要到前院去喂鸭子,毫无武装,何况还在人质解救小组那帮家伙的监控之下,那些鸭子没什么战略作用,也不构成威胁。但罗杰斯还是坚持不让他们出来。在他看来,他们绝对不可能只是去喂鸭子的——没门。我向他解释了谈判专家的想法和潜在的好处,可还是不行。总之,让他们出来是不可能的。他的拒绝让我想起一年前在爱达荷州的兰迪·韦弗事件中他表现出来的顽固。罗杰斯对我们谈判专家来说起不到丝毫作用,他只懂得冲锋枪、炸弹,还有就是撞大门。人质解救小组的人真是四肢发达头脑简单!

我们给施奈德回电话,通知他的请求被拒绝了。他惊讶之余也很生气,他知道这是多么不重要的小要求,但特警队的人却偏偏要特意提醒他我们手中有枪。谈判专家们又失去了一次机会,只要是特警队掌握着决定权,联邦调查局在人质事件中都会遭遇惨败,特警队简直就是个生锈的工具。在韦科事件最后的日子里,联邦调查局最终同意认为要是早点控制他们所谓的战术选择就好了,还认为应该重用谈判专家。

在谈判刚开始的时候,麦克伦南县警长杰克·哈威尔来到谈判指挥中心打招呼。杰克让人印象深刻——他是个古典式的人物,就像是从路易斯·拉摩小说里走出来的人物一样。他个头高挑,身材瘦弱,戴着牛仔帽,穿着皮靴,真是人见人爱。他安静、友好、热情，甚至有点不好意思，因为这个事件发生在他所管辖的区域内，好像自己有些失败。他之前就跟考雷什有过一些接触，所以要求跟他谈话。我们犹豫要不要将他牵涉到谈判当中，但在紧要关头根本没有时间做决定。作为县警长，杰克被绝大多数人认为是这一地区首席执法人员。然而，我们认为考雷什会让杰克独立做出快速决定，不让联邦调查局卷入进来，所以我们不想把他推入这种两难境地。

然而杰夫对此十分赞成，所以杰克就和考雷什聊了几分钟，但还是没有什么效果。身为拜伦的好朋友，杰克在接下来的几天里，陪同拜伦参加了同施奈德以及大卫支派的代理律师韦恩·马丁在大楼外面对面的交谈。这两次会面都没有将人质救出来，反而最后一把大火烧了大楼，孩子们都没有跑出来。杰克和其他人一样痛苦不已，像杰克·哈威尔这样的人真是不多见。

有一天半夜，大概是2点钟左右，吉姆·达菲探长从联邦调查局华盛顿总部的战略信息中心给我打电话。

"吉姆，威廉局长主动提出来要私会考雷什，想劝他投降。"

我笑了。达菲是个很好的朋友，他是FBI巴尔的摩分局危机事件谈判小组的成员，作为谈判代表在战略信息中心工作。

"达菲，你在开玩笑吧？局长？"

"不是开玩笑，他真的在考虑这件事情，他想听听现场谈判专家的意见。"

"达菲，告诉他这是个疯狂的想法，简直太疯狂了。我们绝不会将联邦调查局局长卷入这类事情当中。"

"好吧，我会告诉他的。我要引用你的原话，你可不要怪我。

尽管他明天可能会打你屁股。"我们都笑了。胡佛已经不在了，联邦调查局的人再也不会那么做了，是吧？

几个月后，达菲告诉我他私下把我的话告诉了威廉局长，当然说得更正式一点，而局长也认同了我的决定。在华盛顿，威廉局长就成了土包子，只要有人介绍他是联邦调查局的局长，他就会打开外套，将衣服领子上的联邦调查局徽章拿出来给人看。他和妻子后来成了联邦调查局的笑柄，我们很高兴看到他走了。

3月15日，罗宾因洛杉矶家里有急事给我打电话。经常是我一出去办案，家里就会出事。"现在就回来，"她说。于是我很不情愿地飞回了洛杉矶。尽管离开了现场，我还是每天给谈判专家打电话紧跟事件进展。克林特·范是来自联邦调查局学院行为科学部的谈判专家和探查员，德韦恩来自FBI丹佛分局，他们两个取代了我和加里谈判团队上司的职位。克林特试图跟上考雷什的圣教思想，但考雷什像捉弄小孩子一样捉弄他。没过多久，克林特就开始回到当前的问题上了。

3月26日，有个名叫杰西·阿门的人从人质解救小组的围墙里偷偷进入了大楼，一个星期后又出来了。这次行动根本没有弄清楚里面发生了什么，毫无疑问，是考雷什让他离开的。

4月14日，考雷什说他正在给联邦调查局的谈判专家写一篇解释函，并认为这正是他们需要的。4月16日，施奈德透露考雷什完成了第一部分。以这种速度，还需要18天才能够完成，我们觉得这太荒唐了。

随着围困时间的增加，考雷什的伤口愈合了，施奈德承诺的投降也落空了，这让谈判专家们很沮丧。此外，两名当地的律师也卷入进来。迪克·德卡·盖林和杰克·齐默尔曼过来帮忙，他们无视杰夫的反对，多次会见了考雷什，而杰夫此时正在遭受联邦调查局的施压。

让律师卷入一起人质事件中，使得警方谈判不得不处于中立地位。律师们总是宣称他们正在建立一种积极的关系，对方可能很快就要投降了。"他只是需要一点时间。"他们说。可一旦他们卷入进来，就很难再让他们离开。要是中途将其孤立或者禁止其进一步涉入，到时候嫌疑犯受伤了或者被杀了，那当时的决定就要受到质疑。这时候律师们就会说他们原本可以让嫌疑犯自己出来的，他们只是需要更多的时间而已，是政府没有耐心，这样就很难辩护和解释得清楚了。韦科事件也一样，政府被迫停止正在进行的谈判工作，律师们取代了谈判专家。这样事情就完全失控了。杰夫意识到这一点，然而联邦调查局总部却没有。律师一但涉入谈判，联邦调查局的谈判专家就成了观众。

尽管如此，数天来谈判专家还是在和人质解救小组以及杰夫一起讨论可行的方案。不能袭击大楼，但可以从大楼毁坏的位置注入瓦斯气体。谈判专家们将此作为一种镇压的心理战术——警告过后，就用军事手段来摧毁大楼的某个部分。缩小其生存空间，将人们集中起来，制造幽闭恐惧症的效果，然后告知其要释放瓦斯。我们从来没有想过要进入大楼，仅仅是将管道插入，然后等待大概一两天左右。我们真心期待父亲、母亲的本能能够促使他们将整个家庭带出来，或者至少能将孩子们放出来。

4月18日，我从洛杉矶打电话给克林特了解最新情况。他说："就在明天白天，我们将要释放瓦斯，雷诺已经批准行动了。"

从韦科来的官员回到华盛顿，在17日将此计划向司法部长雷诺进行了汇报。汇报之后，雷诺打电话给总统，说联邦调查局准备使用瓦斯，这将会大大加快事件的处理进程，大卫支派信徒可能两三天内就会投降。克林顿总统同意了。

人质解救小组人员一整天都在忙着将大楼周边的车辆移走，准备第二天的行动。尽管谈判专家们一直在向信众们保证，这样做只是出于安全考虑，可考雷什并不买账。"你们要是不马上停止行动，今天将成为你们执法史上最黑暗的一天。"考雷什威胁到。人质解救小组没有理会他，还是继续将信徒们的车辆挪走。

人质解救小组调集了2辆军用战斗工程车来穿透墙壁，向里面运送催泪瓦斯。还调了9辆布拉德利车，其中4辆负责运送更多的瓦斯，4辆有其他任务，另外还有1辆是用来疏散和撤离人群的。这些都是由谈判专家拜伦指挥进行的，他告诉史蒂夫·施奈德准备使用瓦斯的计划。"我们不会进去的。"他反复地说。施奈德的反应是将电话摔到了门外。

"我们要向大楼里放催泪瓦斯，不是袭击。我们不会进去的。这不是袭击。不要开火。要是开火了，我们同样也会还击的。不要开枪。这不是袭击。你们闻到的气体是非致命性的催泪瓦斯。这种气体只会使得里面暂时不适合居住。大家现在都听从指挥出来吧。"

"任何人都不要去塔里面，任何人都不许进去。如果看到有人进去，将被当作攻击行为，遭到反击。要是出来的话，我们不会伤害你们。请听从指挥，举着双手出来。不要带任何东西。请顺着行车道走出来。"

"请听从联邦调查局人员的指挥,请听从指挥。"

"你们没有被捕,对峙结束了。"

"我们不想任何人受伤。请听从指挥。这不是袭击。不要使用武器。我们不想任何人受伤。"

"所有人撤离后便会停止输送瓦斯。"

拜伦不停地重复着这些口号,同时那两辆战斗工程车从早上6点到11点40一刻不停地向大楼里输送瓦斯。战斗工程车在大楼前面来回移动,仿佛科幻电影里巨大的钢铁昆虫。大楼里面的人们将各种自动化武器扔出来砸车,就像下冰雹一样。杰夫命令布拉德利车子继续向前,开始向战斗工程车开通的入口里面灌输M-79鼬鼠催泪瓦斯。

华盛顿时间上午10点,司法部长雷诺在联邦调查局战略信息中心观看这起事件后,到巴尔的摩分局参加司法演讲。这时候,大楼还没有着火。

韦科市中心刮起了一阵强风,将最后6个小时人质解救小组输送的催泪瓦斯吹散了很多,很长时间都没有人出来。

直到里面起火了。

第一个看到大卫支派信徒在大楼里放火的是盘旋在上空的联邦调查局直升机。刚过中午,直升机的前视红外设备接收到三个地方的红外线警报。还有几个在围墙内的人质解救小组人员报告说看到了几个人在里面不同的地方放火。一些监听器也接收到信徒们说"放火"的信息。格雷姆·克拉多克成功逃了出来,他也听到有人说要放火。另一个幸存者克莱夫·多伊尔说大卫支派信徒是用科尔曼灯燃料放火的。

195

大楼顷刻之间成为一片熊熊火海。9个信徒从火中跑了出来，被惊呆了的人质解救小组人员救走。那些孩子在哪里？信徒露丝从屋顶上跳下来，又转身要回到火海之中。人质解救小组的一个人从他的布拉德利车子上跳下来，跑到那些还在对着车子开枪的信众面前，将露丝拉到安全的地方。正在他拖着她回到布拉德利车里的时候，露丝挣脱了，又跑进了火海。

4月19日，大概上午11点，负责洛杉矶刑事审判庭的罗恩·艾登打电话给我。"吉姆，来我办公室。韦科着火了。"

我不敢相信这是真的。着火了？我跑到楼上，看到罗恩呆坐在电视机前。整个大楼成了一片火海，浓烟滚滚。

我打电话给克林特，"到底怎么回事？"

"他们全都没有出来。"克林特抽泣着，"孩子们还在里面，信徒们在里面放火了。"

大概凌晨12点半的时候，围墙里面的人质解救小组人员听到有秩序的枪击声，表明发生了有组织的集体自杀，而不是军火爆炸（这是后来发生的事情）。后来搜查大楼时发现很多信徒都死于枪伤，而尸体解剖发现很多小孩都死于钝器外伤（很可能是房屋倒塌造成的）和枪击。最后大卫·考雷什和史蒂夫·施奈德的尸体也被找到了，考雷什的前额上有一颗子弹。

流言开始四起。有一种说法是，在这起事件中，大卫支派信徒们把一辆校车当成孩子们的"防护所"埋了起来。也有人说，在这起事件中，考雷什的启示和预言成真了。大火刚刚熄灭，人质解救小组人员就进去搜查。他们找到了校车，但没有找到孩子们。

孩子们还在大火里，大火吞噬了整个大楼。没人相信这是真的,什么样的父母舍得让自己的孩子就这样白白送死?人质解救小组的布拉德利车在大楼周边疯狂地转来转去,等待更多的人逃出火海,但没人出来。

我和罗恩看着电视里被烧后的废墟。我所想的全部是里面的孩子们,想到赛塔那天晚上本可以逃出来的,想到考雷什,这个可恶的韦科人蒙蔽了多少无辜的心灵,而这些心灵只不过是在寻找生命的意义。

51天以来,联邦调查局的人们一直在避免大规模自杀,现在却发生了。我们后来知道,最准确的数字是大火里死了75人。国会听证会之前的报道证实在51天的漫长对峙里,包括最后一天,联邦调查局从未开过一枪。然而,联邦调查局自此之后却成了"儿童杀手",有些人坚持认为是联邦调查局在大楼里面放了火。让人沮丧和失望的是,那些拼命救人的人每天要与这些负面报道相伴。

雪上加霜的是,三个月后,联邦调查局在大楼废墟里找到了肺结核病菌,所有参与韦科对峙的联邦调查局人员都要接受检查。虽然我的体检结果是阴性的,但不幸的是,两个现场技术专家的结果呈阳性,他们需要接受几个月的治疗。

两年后,也就是1995年4月19日,蒂莫西·詹姆斯·麦克维,一个27岁的海湾战争老兵,在一辆黄色莱德出租面包车后面装载了4000磅炸药,停在俄克拉荷马城中心的穆拉联邦大楼门前。他打开引火开关后从车子里跳出来走开了。两分钟后车子爆炸,168个无辜生命丧生。一天后,他在一个交通站被高速公路巡警抓住,以装载非法武器罪被捕。麦克维后来告诉联邦调查局官员,这次爆炸是为死去的大卫支派信徒报仇,因为他们被联邦政府杀害了。

这种复仇行动让肩负阻止国内恐怖主义责任的我们忧心忡忡，辗转难眠。韦科事件催生了多少其他类似的怪人怪事？

2004年9月份的《洛杉矶时报》报道，圣安东尼奥的洗车店老板唐纳德于1968年在德州弗雷德里克的拍卖会上，花了3.7万美元买了大卫·考雷什的科迈罗汽车。

"这是美国历史上多么伟大的一章啊！"当时拍卖商欢呼着。

"游行时我会开出来秀一秀。"唐纳德说。

第 15 章
库卡·蒙加的面包师

有着咖啡色皮肤、声音甜美的夏琳是南中央洛杉矶的幸存者，也是众人皆知的洛杉矶联邦调查局分局夜班接线员。多年来，她一直在凌晨3点钟倾听洛杉矶各种疯子的声音，并对他们的幻想了如指掌。联邦调查局实行全天候开放制（包括节假日），有些疯子就会在半夜打来电话。

这些看似疯狂的人常常让我着迷。我夜班空闲的时候，会坐在抱怨台前一边听电话，一边准备采访。人们头脑中能想象出来的东西真是让人惊奇。绝大多数来电者都患有偏执型精神分裂症，他们一般都有被迫害幻想——常常说联邦调查局或者中央情报局在跟踪他们，或者遭到某人追杀。有些人的幻想还非常富丽堂皇——说他们是耶稣或猫王。有个人自称是理查德·尼克松总统，还不断打电话说他不是疯子。有些打电话的人就住在医院，但绝大多数都游荡于街头。

荷尔莫妮卡·乔一周自费来电一两次，让夏琳听上几分钟，然后说声谢谢就匆匆挂断了。我也遇到过一些这样的人，他们从别的地方来到洛杉矶，有些人甚至就在联邦调查局隔壁，住在405公路的另一边——也就是布伦特伍德医院精神病区。

有个经典的故事是这样说的。一天，一个老人拄着拐杖从长滩乘公交车到联邦调查局，自称是该局的特别侦查员，要让工作人员给他安排下一个秘密工作。那个工作人员抓住这个难得的戏弄机会，告诉他洛杉矶暂时没有适合他的活儿，建议他去纽约分局看看。这个家伙如同身负重大使命一般，开心地离开了。大概3个月以后，他又回到了洛杉矶分局，要求与之前那个工作人员见面。这个工作人员一走进接待室，立马认出了老人。

"怎么样？"工作人员问。

"还行，"老人回答说，"但我有点失望，纽约也没有适合我的事情可做。"

听到这个故事时我们都笑了，但我们都不希望这是真的，拿这些精神失常的人开玩笑也不是我的风格。他们真的挺悲惨的，若哪个家庭有个这样的人，将会耗尽家里所有的感情、精力和存款。不幸的是，经常会有这样的人来我们这里。

我被这些人深深吸引，但与此同时绝大多数工作人员都瞧不起或者忽视他们。忙的时候，夏琳听电话时会把话筒悬挂着，隔个几分钟听听里面是否还在说话。有时候她要参加培训或者出去玩，则会让新手或者值夜班的人来接电话。尽管如此，每个人都认为夏琳是个甜心宝贝，她能摆平一切。

有一天凌晨4点钟，夏琳给我家里打了电话。电话机在罗宾那边，她不用起身就能把电话递给我，这么多年来她将此技巧练得炉火纯青。

"吉姆，"夏琳叫着我的名字，听起来有些疲惫，"我接到个电话，有个人说他在库卡·蒙加的一个面包房里劫持了一堆人质，要与联邦调查局对话。"

为联邦调查局工作这么多年，这种电话对我来说已经是家常便饭，唯一能躲开它的方法就是离开这个国家。只要还在美国，他们肯定会找到我。这就是联邦调查局，它牵制着我的生活。对生活的牵绊，联邦调查局能数第一，其次才是家庭。做这项工作是要付出代价的。

"我可以让他跟你说话吗？"夏琳问，她知道我是洛杉矶首席人质谈判专家。

"可以。"我说。

电话那头传来一个温和的声音。"你好，你好，是联邦调查局吗？"听起来是个中年白人。

"是的，你好，有什么事情吗？"我问。

对方继续说，"听着，我在这家面包店里有一些人质，我有个口信要捎给总统。"

就这样我们聊了下去，发现他也是个疯子。几分钟后，罗宾用手机给办公室的夏琳回了个电话。我在纸上写了一行字，让她告诉夏琳打圣贝纳迪诺警长办公室的电话。那是洛杉矶东边的一个小地方，库卡·蒙加在其管辖之内。警察可能已经知道发生了什么事情，也可能不知道。我继续和电话那头聊着。

在这漫长的过程中，我用一只手穿好了衣服，罗宾给我泡了一杯咖啡。这名人质挟持者的谩骂词一直在变，直到现在我也没有搞懂他到底想要什么。他的要挟听起来含糊不清，偶尔会提到人质，将之形容为"人们"。这是个好迹象，表明他将人质当人来看待，而不是作为交换和抵押的筹码。由于某种原因他走进了这家面包房，面包房里可能有他想要的东西。我首先要做的就是找到他想要什么，然后让他觉得我会满足他。

　　判断对方想要什么非常关键。谈判专家一般首先问的问题就是"怎么会发生这样的事？"一个错误的假设会从多方面消耗人们的时间和精力。几年前，有个持枪者进入南部湾雷东多海滩的一家银行，枪杀了一名出纳员。赶到现场的警察和谈判专家都认为这是一件银行抢劫未遂案件。实际上，那个凶手只是走进银行杀死自己的女友，这个女人之前未同他商量就打掉了他们的孩子。和谈判专家周旋了一阵子后，他用枪抵着一名人质的头走了出来。就在他出来的瞬间，一名狙击手开枪杀死了他。随后警方搜查他的住所，发现一个自杀留言，还有为其葬礼准备的一套衣服。杀死女友后，他诚恳地请求警察不要杀他，而这就成了由于警察判断失误而导致的恶性事件。

　　有时候，劫匪也不记得自己为何要挟持人质，他们可能只是需要一些帮助，以满足自己的某些需求。所以作为谈判专家应当制造能够满足其需求的、可接受的条件，这样对他们有利，对我们也有利。有时候可能只需要时不时地给出一些好处让他们集中精力，而有时候只要静静地听他们讲几个小时就够了。绝大多数人质挟持者都觉得自己没有被倾听，他们需要一个人质来让自己得到关注，所以只要倾听就好。此外，还要让他们相信你是关心他们的，他们一旦和谈判专家建立了这种关系，信任就能达成，他们就会听你的，遵从指示，你就能引导其屈从。常见的现象是信任关系一旦建立，他们会很快自发地屈服于谈判专家，这对我们来说是非常了不起的胜利，而这种结果往往会惹怒妄图自行劝降的特警队人员。

库卡·蒙加面包师事件也不例外。劫匪让其中一名人质和我谈话。在谈话中，这名人质向我确认"那个面包师"身上有枪，还说他没有伤害任何人，但看起来确实"有点困惑"，因此称其为"疯子"。我们让面包师接电话，他开始滔滔不绝地讲越南战争和他的遭遇，以及政府在对待越战老兵上的失职。同样作为一名越战老兵，我开始专注于这个话题，但突然间发现他根本没有去过越南。他疯狂但不愚钝，当他发现在和一个真正的越南老兵谈话时，就慢慢转移了这个话题。

判断是否有从军经历最好的办法是问他的军衔。军队里每个岗位都有指定的军衔，无论是卡车司机还是厨师或炮兵。许多越战军人都是11B，也就是十一级，即配有轻武器的步兵。要是劫匪参过军，却不知道军衔，或者不知道11B是什么东西的话，他很可能就不是越战军人。这个面包师显然没有通过我的测试。

我问他为什么要挟持这么多人，以及为什么选择这家面包房，他的回答含混不清。他说自己只是需要人质，但这很明显，大家都懂的。很多时候创造一个挟持人质的场景仅仅是想让别人听其说话，因而挟持人质成为一种流行的做法。有时候，挟持人质就像是坐公交车或者出租车，到了目的地就不再需要车子了，人质也一样。

对于第二个问题，他说因为要做面包，所以面包房里晚上会开着灯，这样路上的人都能看得到，然后粗略描述了一下这里的位置。这一带的警察一下子就找到了面包房。罗宾给我一张纸条，上面说夏琳已经和警长取得联系，特警队正赶往现场。

现在的难点是如何让劫匪向现场的谈判专家投降。这项工作比较棘手，因为我和他刚刚建立起还不太稳定的关系，就要放手让其他人接替。其他谈判专家的介入可能会带来危险。如果我一走了之，不再跟他有这种默契的联系的话，劫匪可能会有挫败感，从而变得暴躁起来，以至于不愿意释放人质。尽管我有手机可以通话，而且现场也有谈判专家，但我知道换谈判专家会使事情变得糟糕。我告诉面包师，为了继续交流，我要离他更近一点，并向他暗示我要去现场，而且在去现场路上的这段时间里，我的"好搭档"（警长的谈判专家）将会一直和他交流。他毫不迟疑地相信了我。在跟罗宾确认了警长那边的人就位以后，我跟面包师道别，挂掉了电话。

夏琳很快帮我接通了警长指挥中心的电话，我向谈判组汇报了最新的谈判进展，然后吻别了罗宾，前往库卡·蒙加，希望面包师在我到之前能够信守承诺。圣贝纳迪诺警署像洛杉矶警察局一样没有什么耐心，这些身处沙漠中的人常常一意孤行。

清晨5点钟，我向东行驶，大概花了一个半小时到了库卡·蒙加。除了滑稽的名字，这个小城毫无名气。我到达现场时，谈判专家已经在附近的办公楼搭建了一个指挥中心，并且和面包师交谈着。麦克是我的老同事，现在是首席谈判专家。我教过几年人质事件谈判课程，对南加州的警方谈判员很熟悉。我移交完工作后，面包师释放了几名人质，麦克的谈判风格变得越来越自信，甚至有些挑衅。我们定早餐的时候麦克还在继续工作，之后我们就坐在一起享用鸡蛋松饼，试图不去想正在发生的事情。抛开遭受威胁的人质和处理事件的截止日期，我们开始享受生活了。

又过了一个小时，面包师说他要尿尿，但又不敢离开他的人质。

"你让他们离开,就可以自己尿尿了,别人也就看不见了。"麦克说。

神奇的是,面包师竟然同意了这个主意。

"好啊,"他回答说。就这样四个人质全部出来了。几分钟后他又接通了电话。

"那我去哪里尿呢?"

"就用面包房里的厕所吧。"麦克说,因为所有人质都已经离开了那栋建筑。

"不行,"面包师说,"我怕特警队的人会进来,用电棍打我。"听起来貌似他之前有过同特警队接触的经历。

我们能体会到他的那种犹豫。一分钟后,他又接通了电话。

"要不我就尿在鞋子里吧?"

我们相顾无言,全然不信。这个白痴已经释放了所有人质,现在面包房里只有他一人,还有个厕所,他却要尿在自己的鞋子里?

"喂,伙计,不管怎样,那是你自己的鞋子啊。"麦克强忍着笑说。

我们等了几分钟,面包师重新接通电话。

"好了,我准备出来了,你们要我脱掉衣服吗?"

这个家伙显然很清楚我们的惯例。

"那再好不过了,"麦克回答得很快,"这样特警队的人就知道你没有携带武器了。"

"那好。"他说。

我看着麦克,难道就这样简单吗?说服一个挟持人质的人投降是很难的,他们不可能轻易放弃。我经常将劝降的过程比作生小孩，常常会做无用功，时断时续，非常痛苦。有时候需要大喊大叫，还要花费很长时间。这场谈判结束的时候大家都非常开心。

几分钟后，面包师从后门出来了——一丝不挂！

警方一般会要求投降者脱掉上衣，检查他是否藏有武器，但现在不用这样做了，因为他一丝不挂！他看起来很勇敢，非常配合我们，毫不犹豫地投降了。几分钟后，在拘留所，这个库卡·蒙加的面包师看起来更像是一个小孩子。他一只眼睛瞎了，剃着光头，肩上裹着一块毛毯。这显然是一个在公交站被父母抛弃了的可怜的孩子形象，而不是那种危险劫匪。

说完要翻看他的犯罪记录后，我们就跟他道别，然后去了面包房。通常劝降成功之后我们会去犯罪现场巡查一圈再结案。绝大多数时候，只有走完了这道环节，整个案件才算结束。于是我们进面包房看了看，并且发现了这个：

那只鞋子！

我们站成一圈，盯着这只运动鞋，我们简直不敢相信。最终一个警官用警棍捅了捅那鞋子，仿佛在捅一条死蛇。里面有股骚味，他真的在自己的鞋子里尿尿了！

耐克公司花了巨大的心思来研发制作这只鞋子，而这个测验可能是他们怎么都想不出来的。

第 16 章
洛杉矶国际机场酒店的跳楼者

我和阿尔纳·拉维尔倚在窗户旁眺望，都不禁笑了起来。离我们6米远的地方，有一个50岁左右的白种女人要跳楼自杀。她将裤脚卷到膝盖上，一条腿搭在屋檐边缘，后背和肚子上绑了个枕头。五层楼的正下方，一群消防员拉开的大充气垫被鼓风机吹得鼓鼓的，周边镶嵌着黄色纽扣，从上面看就像是一个巨大的棕色奥特曼。消防员看起来非常生气——确实也情有可原，这个女人在窗口站了几个小时，天气非常寒冷，天色也越来越暗。

酒店就在塞普尔韦达的西边，位于世纪大道上，这里临近洛杉矶国际机场，是个交通要道。但是过去几个小时内，世纪大道都被进行了交通管制。消防车、救护车、警车以及媒体潜望镜都被分派到塞普尔韦达和世纪大道的交界处，现场堪比纽约重案组的场景。

跳楼者要求与联邦调查局对话，酒店经理第一时间给我们打了电话。

最早到达现场的是洛杉矶警察局，但跳楼者不信任他们，拒绝对话。她说，"你们就是殴打罗德尼·金的人。"所以他们打联邦调查局的电话求救，对此我一点都不觉得奇怪。我们之间竞争了很多年。在罗德尼·金事件的调查中，总检察长命令联邦调查局的人调查洛杉矶警察局官员，这惹怒了他们，他们因此拒绝提供家庭住址。达里尔·盖茨和拉里·劳勒是负责此次访谈的主要官员，他们只能亲自去要地址。洛杉矶警察局出具了一个正式的拒绝采访申明，所以整个工作都变得毫无意义可言，联邦调查局没有任何人想接手这个案子。所以，罗德尼·金事件对双方来讲都是一段痛苦的回忆。

阿尔纳和我一起工作，她有一种敦厚的特质，能够使其成为一名出色的人质事件谈判专家。她就像个邻家女孩，像所有人的小妹妹。她能熟练使用5种语言，而这次跳楼事件恰恰有国籍和语言上的障碍。平时阿尔纳偶尔会离开洛杉矶几天，去拉丁美洲为墨西哥城超负荷工作的法律专员完成一些西班牙语的采访任务。所有人都认为这样跑来跑去的工作方式是一种惩罚，而阿尔纳却将之看成探险。她任劳任怨，是个非常出色的工作搭档。

我们把车停在路边，前面有一辆云梯消防车。穿过几条街道后，我们走进酒店，进入警戒区。前台的酒店经理正焦急地等待我们来解决这个问题。他的酒店里有人威胁跳楼对做生意来讲可不是件好事。

我们来到五楼，大堂里只有太平洋分局的巡警，洛杉矶警察局的特警队还没有来。我们走到跳楼者隔壁的房间。通常遇到这种事情，我们跟洛杉矶警察局的人都会有一些小摩擦，但这次稍有不同。

"是联邦调查局吧？你也知道啦，"那个巡警说，"她不跟我们说话，只想跟你们说。他妈的，我把她交给你们了。"他从窗户上望了一下世纪大道,在街对面的大楼玻璃墙上,我们看到了自己的身影。巡警和另一个便衣警察出去了,我跟阿尔纳就靠到了窗前。

"你是联邦调查局的人?"跳楼女子问,听起来口音很重,很难听懂,再加上高楼上的风很大,听她说话就更费劲了。但这似乎不妨碍阿尔纳。

"是的,我们是联邦调查局的人,"阿尔纳喊道,把身子伸到窗户外面。这个季节洛杉矶很冷,狂风在世纪大道上空盘旋,身处高楼让人很不舒服。楼下的消防员眼巴巴地看着我们,我能看出来他们比我们还要痛苦。

"你们真是联邦调查局的人吗?"跳楼女子又问了一遍。

"是的,你叫什么名字?"阿尔纳反问她。

"我叫玛利亚,他们都要杀我。"

"谁要杀你,玛利亚?"

"黑手党。他们想到我的房间来给我灌毒气。我怎么能知道你们就是联邦调查局的人?"

阿尔纳从钱包里拿出联邦调查局工作证。尽管连埃德加·胡佛的签名也没有,但这个证件一般还是能买大多数人的账。阿尔纳把身体探到窗外,将证件展示给玛利亚。

"那他呢?"玛利亚指着我问。我也出示了自己的证件。

"我怎么能知道这些证件是真的?"她问道。

我和阿尔纳四目相对,明白麻烦来了。

"谁是联邦调查局局长?"

"威廉·韦伯斯特,"阿尔纳回答说。

209

"他之前的局长叫什么？"

真他妈的危险！

阿尔纳往后看了我一眼以示求助，她也遇到麻烦了。坦白地说，胡佛局长之后我们都没有细数局长们的大名。有个叫帕特里克·格雷的家伙，是个老海军，他在烧毁尼克松调查文件的时候把自己也给烧了。还有个叫威廉·拉克尔夏斯的坐上局长位子不到20分钟，就被堪萨斯城前任警察局局长克拉伦斯·"迪克·特雷西"·凯利替代了，这个局长一做就是好几年。之后是威廉·韦伯斯特，他常常称自己是"法官"而非"局长"，这惹怒了所有人，这家伙来到联邦调查局担任局长，还仍然想让人家叫他"法官"。

"玛利亚，你为什么要跳楼？"阿尔纳问道，她其实是指玛利亚为什么要用跳楼来威胁大家。

玛利亚开始解释，但解释得非常混乱。她说因为自己知道一些秘密，有人就向她的食物里投毒，往她的房间里灌毒气，还说了一些关于夏威夷的事情。我现在开始明白那个警察为什么把她交给我们了，洛杉矶警察局从来不会让我们捡便宜。但我很清楚，玛利亚不会跳楼。

整整一个小时，我和阿尔纳都保持身体前倾探出窗外的姿势，听玛利亚谈天说地。阿尔纳做了最基本的防止自杀的工作——比如，同对方建立某种情感联系，弄清楚过去两天里引发的事情，然后找到"突破口"。只有跳楼女子所关心的事情能够阻止她跳楼，但什么效果都没有。她一直滔滔不绝地讲，无聊至极，毫无新意。渐渐地，我们烦躁起来，我开始讨厌她那厚重的口音了。

幸运的是，这时候洛杉矶警察局来人了，他们将拥挤的人群分散到塞普尔韦达。这样就不会有人围观了，也没有人大喊着怂恿她跳下去，之前他们怂恿了好多次。人们会将之作为娱乐消遣，真是让人匪夷所思。

不一会儿，洛杉矶警察局危机事件谈判小组组长约翰·克里斯腾森同另外几个女性谈判专家加入了我们，随同的还有几名特警队的人。洛杉矶警察局将特警队和调查员都当作人质谈判专家，从我们专业的视角来看，这是不对的。警察局认为特警队官员是不会遵从商议好的解决方案而采取行动的，尽管他们不无道理，但我认为洛杉矶警察局的谈判专家还是非常有效率的，工作也很成功。我想可能要具体问题具体分析吧。

"约翰，她不会跳楼的，我们找不到突破口。她符合第5150条。"克里斯腾森警长参照刑法，将跳楼者标为疯子。

"我找到能接近她的办法了。"我告诉组长，克里斯腾森若有所思地听着。约翰是个很古典的人，我们是多年的好朋友，还一起坐飞机去联邦调查局学院参加过培训。我们合作得很愉快，都是那种不爱搭理上司的人。

阿尔纳休息的时候，洛杉矶警察局有个女性谈判员决定伸出她的友谊之手，与玛利亚聊聊。没想到这彻底惹怒了玛利亚，所以这个女谈判员和她争论起来。女谈判员摆出一副经前综合症以及"我婚姻不幸"之类的态度，她确实有点让人讨厌。她不让玛利亚和"刚才那个联邦调查局女孩说话"，说玛利亚只能跟她说话。哼，没门！玛利亚依旧不买洛杉矶警察局的账。我带着娱乐的心情看着这个高傲的女谈判员是如何失败的，我还第一次注意到玛利亚有一

211

排小胡须——就像希腊的祖母一样。她看起来应该是躺在躺椅上、裹着脏外套看《雾都孤儿》的那种人，而不应该站在世纪大道旁边的酒店窗台上准备跳楼。

克里斯腾森回到房间里。"好了，我们要派一名特警队员到玛利亚楼上的房子里去，把他系在浴室的横梁上，这样他会从屋檐边下降到玛利亚同等高度的位置，然后把她推进房间里去。同时，消防队进入她的房间，后面跟着特警，以防她有武器。你们谈判专家要吸引她的注意力，让她分心。我在这里指挥。"

"好主意，"警察们说。我赞成这个做法，这涉及到灵活使用谈判专家，这一点非常重要。这也意味着谈判专家暂时不需要劝降，而是充分运用谈判技巧向跳楼者掩饰正在进行的、试图结束对峙的行动。我感到很高兴，这样能很快结束这狗屁的跳楼案件。因为3个小时以来，整个事件持续恶化，一点进展也没有。

计划开始实施。我们将洛杉矶警察局的谈判员赶出来，阿尔纳重新恢复她那一半身子探出窗外的姿势。玛利亚依旧在滔滔不绝地讲着，注意力也非常集中。不会错的——谁都喜欢阿尔纳。

我走进大堂，看见4个穿着黄色夹克的消防员被悬起来，酷毙了！那一刻我真后悔自己当初没有成为一名消防员。

我和阿尔纳回到窗边，没有抬头看跳楼女子，而是看街对面大楼玻璃墙反射出来的我们这边的情况。突然间，窗户打开了，一名特警出现在六楼上，刚好位于玛利亚的正上方。帅，真帅！他从窗户的一边出来，慢慢地和街道成平行姿态，右手抓在后背上，然后停住。我忍住不向上看，同时祈祷玛利亚一直看着我和阿尔纳，不要发现迫在眉睫的猛力冲击。

克里斯腾森站在我们房间的门口，手里拿着无线电。阿尔纳继续同玛利亚讲话以吸引她的注意力。突然间，他通过无线发出通知，"预备，行动！"

特警队从六楼的窗户边下降了一层的高度，猛然间撞上了玛利亚。此刻，消防员正好冲进玛利亚所在的房间。所有人的时间都把握得非常好。阿尔纳分散跳楼者的注意力、特警队的飞撞动作以及消防员破门而入，配合得天衣无缝，从而解决了这个本来可能致命的难题。

我和阿尔纳相拥庆祝，事情就这样搞定了。

我们听到隔壁喧闹了几分钟，喧嚣声平息后我们走到门厅里，看见玛利亚双手被铐起来，被消防员拉着走出房间。她还在挣扎着。

"阿尔纳，"她叫道，"他们找到你了！哦，天哪，现在他们要杀我们两个人！"我们努力向她解释这些人不会伤害她，但她不相信。我们所有人都成了她被害妄想中的谋害者。在玛利亚哭着喊阿尔纳的声音中，人们将她带到了大堂，然后进了电梯。

我们走进玛利亚的房间，发现她用床单堵住了通风口。房间乱成一团，她吃剩的事物和穿过的衣物在房间里放了至少两个星期，全都臭哄哄的，这些气味呛得我眼睛都睁不开。显然，她在这里住过一阵子，将自己藏在这个小小的屋子里，以免遇到"追杀者"。

我们祝贺克里斯腾森和他的属下，他们完成了一项了不起的工作，特别是那个悬在高空的人，他一直抑制不住地笑，我想他可能一星期都停不下来。

我和阿尔纳走到窗户旁，看着消防员收起齿轮。他们在慢慢地给充气袋放气。警察撤走了警戒线,我们向他们挥手打招呼。然而,这种胜利的喜悦感从来都不会持续很久。

当人们推着玛利亚走出酒店门口时,新闻媒体都来采访了,仿佛迈克尔·杰克逊光临法庭一样。我和阿尔纳相视一笑,媒体从来都会如约而至。

第17章
南门绑架案和华雷斯·卡特尔

我和特里·金凯站在里约格兰德大堤靠近埃尔帕索的一边,看着华雷斯城闪烁着的灯光——那里是一片人海,人们如同愤怒的昆虫一样蜷缩在自己的小窝里,互相碰撞。200万大众生活在贫穷、绝望、失败和暴力当中,那里有多达400个街头帮派,1995年纪录在册的凶杀案高达200起,成就了这个墨西哥边境小城新的历史纪录。此外,此地还毒贩横行,这也是我此行的原因。

华雷斯·卡特尔是墨西哥最大的贩毒团伙,他们从洛杉矶绑架了两个人质。该团伙的头目叫阿马多·卡里略·富恩特斯,人称"天空的主人",因为他肆无忌惮地用波音727飞机在全世界范围内运送可卡因。现在已是绑架的第七周了。

路易是一个中等级别的洛杉矶毒贩,他"弄丢"了卡里略500万美元的可卡因,现在需要赔钱。这是贩毒之间常常发生的事情。即便毒品在寄售处被人领用了,但你还是它的主人。无论是出售、使用亦或丢失,你都对它负有责任的。路易说他遭到了抢劫,卡特尔的人则指认他把毒品卷跑了。但是不管怎样,这是路易自己造成的损失,因此他欠卡特尔500万美元。他已经被关了很久了。

215

为了"鼓励"路易说实话，卡特尔的人还从南门明目张胆地绑架了他的婶婶和侄女。南门是洛杉矶县① 东南边一个沉闷的小城，归洛杉矶县治安部门管辖。卡特尔的人给路易留了张纸条，被开车库的邻居捡到。第二天他们就给路易打电话，通告他一周内筹到500万，除非抢劫其他的毒贩或美联储，不然是不可能在短期内筹到这笔钱的。路易的亲戚们知道此事后，打电话到洛杉矶县治安部门报警，然后又打给了联邦调查局。他们知道此事非同小可，自己摆不平。警方询问时，路易矢口否认，之后逃之夭夭。他没给我们任何信息。

墨西哥人向哥伦比亚人学会了绑架人质，如果不付钱的话就绑架家属，这确实挺残忍的。但在这起事件中，很难让人有怜悯之心，因为这些被绑架的人也参与了其他的暴力事件。

大舌头的罗恩·布莱克长官主管着洛杉矶治安特别调查组，他将大部分组员都调到这个案子中，还让我们增派更多的调查员。特别调查组负责治安部敏感、复杂且长期的事件调查任务。几天内，我们就形成了一种紧凑而和谐的工作关系。治安部接到绑匪的电话，假装成路易的朋友，要他降低赎金，或者至少给出一个还款计划来。绑匪说的是西班牙语，但也会基本的英语。因为用西班牙语交流起来会比较顺畅，我们就让母语是西班牙语的谈判专家跟他联系，但整个谈判过程还是用英语来进行的。要是说西班牙语的话，能听懂和控制谈判的人数就会比较少，以至屈服于绑匪，甚至为开庭前的录音转录工作带来麻烦（每次对话都要有录音、转录和检

---

① 洛杉矶县（Los Angeles County），美国加州的一个县，也是美国人口最多的县，县治为洛杉矶——译者注。

查）。如果真要走上法庭的话，会让事情变得麻烦起来。所以这是一个很重要的控制环节。

前几个星期，绑匪不断给路易打电话，他的电话机被接到治安部办公室里。尽管路易提供的背景信息我们能用得上，但他基本上还是守口如瓶，对我们没多大用处。前几周，他也曾打电话过来问事件进展的情况，但还是不愿意接受我们的询问。自从他的假释官告诉他可能要坐牢后，就很难再联系到他了。但假释过程可能要几个月，而我们只有几天的时间。绑匪最后终于同意在埃尔帕索同我们见面。治安部大多数人都被我们派去了，包括两个探长。不幸的是，联邦调查局在埃尔帕索的分局内部出了点问题，他们无法调出人手参加我们的调查。他们自己就有很多毒贩绑架案件需要处理。更糟糕的是，我们到达的时候绑匪没有出现，并且拒绝来埃尔帕索。他们坚持要一次性付清，而我们觉得目前这样做太危险。几天后，同事给我打电话，让我回洛杉矶，所以我就回老家了。

我们和绑匪又谈了几周后，决定再去埃尔帕索。这次我自己带队，一共带了15名联邦调查局探员和治安部工作人员过去，其中还有几名技术人员，他们有全国最先进的移动电脑设备，可以帮助我们进行手机追踪。我们认为绑匪正在盗用无辜的手机使用者的电子序列号。花几百块钱，人人都能买到这样的电子设备，去破译正在使用的手机序列号。这种做法最盛行的地方就是洛杉矶国际机场，那里的国外游客不知道他们的手机和别人是连在一起的。我们找到手机序列号被盗用的用户并且将其定位，他们得知墨西哥绑匪在使用他们的电话后都非常吃惊。我们只是希望能够在通话的时候找到使用者的位置，进而进行逮捕，并使其向受害者进行赔偿。但因为这是一起复杂的贩毒案件,而且面对的还是富有经验的绑匪。绑匪们知道他们所作的事情是一种冒险,也深知绑架容易,有所回报就很难,回报所在即是危险所在。

我们既没有勉强他们来埃尔帕索,也没有冒险去华雷斯。

我朝华雷斯的夜灯看去,同时看到了特里·金凯。他是联邦调查局的一名长官,也是埃尔帕索的联系人。"我们要过去,特里。没有别的办法。"

他沉默地点了点头,我们俩都知道在墨西哥玩绑架游戏有多么危险。在墨西哥,需要跟国家司法警察局、联邦政府以及腐败的政治体系斡旋,这些组织里不乏坏人。而且,珍妮特·雷诺刚刚成为克林顿政府的总检察长,她对我们使用电子窃听装置抓捕其他国家公民的行为很可能没什么好印象。毫无疑问,我们都知道这起事件会成为国际关注的焦点。美国司法部药品管理局已经遇到墨西哥警察面临的同样问题,但常常求其原谅容易,得到允许却很困难。

我们已经将所有的随行人员从洛杉矶转移到埃尔帕索东边的酒店里。警察住了16个房间,其他房间都是谈判专家。我们还准备了一台手机,因为认为绑匪可能会追踪到我们的电话(就像我们追踪他们的一样)。他们也可能认为我们已经准备好了500万,要是找到我们,他们很可能会进行暴力抢劫。这些绑匪都是那种会毫不犹豫地走进一家餐馆,用扫射的办法对付敌人的家伙,所以我们清楚他们会这样对付我们。谈判专家开始紧张起来,我们在谈判房间的周围建立了安全设施,以此提高大家的安全感。每隔几天我们就会换次电话,绑匪也是这样。

形势每天都变得越来越紧张,事件每天的进展却都一样。我

南门绑架案和华雷斯·卡特尔 第11章

们和绑匪兜圈子玩，我们告诉他们钱已经备好了，但暂时还不敢去华雷斯，他们也拒绝去埃尔帕索同我们见面，说服他们去埃尔帕索比我们自己去华雷斯还要困难得多。最终，双方都同意通过中介人（因完成交易而受雇的、态度中立的第三方）组织会面，但在哪里见面以及如何见面，我们始终不能达成一致。

我和特里还见到了埃尔帕索药品管理局的官员，他们和华雷斯城的警察部门有很好的联系。关于联邦调查局和药品管理局之间争斗的传言都是真实存在的，在埃尔帕索也不例外。联邦调查局请药品管理局帮忙处理案件，这件事情一直为他们所津津乐道，我们曾听到一个又一个蹩脚的故事。药品管理局开始联系华雷斯司令，但这个司令不是联邦调查局的粉丝，因为联邦调查局曾在另一个毒品案件中让他出过丑。司令现在也不在家，明天甚至后天才有空。我们受够了他们的托辞，但苦于没有追索权。最后，在等了整整三天之后，华雷斯司令，也就是警察局局长才来到埃尔帕索的药品管理局办公室。

药品管理局局长亲自迎接司令及他的两个随同。我简直不敢相信和我谈话的那个人就是司令，他只是一个20多岁的墨西哥人，上身穿着皮夹克，下身是黑色牛仔裤，脚上套着牛仔靴子，背后配着点45自动枪。副司令看起来就像是高中辍学的学生，又仿佛工资低廉的门卫。这难道就是一个拥有200万人口城市的警察局总司令？

随后，药品管理局官员和墨西哥警察用西班牙语进行交谈，我们完全不知所云，他们最后的决定就是要把受害人的照片给警察局司令带回去。司令转向我说：

"我会竭尽全力寻找被绑架的受害者，"他的英语口音很重。

219

说完他就站起来，和我们所有人握手，然后带着随行人员离开了。

看着他们离开时，我寄托于他们的希望破灭了。对这种解决问题的方法我一点信心也没有，药品管理局太高估他们了。

同那个司令用西班牙语交谈的药品管理局官员向我们解释道："完全有可能，司令非常熟悉这起绑架事件，他知道被绑架人的位置，以及目前谈判的进展情况。你要知道，他可是从毒贩子手里买到司令这个职位的，大概花了25～30万美金。你知道他原来是做哪行的吗？是啊，也是毒品。他会一直做下去，直到有一天惹毛了卡特尔里面的人。大概是一年前，上一任司令就被打死了，尸体是在他车子的行李箱里被发现的，两个儿子也死了。所以这个司令走的是正道。但肯定的是，他会向卡特尔报告这起事件引起了美国司法部门以及联邦调查局的关注。"

提到联邦调查局的时候他笑了笑，又来了一个药品管理局的人。

我看着特里，他做了个鬼脸，然后低头看着自己的靴子。

华雷斯和奇瓦瓦州的警察腐败非常盛行。华雷斯新城市警察每个月只能拿到230美元，州警察大概是400美元。有人估计，一半的城警接受毒贩的行贿。调查如果失败了，我们能预料的最好结果就是打击这群政治腐败分子，强迫卡特尔释放人质。

我从会议中走出来，比以前更有挫败感。特里耸了耸肩说："吉姆，现在就是这么个情况，他们这里的人都是这样做事的。"

我回到联邦调查局办公室的会议厅，将刚才讨论的内容跟大家简单地讲了一下。不出所料，大家都很失望。他们原本期待着墨西哥警察能直接干预此事，药品管理局的游戏更是激怒了大家。此外，我们关于手机搜查的授权令建议也被拒绝了，这在华雷斯是不可能的事情。目前的状况难以让人乐观起来。

还好，丹尼斯·斯洛克姆中尉加入了我们。丹尼斯主管治安部队的调查工作，他不仅是个出色的调查专家，还是个天生的戏剧演员。每当大家泄气的时候，他总是讲县监狱里值夜班时发生的奇妙故事来娱乐我们，他的描述和表演技巧完全可以与《今夜秀》的杰·诺雷一比高下。他富有远见、不疑神疑鬼且异常有趣。每当遇到挫折，丹尼斯总能一个故事接一个故事地讲下去，也总是能让我们发笑。

整整两天，从警局司令到药品管理局都毫无收获，于是我们开始尝试其他的途径。举棋不定的时候，我们就打电话给墨西哥城的法律同事，要求他们将这起事件上报至墨西哥总检查长。这个要求有点危险，因为这等于在揭华雷斯司令的短，意味着我们对他没有信心。我们若和他作对，他就不会再提供帮助，但是我们感觉他让人无从选择。药品管理局的人听到我们求助于墨西哥城立即火冒三丈。见鬼了，你们在想什么呢？难道不知道这会有损他们与司令之间的关系吗？一群联邦调查局的蠢货！我试图解释我们的挫败感是因为至今没有结果，但没用。从那时起，药品管理局就疏远我们，他们似乎特别忙，慢慢地不跟我们讲司令那边的进展了，我们也就彻底得不到他们的帮助了。

他们是对的。墨西哥城的法律同事和总检查长联系之后，华雷斯来了很多绑架案件专家。据说他们没有参与华雷斯的腐败和贿赂，所以会公正地展开调查，事实证明确实如此。药品管理局报告说司令知道了专家们的到来（可能在他们来之前就已经听说了），他就告诉药品管理局的人说他与联邦调查局再无瓜葛。更要命的是他已经成为此事件的重要领导，却不再同远道而来的联邦调查局合作。我们已经花钱请了对华雷斯一无所知的城外警察，他们的努力将会因这个嫉妒心极强的司令而变得徒劳无益。

我们开始感觉到一切都快失控了，谈判专家能做得越来越少。他们不仅每天要将同样的话跟绑匪重复好多遍，还要时刻警惕是否可能被发现以及被监视。他们越来越怀疑自己被监视和跟踪，以至于咖啡店里突然出现的人都变得很可疑，可疑的人还包括酒店大堂里修空调的师傅、前台接待甚至卡特尔的清洁工以及游泳池边晒太阳的情侣。我们仿佛身处阴曹地府，分不清黑夜和白天，倍感压力。

我和特里气急败坏地坐在办公室里看着太阳落山，还好他桌上没有酒，不然的话我们一定会喝得酩酊大醉。

"来吧，我们开车出去转转。"他说。

一小时后，我们站在了华雷斯港口的防洪堤上。尽管那几个技术人员在电话中监听了一番，但在国境线外面的墨西哥那端还是无法确切定位。我们准备带着电子设备进入华雷斯，希望能有所收获。此时，人质已经被劫持了几个月，被杀害的可能性也越来越高，这会让谈判崩溃掉。

墨西哥是个不讲法律的国家，这里的警察将执法过程看成是美国式的玩笑。美国游客有时会认为要是他们在国外遇到了麻烦，当地政府一定会简单地将他们驱逐出去。其实不然，现实比这还要残酷。在墨西哥，游客们如果被卷入一场交通事故，即便不是他们引起的，也要在牢里待几个星期。持枪的话就要蹲10年监狱。他们甚至不让美国警察配枪。特里想到一个故事，是关于埃尔帕索的一个巡警追踪一辆被偷的轿车，而这辆车子正开往边境线。巡警刚过边境线，就被处以与偷车贼相同的惩罚。尽管他的警官身份被确认了，巡警车和随身携带的武器还是被没收了，人也被关了7个小时，第二天才得以释放，警车退还，但枪不见了。所以现在我们打算派12个没有武装的美国警察去华雷斯逮捕墨西哥要犯。

第二天，我公布这个计划并打算把高科技货车带到华雷斯，结果遭到了一致反对。"他妈的，没门，我们不去墨西哥。"

大多数治安部人员都很焦虑，并且准备出发。他们相信除非逃回洛杉矶，这将是唯一的选择。但他们同样犹豫不决，因为那里警方的腐败和整个国家不讲法律的习惯都是非常大的威胁。我想起80年代墨西哥警方绑架、折磨药品管理局的人，其中一个叫基琪·卡梅拉纳的人，因卷入瓜达拉哈拉警方腐败案件中，1985年被杀害。当联邦调查局埃尔帕索助理说谁不去华雷斯就是胆小鬼，将立马被送回洛杉矶时，大家就讨论得更加沸沸扬扬了。这种做法冒犯了所有人，甚至让几个人暴怒了。我们讨论着不同的情境，以及安全保障。但他们所担心的确实也是合理的。墨西哥非常危险，也不能指望那里的警察照顾我们——特别是从墨西哥城调过来的警察。我们整天都在争论，最后他们终于同意了这个行动计划，但很勉强。后来回洛杉矶的时候，有些人确实也后悔在会议上说的一些话。

我们要带两辆有电子装备的货车和三辆汽车去华雷斯，分别准备于下午和傍晚过去——绑匪电话集中于下午5点到晚上9点——有说西班牙语的执法人员陪同我们，他们现在住在华雷斯的一个酒店里。我们一旦锁定电话的确定位置，他们就会立马进行逮捕。这些美国执法警察不会离开货车和汽车半步，所有的美国人都不能开车也不能持有武器。联邦调查局的人无法进行盘问，也不能出现在盘问过程中。

那天晚上，我们按照计划准备好装备，朝边境线开去。跨越美国和墨西哥的边境线真是一次令人难以置信的体验。要排各种各样的队，车队、行人队、牲畜队，穿制服的警官和海关官员进行检查，有墨西哥人，也有美国人，此外还有栅栏和铁丝网。很多人每天都要通过边境，那是华雷斯国有公司的员工，他们被称为"马奎拉多拉"。据美国海关部门统计，每个月有超过45万人次以及35万辆车往来于埃尔帕索和华雷斯的边境线上。因为有这么大的人流量和车流量，毫无疑问，每天边境线上都会有人走私成吨的可卡因。坦白地讲，我发现墨西哥人对进入其领土的东西表现出浓厚兴趣，这真是神奇。毕竟他们接受了在我们国家非法丢弃的、有毒的垃圾品，只要价格合适，他们不管会不会对其公民福利造成威胁，都会照单全收。华雷斯果然没有让我们失望，排了一个小时的队伍后，我们终于进城了，没有出现任何问题。

我们在执法警察住的酒店里会面，那是一间套房，里面躺着很多墨西哥警察。大多数只有20多岁，穿着内衣躺着。所有人看起来都受过枪伤，他们还非常自豪地把伤口指给我们看。房间里放着各式各样的枪，有猎枪、MP5冲锋枪、M16步枪、大型9毫米半自动枪以及珍珠把手手枪。这些家伙们做好了作战准备，其中一个执法警察是"盘问者"，他是个皮肤黝黑的印第安人，来自墨西哥南部。他躺在墙角的椅子上打瞌睡，椅子旁边是他的"工具箱"，一个银色的新秀丽牌公文包，里面装着用来获取供词的"装备"。我们没有问里面装了什么，但可以想象的到。其他人都笑他，他们说他很懒，但是手艺很好。有个人走过来，用手指在他的鼻子上弹了一下，试图弄醒他，但他只是动了动身体，依旧没有醒。出于礼貌，我们也跟着笑了起来。墨西哥是片神奇的土地，一个小小的警察"盘问员"可以通过虐待获取证词，而我们却拿不到有关绑匪手机的搜查令！上帝保佑美国吧。

在和执法警察组组长讨论了我们的计划后，我们便散开到黑夜当中，希望能碰碰运气。我在华雷斯的黑夜里漫无目的地开着车子，在流浪狗和成千上万辆摩托车之间穿梭，无比渴望能接收到绑匪的信息，但对随后的对抗感到无比焦虑。交通灯对墨西哥的司机来说可能没有任何意义，我们还担心会发生街头犯罪以及暴徒劫车，甚至会遇到绑架，绑匪会将人拖到ATM机前面，用枪对着你，强迫你取钱，然后将你暴打一顿后逃之夭夭。在这陌生而恐怖的地方冒险，身边没有任何武器，我感到非常恐惧和脆弱。

在华雷斯的第一个晚上死一般寂静。没有电话，仿佛绑匪们知道我们进入了他们的地盘，并且正在某个大楼后面看着我们呢。几个小时后我们回到埃尔帕索，更加沮丧和气愤。几个星期以来，他们坚持要我们来华雷斯，等我们真的去了，他们又无视我们，好像他们掌控了一切。我们还在想是不是被司令官的人员监视着，毕竟这是他的城市。我们相信他知道并且仇视我们的到来，我们还担心他是否与绑匪沆瀣一气，准备将索要赎金变成一场枪战。

第二天我们重复前一天的工作，直到下午4点钟才开始有好运。绑匪与回到埃尔帕索的谈判专家通话，技术人员打开电脑，开始追踪。接下来的几分钟里，他们都在指导司机怎么开车，向前直走，左转，直走，慢点儿，右转，停，等一分钟，好了，可以走了。几分钟后，我们到了一个小餐馆门口。考虑到绑匪可能就在里面，我们的执法警察立马通过无线电跟组长取得联系，并提议要更多人手。过了几分钟，什么人也没来。又过了一个小时，还是不见人影。我们的救援部队呢？绑匪已经挂断电话了，我们的人开始按捺不住了。难道这些执法警察都是坏蛋？他们能看到我们吗？随行的执法人员也不愿独自去餐厅里，他一直在通过无线电对话，但不跟我们做任何解释。

又等了一个小时还是没有结果，我们最终放弃了，开车回到宾馆。我走进去，碰到了执法警察的组长。

"你们死哪儿去了？我们都快找到他们了。"

"那是午睡时间，"他回答道，"我们的人在休息。"

午睡！从中午到下午那是午睡时间，这些人要休息睡觉，看色情杂志，看电视，这就是我们需要他们的时候他们没有出现的原因。我简直不敢相信，绑匪好不容易出现，这些该死的家伙却在午睡！

越过边境线回到埃尔帕索后，我开始对事件的进展越来越失望。要稳住我从洛杉矶调过来的那些人的情绪，保持他们的工作热情真的是越来越难了，让我倍感艰辛。他们都在期待着我去解决这个难题——找到受害人。但目前我们举步维艰。我们有两个人质受害者，他们可能就在那里，在某个地方，等着有人过去把他们带回家。

第二天晚上我们开车到华雷斯，将车停在前一天晚上我们到的地方。刚过10点，我们就捕捉到一个电话信号。绑匪们打电话了，我们的技术人员认为找到了他们的位置，但绑匪一直在动。我们开着慢车追踪，大概开了一个小时也没有接近他们。我们知道他们就在那里，但具体位置还是难以捉摸，最后我们还是失去了信号。又等了一个小时，还是没有等到他们的电话，我们就决定撤了。我们无比沮丧地排着队，等待着回埃尔帕索。我们绝望地看着边境线，再也没办法乐起来，至少这次大家都没有午睡。

第二天，埃尔帕索国资委的人来检查行动计划。他要撤走自己的人，因为他认为尽管我们做了很多努力，但都没有用，我们在浪费他的人力。最终我们决定再次回去袭击墨西哥城。所以我们就打了个电话给墨西哥城的法律同事，要求墨西哥总检察长继续给奇瓦瓦州和华雷斯司令部施压。然后我们就坐等事态进展。我给队员们放了一天假，让他们去洗衣房洗衣服，上街买牛仔靴子，看电影放松等等。

两天后，我坐在特里·金凯的办公室里，正和他商量着可能的调查方案，这时候电话响了，是边境检查站的美国巡警打过来的。

"我们这里有一个非裔美国女士，她说自己在加州南门被绑架了。你们要不要跟她聊一聊？"

特里笑着说："哈哈，这应该是政府施压的结果。某些人坐不住了。"显然，我们让那些迫使卡特尔释放人质的人感到不舒服了。

几分钟后，马克·威尔逊和佩吉·史密斯去接这名受害者。一小时后，路易的舅妈就开始跟我们这些联邦调查局的人讲述她的经历。她说绑匪答应她第二天释放路易的侄女，因为若将她们两个人一起带到边境线会非常危险。她们开始被关在棕榈泉小区的公寓

227

里，后来又被带到埃尔帕索。绑匪似乎知道边境线上发生的错综复杂的事情——她们几分钟就过境了——然后将他们带到华雷斯的一个牧场。她们没有受到折磨和虐待，相反，在华雷斯有个女人把她们照顾得很好。这个舅妈学会了一点西班牙语，还学会了做西班牙菜。她离开的时候，绑匪们告诉她提醒路易归还欠他们的500万，还说他们会再来洛杉矶找他的。我猜路易大概已经六次更名流亡到廷巴克图了，他大概也知道自己下半生都要与危险相伴，于是就卷着500万逃走了。更要命的是，路易不尊重他们，还让他们被迫投降。不管他能不能还清债务，绑匪现在都会杀他。

几小时后，边境巡警又打电话过来说那个侄女也在他们那里。马克给她们俩安排好回洛杉矶的航班，我们在埃尔帕索对她们进行了简短的询问，但她们俩都描述不清被关在华雷斯的什么地方，对绑匪的描述也非常笼统，这些信息对我们没什么用处。关于两名人质回到洛杉矶，我们需要做详细的调查。所以马上派了一群人护送他们去机场。不一会儿，我们的人就退完房了，大概几天前他们就已经将行李打包好准备回去了。

我在埃尔帕索多待了一天，处理一些管理和财务上的事情。这个星期真是漫长得要命，尽管最后没有抓到绑匪，但我们还是促使绑匪释放了人质，而且还活着回来。这真是一场没有硝烟只有挫败感的战争，但我们坚持下来，而且赢了。

一回到洛杉矶，除了马克，所有人都快速进入到正常的调查任务当中，并试图忘记路易、埃尔帕索、执法警察，以及臭名昭著的阿马多·卡里略·富恩特斯。然而马克对这件事还耿耿于怀，几年后他认出了绑匪，他们在一个无关毒品的案件中被药品管理局的人抓获了。像往常一样，人们开始谈论这个事情，好多细节都浮出水面，但根本改变不了什么。只是一个毒贩绑架案罢了，没人起诉他们，因为太难了，也太无趣了。没人想坐牢。

到了1997年，卡特尔团伙出了大事。51岁的卡里略在墨西哥城做整容手术时死在了手术台上，但传言他还活着，他的死至今仍然是个迷。关于卡里略的死，每个人都有自己的解释。在他被报道死亡之后的几个星期里，华雷斯出现了很多与毒品相关的死亡事件，

在卡里略的家乡纳亚里特州的斯诺拉举行了盛大的葬礼。在那里，他被看成是罗宾汉一样的人物，因为他赠予乡亲们很多礼物，还修建了一座教堂。《洛杉矶时报》的一篇文章里说，他的一位乡人回忆道，"他只是个天真的孩子，喜欢玩垒球，吃辣酱玉米饼。"另一个赞词来自奇瓦瓦州的一名警官，他说，"据我们所知，他从未策划甚至参与过这里的任何非法活动。"

第 *18* 章
迷幻的浴室

故事发生在洛杉矶西部皮科大道边的一家小旅馆里。通常这种旅馆只能用现金付款，醉汉横躺在大堂里，走廊中总是有股尿味，服务生看上去都有点不正常，坐电梯是件冒险的事情，更有甚者，楼梯上贴的告示还沾有血渍。所以这里让人觉得有可能发现安杰洛·卡雷拉。故事的时间是1995年7月的一个清晨。

联邦调查局特工斯科特·汉利和洛杉矶警察局调查员鲍勃宁愿爬十层楼也不愿冒险坐电梯。两个人到达十楼的时候都精疲力竭，歇了几分钟，喘了口气，检查了上面的地形，然后朝着正确的方向继续前进。在一个房间外面，两个人同时掏出了手枪。

他们站在铁门外面，看着前台给他们的脏袋子里的钥匙，因为不知道门里面是什么情况，心扑通扑通地跳着。里面可能什么也没有，也可能里面的人出去买毒品或者去逛7-11便利店了，或者去当地的妓院找"莱温斯基"了。但如果动作不够快，里面拿枪的家伙就可能抢先一步。我有个好朋友就是因为动作不够快脸部中枪而死的。快者赢，慢者死。

两人把耳朵紧贴着门听了好久，想确定屋里到底有没有人。他们试图寻找声音，比如电视声、收音机声、鼾声、呼吸声、翻报纸声、自来水声等等，但什么也没听到。

汉利把钥匙插进门锁里，小心翼翼地转动着，但钥匙和锁还是像大笨钟一样响个不停。知道里面的人已有所察觉后，汉利就迅速转动钥匙和把手，将门推开。但门开得太慢了，可能是被东西挡住了。他们俩往房间里一看，卡雷拉正右手端着枪从沙发上站起来。

汉利立马意识到无论是他自己还是鲍勃，都可能射不中卡雷拉，于是就猛地一下关上门逃走了，同时希望门能挡住里面射出来的子弹。他们听到卡雷拉在房间里动了动，却没有开枪。他们俩都跑到过道里，用枪指着门。汉利像往常一样喊着："我们是联邦调查局，把手举起来。"喊了好几次，里面都没有回应。他们静静地等了几分钟，依然没有声音。

汉利让鲍勃盯着门，自己下了几级楼梯，拿出电话，打给联邦调查局派遣员。

"我们需要援助，"他说，"这里有个危险的持枪逃犯，是个谋杀未遂的通缉要犯，我们就在他住的酒店里，赶快派特警队过来。"

汉利把地址告诉给派遣员，关上手机，然后和鲍勃一起贴着墙，用他那伯莱塔92F9毫米半自动枪对着卡雷拉的房间。

"我们真倒霉，"鲍勃小声说。汉利点点头，勉强一笑。在增援到来之前他们要努力让自己舒适一点。汉利一直同卡雷拉讲话，但都没有得到回应，卡雷拉只是让他们离开。漫长的半个小时后，第一批特警队才到达现场。

我赶到的时候，街道上已经聚集了一堆人，有巡警、洛杉矶警察局防卫处的调查员、联邦调查局特警队以及其他两个机构的人。因为嫌疑犯在皮科大道十楼，可能会对下面开枪，所以洛杉矶警察局就将道路封锁了。他们还主动让特警队协助，但我们立刻给拒绝了。又是该死的洛杉矶警察局，这个案子理应属于我们。

刚刚到来的联邦调查局特警队整装待发，在卡雷拉房间的隔壁驻扎下来，开始悄悄地一次一个楼层地将租客转移出来。大概过了一个小时，谈判专家开始与嫌疑犯对话了。

我好不容易爬到十楼，撞见了汉利，他认为形势复杂，我们应该对嫌疑犯开枪而不是把他弄出来，但谈判的底线是不能有人受伤。

对于卡雷拉，除了知道他在拉斯维加斯要杀死女友，其他的事情我们一无所知。不幸的是，许多时候都是越不知道越要和他谈，希望对方能透露一些信息，或者调查员能带来有用的消息。好的方面是我们有的是时间，他被围困了，没有人可以成为他的人质。汉利跟他交谈的时候，特警队的人已经将楼层中其他房间的人都转移出去了。汉利还是个新谈判员，我觉得这个事件对他是个很好的锻炼机会，所以就让他一直跟卡雷拉聊下去。

我听他们聊了一会儿，但谈话明显没有方向。卡雷拉一直在争辩，说他"什么也没做"。他承认自己的身份，但否认自己殴打女友，以及向她的房间开枪，他一直坚称自己是无辜的，在他看来这完全是误会。他也不答应出来，这虽然让人非常沮丧，但至少也让我们知道找对了人。

不久，汉利开始疲倦了，我就安排了一个女谈判专家替换他。但卡雷拉开始骂他的前女友是"婊子"，并且开始向门边挪动。我又将这个女谈判专家换下来,让汉克接替她。汉克很容易相处,圆脸。我在想谁能让里面的家伙出来呢,大概汉克可以。

谈判专家在特警队的隔壁工作,他们不得不对着门大喊。房间里没有电话,也没有可以接人质电话的地方。我们想从上面的楼层吊一个人下来与卡雷拉对话,但又担心他不敢开窗。后来他朝走廊里开了一枪,我们就往后退了一点。谈判专家隔着更远的距离与他喊话就更累了,但这样也安全了许多。汉克不比汉利的运气好多少,卡雷拉还是丝毫不肯妥协,长时间的努力仍然没有结果。

又过了很久,卡雷拉还是不愿意出来,他丝毫没有透露自己喜欢做什么,没有要求任何东西,他还拒绝提供任何个人信息。此时的谈判除了他偶尔说话,没有任何积极结果。我们根本看不到他有投降的征兆。虽然他没说要自杀,但很可能正在考虑这个问题。因为他没什么选择,也不可能逃走。我们一直守着不会离开,最终他会接受现实,然后走出来。我们尽量减轻他在拉斯维加斯的罪行,并强调好的结果,但他一点都不买账。他气愤的是被联邦调查局发现并且围困。

3名谈判专家花了整整4个小时却毫无结果,我们达成的共识是继续谈判不会有结果,需要给卡雷拉一点刺激。最后我们采纳了向房间里喷辣椒喷雾的建议。

喷辣椒喷雾这个主意有点狗血,别名"松脂辣椒",主要成分是从辣椒中提炼的辣椒素。它被称为不致命的化学武器,这意味着海军陆战队在巴格达战场上不能使用,但美国所有警察都可以使用(稀释后也可以将其出售给家庭主妇们)。美国邮政局是第一个使用辣椒喷雾的机构。20世纪80年代,美国邮局将其用来驱狗。随后，执法部门和惩教机构迅速将其用于对付没有武装但暴力十足的嫌疑犯。执法部门认为"松脂辣椒"比辣椒粉要强300倍。要是被这个东西碰到了，人就会迅速闭上眼睛，脸烧得像起了火一样，喉咙堵塞，呼吸困难，肺也开始燃烧，鼻涕横流。心理层面的反应是幽闭恐惧症和恐慌，通常接着就是屈服。总之，就像我说的那样——狗血。

特警队找来一大罐"松脂辣椒"，足足有灭火器那么大，然后在门底下插了一个小软管。卡雷拉立马听到嘶嘶声，就用湿毛巾堵住了门缝，尽量减少进入的辣椒粉剂量。而辣椒的味道也渗透到走廊里，特警队、谈判专家都跑出了走廊，跑到楼下。谈判专家背对着墙，面部全副武装，但这让我们的交流急剧减少。戴着各种面具，说话声音像是从厚袜子里传出来的，这样交流起来非常困难。

卡雷拉长时间没有回应，我们根本不知道是因为辣椒粉气味的原因还是他本身的态度如此。我们撤走了谈判人员，从楼梯上面看着特警队。

这段时间真是难熬。一般嫌疑犯不说话的时候，可能会采取一些行动，比如会杀掉一个人质以引起注意，然后得到自己想要的东西，或者出来开枪，还有一种可能就是自杀。嫌疑犯可能在等着特警队进来，也可能坐在里面苦思如何体面的投降。有时候他们会让我们帮助他，这时候就需要给他们提供一些东西。保存颜面是件很重要的事情，有时候答应私下里投降就可以了，有时候则需要等待。

我们这时候能做的只有等待。

又过了一个小时，最后特警队决定向门内灌入更多高浓度的

迷幻的浴室 第18章

松脂辣椒。猎枪的冲击力很强，但穿透力比较低，所以两名特警队队员射击门链的时候，其他人都试图将门踢开。尽管卡雷拉把家具堵在门后，特警队还是踢开了房门，并向房间里灌了更多的松脂辣椒。特警靠着墙站成一队，等着胡椒粉发挥威力。

辣椒喷雾强烈的味道像浓烟一样在整个房子里翻滚开来，我们全都被呛得要命。

整整几分钟，大家都没有动静，特警队也在等。接着我们听到一声低沉的枪声。

每个人都还在耐心地等着，因为已经没必要着急行动了。

又过了几分钟，特警队中的一个人爬进门内，用小潜望镜慢慢扫视了一下房间，接着缓缓地摇了摇头。

慢慢地，特警队开始接近房门。

突然间，特警队往房间里扔了一个闪光爆炸导流设备，爆炸声响起后人们冲进了房间。

大概一分钟左右，一个特警队员从房间里抬起头，向我示意。还带着面具的我走进那个充满辣椒粉气味的房间，然后又走进浴室。

卡雷拉跪着跌倒在地上，他用点357口径的左轮手枪朝嘴里开了一枪，浴室的天花板和四面墙都沾上了他的头骨、头发和脑浆。那真是一幅让人震惊的大红色图案，还惊人地对称，梦幻一般。卡雷拉一只手握着枪放在胸前，他看上去大概30岁，也可能35岁。浴室里很潮湿，空气中还弥漫着血腥的味道。

我打量着这间没什么家具的房间。他的遗物不多，两支手枪，两个盛汽油的容器（我们从未搞清楚那是用来干什么的），7000多

235

元现金,还有一个简短的自杀遗言,是写给汉利的,上面说请汉利把他的个人财产捐献出去,如果能找到他的家人的话就留给家人,结尾处写了个"谢谢",还签了名。

又一条鲜活的生命就这样没了。

我走到走廊里,辣椒喷雾的气味还是很浓。

消防部门设立了巨大的排气扇,很快就开始转动起来。辣椒喷雾的气味被冲散了之后,联邦调查局现场拍摄小组和洛杉矶警察局的人也来了,开始进行现场调查。

他们很快就接手了,每次都是这样。

里奇·诺伊斯负责联邦调查局的现场拍摄调查,他走进房间,朝卧室里看了一眼,然后走了出来。

"这是洛杉矶警察局的事情。"他说。

诺伊斯在胡佛担任局长的时候就在联邦调查局工作,在蒙大拿州大天空城出生并长大。诺伊斯带着黑框眼镜,梳着过时的发型,但他肌肉发达,强壮如牛。他是我们联邦调查局的主心骨,对他来说许多事情只有黑白之分,他是那种没依据就不会讲废话的人,而且你若在踢开亡命之徒的门时迟疑了一下,他会从你后背上踩过去。他貌似从来不怕任何东西,尽管他承认在灰熊旁边时会十分小心。没有人敢诋毁他,尤其是洛杉矶警察局那些负责杀人抢劫案件的高手们,他喜欢和洛杉矶警察局的人来往。

诺伊斯拒绝对此事负责,他说联邦调查局并没有对嫌疑犯使用武器。他所关心的是,这是洛杉矶又一起狗血的自杀事件,而这是洛杉矶警察局应该管的事情。自杀现场和尸体都是他们管的——包括现场清理和漫长的死亡调查。安杰洛·卡雷拉仅仅是众多逃犯中的其中一个罢了。

洛杉矶警察局防卫处的一名高级凶杀案侦探骂了一句"联邦调查局的混蛋",并坚持认为整个事件是由于联邦调查局的鬼把戏造成的,所以所有调查工作都需要我们来做。

我把这场争论当成娱乐来看,偶尔他们俩会停下来让对方继续说三道四。双方都哼着鼻子表示不屑,摆着大架子,还极力相互诋毁。事后要做大量调查工作,争论双方都要保护各自的利益,所以对于参与其中的官员们来说,案件是否通过法庭审判自然是件非常重要的事情。

直到验尸官们拖着一张病床进入房间时,诺伊斯和洛杉矶警察局凶杀案的侦探才握手言和,并在工作分工上达成一致。每次都是这样,而到了下一起事件又要开始争论。

嫌疑犯死了,我感到很遗憾。他就死在我眼皮底下,这让我思考"什么才是最重要的",以及"生活中什么值得去做"这样的话题。我最近有点渴望退休,并且一直在回顾过去的岁月。每个人的人生中总有那么一段时间,你会意识到自己不可能进达拉斯牛仔队,不可能当上总统,也不可能成为百万富翁。这是一种梦醒的感觉,这样是不是好呢?或许该尝试一下新的东西了,一些非常简单的东西。或许应该去俄勒冈种圣诞树,或者去密歇根北部修建一座机舱,成为一名奥维斯垂钓导游。只要不带枪,任何事情都可以做。

我从楼梯上慢慢走下来,脑子里想着应该辞职,然后埋头写作。我知道罗宾肯定会支持我的想法,她从不掩饰对我的担忧。也许这是我最后一次在完全丧失意识之前离开这个让人情绪难以平静的工作的机会了。

结　语

　　外面下着大雨，我从餐厅里走出来，与相熟的人纷纷道别。刚刚参加洛杉矶联邦调查局危机谈判小组的年度假期午宴，午宴设在洛杉矶北部一个狭小而拥挤的意大利餐厅。在出席宴会的几十名探长中，大概只有托尼会适应这儿。这次聚会大多数都是新人，只有少数几个老员工。我还发现相比于我刚来的时候，女特工多了不少，而胡佛局长时代的"常规白人"却少了很多。事实上，我们这个团队看上去更像是联合国。我想这大概是件好事，自从我12年前离开联邦调查局以后，这里发生了翻天覆地的变化。

　　午餐期间，我们一边吃着披萨、大蒜面包和番茄酱，一边欢乐地分享着战斗故事。我身边都是年轻的新人，他们不时用黑莓手机发信息，我感觉自己真的老了。我想起了早些年有时候不得不开车转遍整个洛杉矶找空闲的公用电话，也记得第一次使用手机的情形。我环顾房间，看着那些已经退休的员工。

　　桑尼·贝纳维德兹仍然在拯救全球被挟持的人质，但他目前已经不在联邦调查局工作了，而是去了一家大型的私人证券公司。

　　斯科特·汉利曾经是特警队里我的一个搭档，现在则成为洛杉矶当地的一名检察官。凯文·凯利曾经为洛杉矶的联邦调查局作出了很大贡献，目前就职于司法部。自从70年代我们一起打拼以来，这个团队变得越来越富有智慧，这一点让我非常自豪。

同这样一群激情四射且信心满满的新成员见面，真是件让人激动的事情。有些人已经在焦急地等待事件发生，以检验他们的谈判才能，对这个挽救生命的职业所带来的创伤毫不畏惧。我没有急着告诉他们我的那些战斗故事，也没有同他们分享我在此过程中遭受的情感伤害。相反，我在认真听他们讲对局里的看法、新技术的进展、职业发展的期望和对抗恐怖主义的挑战，当然最重要的还是即将发展的终生友谊。我发现他们总会让人振奋，但我也知道这种天真烂漫不会持续很久，这个行业有太多灾难和令人心碎的事情发生。

联邦调查局曾经给了我一个机会，让我这么多年接触了各种各样的人，有宗教狂热分子、误入歧途的劫机者、穷途末路的迷失者、极端种族主义者、分裂主义者、绝望而暴力的囚徒、银行抢劫犯、凶残的绑架者以及无赖之徒。他们的人生都是一个又一个的失败与求生、悲伤与亢奋相间的故事。

大卫·考雷什在韦科带走了72条无辜的生命；帕蒂·赫斯特在一个激进组织的暴力洗脑运动中逃了出来，并嫁给了她的保镖，后来成为一名作家、演员以及一个幸福的母亲；罗德尼·金虽然抽中了奖，却将之挥霍在绝望的人生旅程中；罗伯特·马修斯同他那雅利安之梦同归于尽；兰迪·韦弗由于自己的固执，拒绝接受美国政府的权威而失去了妻子、儿子和爱犬；一对年轻夫妻的宝贝孩子被绑匪带走一星期之后毫发无损地回来了；联邦调查局特工杰克·科勒和罗恩·威廉姆斯在南达科他州的暴乱中被杀害，至今他们的家人还伤心欲绝，巴迪·拉蒙特，一位美国印第安人也死于这起暴乱，他的家人也悲痛至今，列奥那德·佩尔提尔承认自己杀害了两名特工，如今虽在联邦监狱中，但他的支持者们还在为他的罪行极力开脱；墨西哥贩毒团伙还在凶狠报复任何揭发和反对他们的人；联邦调查局危机事件谈判小组仍然不遗余力地在全世界挽救美国人的生命。

联邦调查局就像深夜里的火车一样，摇晃在我们的生命历程当中，只有我们才知道它开往何方。只要有机会我们就会上车，走上一段路程，然后在某个地方下车，因为我们的时间已到。虽然我们已经下车，但火车仍然继续前进，载满了新人，他们将接替我们的工作，但愿我们抓住了所有挽救生命的机会。回顾过去25年的职业生涯，那是一段令人振奋的人生之旅。